KB110613

국어선생님을 위한
한국문학사 강의
고칠현삼제(古七現三制)란 문학 작품을 섭렵함에 있어
고전 읽기에 70%, 현대 문학 읽기를 30%로 해야 한다는 것이다

【 제4권 소설문학 】

한국문학사 편찬위원회 엮음

머 리 말

 문학이란 한 시대를 살아가고 있거나 살아간 사람들의 정신적
지도이다. 그러므로 우리들도 그들이 살아간 삶의 지도를 알아보
고 훌륭한 역사와 교훈을 배워야 함은 새삼 두말할 필요가 없다.

 흔히 우리가 문학을 운운함에 있어 고칠현삼제(古七現三制)를
이야기하게 된다. 다시 말하자면 문학 작품을 섭렵함에 있어 고
전읽기에 70%, 현대 문학 읽기를 30%로 해야 한다는 것이다.

 이 말은 예부터 지금까지 금과옥조로 지켜오고 또 앞으로 지켜
져야 할 일이다. 그런데 어찌된 일인지 요즘 학교 현장에서 현대
문학만을 강조되고 있는 경향이 있다. 이는 반드시 시정되어야
할 것이다. 특히 대학입시를 눈앞에 둔 수험생들이 본고사·수학
능력·논술 대비를 함에도 고전문학쪽에 등한한 듯한 인상을 지울
수가 없다. 이러한 현실을 극복하고자 하는 차원에서 필자는 주
로 학생들이 쉽고 가까이 접근할 수 있는 우리의 고전 문학들을
시대별로 엮었다. 또한 시대별 중요작품과 입시 출제에 가장 많
은 빈도를 차지했던 작품들을 뽑아서 엮었다.

 여기서 실린 작품들은 다시 말해서 선조들의 지혜와 슬기이며
또 우리의 삶이며 역사이다. 우리가 버릴 수 없는 정신적 지도이
며 역사이다. 학생들은 이 문학작품들을 통하여 우리의 현실과
역사에 대한 자각으로 되돌아와야 한다고 생각한다.

 엮은이는 지금까지 본고사·수학능력·논술대비용으로 만들어졌
던 기존의 책이 가졌던 단점을 과감하게 탈피하여 새롭고 이해하

기 쉽게 만들었다. 특히 8종 교과서 외에도 시험으로 나올만한 작품들을 망라하였음을 밝혀둔다. 작품 개요와 지은이 해설로써 작품 배경과 사상을 이해하도록 했다. 아무쪼록 수험생들은 이 책을 통하여 교양과 시험에도 좋은 결실이 있기를 바란다.

1. 백과 사전식 나열을 피하고 학생들의 시험이나 정신적 교양이 되는 고전을 가려 뽑았다.
2. 권위있는 교수들의 협의와 검토를 통해 자료와 수험서의 기능을 갖도록 했다.
3. 작품의 요약, 지은이를 소개하여 작품의 배경과 사상을 파악하도록 했다.
4. 8종 교과서의 찾아 읽기 힘든 글들을 시대별, 쟝르별로 편집하였다. 아울러 시험에 중요하게 취급되는 것들도 빠짐없이 게재하였다.

국어선생님을 위한 한국문학사 강의

차 례

■ 창작설화

■ 가 전

■ 김시습의 금오신화

국어선생님을 위한 **한국문학사 강의**

창작설화

• 화왕계/설 총

화왕계(花王戒)

신라 신문왕(神文王) 때 설총이 한문으로 지은 우화적(寓話的)인 단편소설이다. 신문왕이 어느 날 설총에게 이야기를 들려달라는 명을 내리자 설총이 그 자리에서 지어낸 이야기로서 꽃을 의인화하여 왕을 충고한 풍자적 내용이다.

이야기는 삼국사기 열전 설총 조에 수록되어 있고 동문선에는 '풍왕서(諷王書)'라는 제목으로 수록되어 있다. 우리 나라 최초의 소설적인 기록이라고 할 수 있다.

신문왕이 중하월(仲夏月 : 음력 5월)에 설총에게 말했다. "오늘은 비가 개이고 바람도 서늘하게 불구나. 이런 날은 진수성찬을 먹거나 음악을 듣는 것보다 고담선학(高談善謔)으로 울적한 마음을 푸는게 좋을 듯하니 재미있는 이야기를 하나 들려달라."

이에 설총이 이야기를 시작했다.

신(臣)이 옛날 화왕(花王)[1]이 처음 세상에 나온 이야기를 들

---

1) 꽃 중의 왕이라는 뜻으로 모란을 이르는 말.

은 바가 있습니다. 화왕을 향기로운 화원(花園)에 심고 푸른 휘
장으로 둘러싸 보호하였더니 삼춘가절(三春佳節)[1]을 맞아 예쁜
꽃을 피우고 온갖 다른 꽃보다 아름다웠다고 합니다.

　그때 홀연히 한 가인이 앞으로 나왔습니다. 깨끗한 감색 옷을
입은 주안옥치(朱顏玉齒)[2]의 몸을 한 여인이 얌전하게 화왕 앞
으로 나와 아뢰었습니다.

　"첩은 백설(白雪)과 같은 모래 사장을 밟고 거울같이 맑은 바
다를 바라보며 자라났습니다. 봄비가 내릴 때는 목욕하여 몸의
먼지를 깨끗이 씻고, 맑고 상쾌한 바람을 쐬면서 유유자적(悠悠
自適)하게 살아 왔습니다. 첩의 이름은 장미라고 하는데 임금님
의 높으신 덕을 듣고 향기로운 침소에서 모시고자 찾아왔습니다.
대왕님께서 이 몸을 받아 주십시오."

　이때 베옷을 입고 허리에 가죽 띠를 두르고 손에는 지팡이를
짚고 머리는 백발인 한 장부가 힘없이 걸어나와 공손히 허리를
굽히며 말했습니다.

　"소인은 서울 밖 한길 옆에 사는 백두옹(白頭翁)[3]입니다. 아래
로는 창망한 들판을 내려다보고 위로는 우뚝 솟은 산 경치를 바
라보며 살고 있습니다. 가만히 보니 좌우에서 보살피는 신하는
고량진미[4](膏粱珍味)로 임금님을 배부르게 하고, 향기로운 차와
술로 수라상을 받들어 임금님을 흡족하게 하고 정신을 맑게 해드
리고 있습니다. 또 고래짝에 저장해 둔 좋은 약으로 임금님의 원
기를 돕고, 금석(金石)의 극약(劇藥)으로서 임금님의 몸에 있는
독을 제거해 줄 것입니다. 그래서 이르기를 '군자는 비록 사마(絲

---

1) 봄 석달 동안의 좋은 철.
2) 아름다운 여자의 얼굴과 고운 이를 가르키는 말.
3) 할미꽃.
4) 기름지고 살진 고기와 좋은 곡식으로 만든 음식.

痲)[1]가 있다고 해서 관과[2]를 버리는 일이 없고 부족에 대비하지 않음이 없다'고 하였습니다. 임금님께서도 이런 뜻을 가지고 계신지 모르겠습니다."

이것을 보고 한 신하가 아뢰었습니다.

"임금님께서는 이 두 사람 중에서 누구를 취하고 누구를 버리시겠습니까?"

그러자 화왕께서는 이렇게 대답하였습니다. "장부의 말도 도리가 있기는 하나 가인을 얻기도 쉽지 않으니 이를 어찌할까?"

장부가 앞으로 나와 말씀 드렸습니다.

"제가 온 것은 임금님의 총명이 모든 사리를 잘 판단하신다고 들었기 때문입니다. 그러나 지금 뵈니 그렇지 않습니다. 무릇 임금된 자로서 간사하고 아첨하는 자를 가까이 하지 않고 정직한 자를 멀리하지 않는 이는 드뭅니다. 그래서 맹자는 불우한 가운데 일생을 마쳤고 풍당(馮唐)[3]은 어진 인재였으나 낭관(郞官)으로 파묻혀 머리가 백발이 되었습니다. 예부터 이러하오니 소인인들 어찌하겠습니까?"

화왕께서는 그 말을 듣고 마침내

"내가 잘못했다. 잘못했다."

라고 되풀이 했습니다.

그 말을 다 듣고 난 왕은 쓸쓸한 표정을 지으며 말했다.

"그대의 우언(寓言)에는 실로 깊은 뜻이 담겨 있으니 원컨대 이를 글로 써 두어 임금된 자가 경계하는 말로 삼게 하라."

---

1) 명주실과 삼실.
2) 띠〔茅 : 모〕의 일종.
3) 한나라 안릉 사람.

하고 설총에게 높은 벼슬을 주었다.

• **설 총(薛 聰)** 신라 경덕왕 때의 학자이다. 원효대사와 요석 공
주의 아들로 경주 설씨(慶州 薛氏)의 시조다. 신라 십현(十賢)의
한 사람으로 왕의 자문 역할을 했다. 유학에 조예가 깊었으며 이두
(吏讀)를 창제했다고 하나 그가 창제한 것이 아니라 집대성한 것으
로 본다. '화왕계(花王戒)'를 지어 신문왕을 충고하였다.

가 전

국순전(麴醇傳)

임 춘(林 椿)

술을 의인화한 가전체 문학이다. 사람들이 술로 인해 문란
한 생활을 하다 패망하는 것을 그렸다. 또한 요사하고 아부
하는 정객을 꾸짖고 방탕한 군주를 풍자하고 있다.

국순(麴醇)[1]의 자(字)는 자후(子厚)[2]이다. 그의 조상은 농서
(隴西)사람이다. 90대조(九十代祖)인 모(牟)[3]가 후직(后稷)[4]을
도와 뭇 백성들을 먹여 살린 공이 있었다. 그러니까 보리의 먼
후손이 누룩술이 되었다는 뜻이다. '시경(詩慶)'에 '내게 밀과 보
리(來·牟)를 주다.'한 것이 그것이다.

모(牟)가 처음 숨어 살며 벼슬하지 않고 말하기를 '나는 반드
시 밭을 갈아야 먹으리라' 하여 밭에서 살았다. 이러한 모(牟)에
게 자손이 있다는 말을 임금이 듣고, 조서(詔書)를 내려 안거(安
車)로 부를 때, 군(郡)과 현(顯)에 명하여 곳마다 그의 집에 후

---

1) 누룩을 빚어 담은 술.
2) 흐뭇한 것.
3) 보리.
4) 중국 순 임금때 농사일을 맡아보던 벼슬 이름.

하게 예물을 보내게 하였다.

신하를 시켜 친히 그 집에 나아가, 드디어 방아와 절구(杵臼) 사이에서 교분을 정하였다. 마침내 점점 가까워져 훈훈하게 찌는 기운이 점점 스며 들어서 속이 편안해지자 기뻐하면서 말했다.

"나를 이루어 주는 자는 벗이라 하더니, 과연 그 말이 옳다."

하였다.

드디어 맑은 덕(德)이 소문으로 들리니, 임금이 그 집에 정문(旌門)[1]을 표하였다. 임금을 따라 원구(園丘)에 제사한 공으로 중산후(中山侯)에 봉해졌다. 식읍(食邑)은 일만 호(一萬戶)이고, 식실봉(食實封)은 오천 호(五千戶)이며 성(姓)은 국씨(麴氏)라 하였다.

세손이 성왕(成王)을 도와 사직을 제 책임으로 삼아 태평성대를 이루었으나, 강왕(康王)이 왕위에 오르자 점차 박대를 받아 금고(禁錮)에 처해졌다. 그리하여 후세에 나타난 자가 없고, 모두 민간에 숨어 살게 되었다.

위(魏)나라 초기에 이르러 순(醇)의 아비 주(酎)[2]가 세상에 이름이 알려졌다. 상서랑(尙書郞) 서막(徐邈)과 더불어 서로 친하여 그를 조정에 끌어들여 말할 때마다 주(酎)가 입에서 떠나지 않았다. 마침 어떤 사람이 임금께 아뢰기를,

"막이 주와 함께 사사로이 사귀어 점점 조정을 어지럽힙니다."

하였다. 이 말을 듣고 임금께서 노하여 막을 불러 힐문하였다. 막이 머리를 조아리며 사죄하기를,

"신이 주를 좇는 것은 그에게 성인(聖人)의 덕이 있기에 수시로 그 덕을 마셨을 뿐입니다."

---

1) 충신. 효자. 열녀를 기리기 위해 나라에서 세워 주던 붉은 문.
2) 소주.

하니, 임금께서 그를 책망하였다.

그 후에 진(晉)나라가 일어서자 세상이 어지러울 줄을 알고 그는 다시 벼슬할 뜻이 없어 유령(劉伶), 완적(阮籍)의 무리들과 함께 죽림(竹林)에서 노닐며 그 일생을 마쳤다.

순(醇)의 기국과 도량은 크고 깊었다. 출렁대고 넘실거림이 만경창파와 같아 맑게 하여도 더 맑지 않고, 뒤흔들어도 더 이상 흐려지지 않으며, 자못 기운을 사람에게 더해 주었다.

일찍이 섭법사(葉法師)[1]에게 나아가 온종일 담론할 때, 좌중의 사람들이 그의 말을 듣고 허리를 잡고 웃었다. 드디어 유명하게 되어 호(號)를 국처사(麴處師)라 하였다. 공경(公卿), 대부(大夫), 신선(神仙), 방사(方士) 들로부터 머슴, 목동, 오랑캐, 외국 사람에 이르기까지 그 향기로운 이름을 맛보는 자는 모두가 그를 흠모하였다. 성대(盛大)한 모임이 있을 때마다 순(醇)이 오지 아니하면 모두 다 말하기를,

"국처사가 없으니 즐겁지가 않다."

하였다. 당시 세상 사람들이 그를 애중(愛重)하게 여긴 것이 이와 같았다.

태위(太慰) 산도(山濤)[2]는 감식 능력(能力)이 있었다. 일찍이 그를 보고 말하기를 "어떤 늙은 할미가 이 뛰어난 아이를 낳았는가. 천하의 백성들을 그르칠 사람은 반드시 이 아이일 것이다."

하였다. 공부(公府)에서 불러 청주 종사(淸州從事)로 삼았다.

그러나 격의 위에 있는 것은 마땅한 벼슬이 아니라고 해서 평원독우(平原督郵)를 시켰다.

얼마 후 탄식하여 말하기를

---

1) 태평광기 설화에 나오는 인물.
2) 동진의 죽림칠현의 한 사람.

"내가 오두미(五斗米) 때문에 허리를 굽히지 않겠다. 차라리 마을 아이들 사이에서 노는 것이 낫겠다."

하였다. 그리고는 벼슬을 내놓고 돌아갔다.

그때 관상을 잘보는 사람이 말하기를,

"그대 얼굴에 자줏빛 기운이 떠도니, 반드시 귀하게 되어 천종록(千鍾祿)을 누릴 것이다. 마땅히 값을 내고 데려갈 것이다."

하였다.

진(陣)나라 후주(後主)때에 양가(良家)의 아들로서 주객원회랑(主客源外郞)에 임명되었다. 임금이 그의 도량이 남과 다름을 보고 장차 크게 쓸 뜻이 있었다. 그리하여 쇠로 만든 사발로 덮어 뽑아서 광록대부 예빈랑(光祿大夫禮賓郞)으로 삼고, 작(爵)을 올려 공(公)으로 삼았다.

대개 군신회의(君臣會議)에는 반드시 순으로 하여금 술을 따르게 하고, 나아가고 물러가며 응대(應對)하는 것을 맡게 했다. 임금이 깊이 받아들이고 말하기를,

"경(卿)이야말로 곧음과 맑음이 있어 짐의 마음을 열어주고 짐의 마음을 기름지게 하는 사람이다."

라고 하였다.

순이 권력을 잡고서는 어진이와 사귀고 손님을 접대하며, 늙은 이를 봉양하고 음식을 접대하였다. 또 귀신에게 제사 지내고 종묘에 제사 지내는 것도 순이 맡아서 하였다.

임금이 밤에 잔치를 베풀 때도 오직 궁인(宮人)과 더불어 모실 수 있고, 비록 가까운 신하라 하더라도 참여할 수 없었다.

이 때부터 임금이 취하여 주정을 부리면서 정치를 돌보지 않았다. 순은 또 임금의 입에 마치 재갈을 물리듯이 해서 아무런 말도 못하게 하니, 예법(禮法)을 잘 아는 사람은 순을 미워하기를 원수같이 하였다. 그러나 임금이 매양 순을 보호하였다.

순이 세금을 거둬들여서 자산 경영하기를 좋아하므로 시론(時論)이 더럽다 하였다. 임금이 묻기를,

"경이 무슨 버릇이 있는가?"

하였다.

"옛날에 두예(杜預)는 좌전(左傳)을 읽는 버릇이 있었고 왕제(王濟)는 말에 몰두한 버릇이 있었고 신은 돈에 집착한 버릇이 있습니다."

하니 임금이 크게 웃고는 그를 더욱 감싸주었다.

어느날 입궁(入宮)하여 임금 앞에 아뢰었다. 순은 본디 입에 냄새가 있으므로 임금이 미워하며 말하기를,

"경은 나이가 많고 기운이 다하여 내 앞에 견디지 못하겠는가?"

하였다.

순은 드디어 관(冠)을 벗고 사죄하기를,

"신(臣)이 받은 작(爵)을 사양하지 않으면 망할까 두려우니, 신(臣)이 여염집에 돌아가도록 허락하신다면, 신은 분수를 지키겠습니다."

하였다.

임금이 좌우(左右)에게 명령하여 부축하여 돌려보냈다. 그러나 집에 돌아와 갑자기 병이 다하여 저녁에 죽었다. 아들은 없고 족제(族第) 청(淸)이 뒤에 당나라에서 벼슬하여 내공봉(內空奉)에 이르렀고 자손이 온 중국에 퍼졌다.

사신(史臣)이 말하기를

"국씨(麴氏)의 선조는 백성에게 공(功)이 있었고 청백(淸白)을 자손에게 남겨 주었다. 창이 주(周)나라에 있는 것 같아 아름다운 덕(德)이 하늘에 이르렀으니 할아버지의 풍도가 있다 하겠다. 순이 병을 들고 다니는 지혜를 가지고 독을 묻은 들창에서

일어났다. 일찍이 쇠로 만든 사발에 뽑혀 술단지와 도마 사이에
서서 담론하였다. 옳은 것은 받아들이고 그른 것은 물리치지 않
아 왕실(王室)이 혼란하여도 붙들지 못하여 마침내 천하에 웃음
거리를 자아냈으니, 옛날 거원(巨源)의 말을 족(足)히 믿을 만하
다.”고 하였다.

• **임 춘**(林 椿, 1163~1241) 고려 중기의 문인. 글 재주가 뛰어
  났으나 과거에는 여러 차례 실패했다. 1170년 정중부(鄭仲夫)의 난
  때 간신히 목숨을 건졌다. 이인로, 오세재 등과 함께 시와 술로 세
  월을 보내던 죽림고회(竹林高會)의 한 사람으로 세상에서는 강좌칠
  현(江左七賢)의 한 사람으로도 불리었다.

공방전(孔方傳)

임 춘(林 椿)

사물을 의인화하여 서술한 가전체 문학의 하나이다. 공방은 돈의 모습을 나타낸 것으로, 돈의 용도가 올발라야 함을 역설한 경제 관념을 엿볼 수 있다. 가전체는 설화의 단계에서 허구성이 가미되어 소설로 나아가는 과도기적 형식으로, 주제가 강하게 부각되는 것이 특징이다.

공방의 자(字)는 관지(貫之)[1]다. 공방이란 구멍이 모가 나게 뚫린 돈, 관지는 돈의 꿰미를 뜻한다. 그의 조상은 일찍이 수양산에 숨어 살아 한 번도 세상에 나와서 쓰여진 일이 없었다.

그는 처음 황제(皇帝) 시절에 조금 조정에 쓰였으나, 워낙 성질이 굳세어 원래 세상 일에는 그다지 세련되지 못했다. 어느날 황제가 상공(相工)을 불러 그를 보였다. 상공은 한참 들여다 보고 나서 말했다.

"이는 산야(山野)의 성질을 가져서 쓸만한 것이 못됩니다. 그러하오나 폐하께서 만일 만물을 조화하는 풀무나 망치를 써서 그

---

1) 꿴다는 뜻으로, 돈을 꿰미로 만들기 때문에 자(字)를 관지라 하였음.

때를 닦어 빛이 나게 한다면, 그 본래의 바탕이 차차 드러나게 될 것입니다. 원래 왕자(王者)란 모든 사람으로 하여금 올바른 그릇이 되게 해야 하는 것입니다. 원컨대 폐하께서는 이 사람을 저 쓸모 없는 완고한 구리쇠와 함께 내버리지 마시옵소서."

이리하여 공방은 차츰 그 이름이 세상에 나타나기 시작했다.

그 뒤에 일시 난리를 피하여 강가에 있는 숯 굽는 거리로 옮겨져서 거기에서 오래 살게 되었다. 그의 아버지 천(泉)은 주나라의 대재(大宰)로서 나라의 세금에 관한 일을 맡아 처리하고 있었다. 천(泉)이란 화천(貨泉)[1]을 말한다.

공방의 생김새는 밖은 둥글고 구멍은 모나게 뚫렸다. 그는 때에 따라서 변통을 잘한다. 한번은 한나라에 벼슬하여 홍려경이 되었다. 그 때 오왕(吳王)의 비(妃)가 교만하고 참람(僭濫)[2]하여 나라의 권리를 혼자서 도맡아 부렸다. 방은 여기에 붙어서 많은 이익을 보았다.

무제 때에는 온 천하의 경제가 말이 아니었다. 나라 안의 창고가 온통 비어 있었다. 임금은 이를 보고 몹시 걱정했다. 방을 불러 벼슬을 시키고 부민후(富民侯)로 삼아, 그 무리인 염철승(鹽鐵丞) 근(僅)과 함께 조정에 있게 했다. 이 때 근은 방을 보고 이름을 부르지 않고 항상 형이라 불렀다.

방은 욕심이 많고 비루하고 염치가 없었다. 그런 사람이 이제 재물을 맡아서 처리하게 되었다. 그는 돈의 본전과 이자의 경중을 다는 법을 좋아하였다. 또 나라를 편안하게 하는 것은 반드시 질그릇이나 쇠그릇을 만드는 생산 방법에만 있는 것이 아니라고 생각했다. 그는 백성과 더불어 한 푼 한 리의 이익이라도 다투었

---

1) 돈의 딴 이름.
2) 제 분수를 모르고 방자스러움.

다.

　한편 모든 물건의 값을 낮추어 곡식을 몹시 천한 존재로 만들고 딴 재물을 중하게 만들어, 농사 짓는 것을 방해했다. 그 결과 백성들이 자기들의 본업인 농업을 버리고 사농공상(士農工商)의 맨 끝인 장사에 종사하게 되었다.

　이것을 보고 간관(諫官)들이 상소를 하여 이는 잘못이라고 간했다. 하지만 임금은 이 말을 듣지 않았다. 방은 또 권세 있고 귀한 사람을 몹시 재치있게 잘 섬겼다. 그들의 집에 자주 드나들면서 자기도 권세를 부렸다. 또 그들을 등에 업고 벼슬을 팔아, 승진시키고 갈아 치우는 것마저도 모두 마음대로 했다. 이렇게 되니, 한다 하는 공경(公卿)들까지도 모두들 절개를 굽혀 그를 섬기게 되었다. 그는 창고에 곡식이 쌓이고 뇌물을 수없이 받아서 뇌물의 목록을 적은 문서와 증서가 산처럼 쌓여 그 수를 셀 수 없었다.

　그는 모든 사람을 상대하는 데 잘나거나 못난 것을 관계하지 않았다. 아무리 시정속에 있는 사람이라도 재물만 많이 가졌다면 모두 함께 사귀어 상통했다. 때로는 거리에 돌아다니는 나쁜 소년들과도 어울려 바둑도 두고 투전도 했다. 이렇게 남과 사귀는 것을 좋아했다. 이것을 보고 당시 사람들은 말했다.

　"공방의 한 마디 말이 황금 백 근만 못하지 않다."

　원제(元帝)가 왕위에 올랐다. 공우(貢禹)가 글을 올려 말했다.

　"공방이 어려운 직책을 오랫동안 맡아 보면서 농사가 국가의 근본임을 알지 못하고, 오직 장사꾼들의 이익만을 두호(斗護)[1]해 주어서, 나라를 좀먹고 백성을 해쳐서 국가나 민간 할 것 없이 모두 곤궁에 빠지게 되었습니다. 그 위에 뇌물이 성행하고 청탁

---

1) 남을 두둔하여 보호해 줌.

하는 일이 버젓이 행해지고 있습니다. 대체로 '짐을 지고 또 타게 되면 도둑이 온다(負且乘 致寇至)' 한 것은 '주역'에 있는 분명한 경계입니다. 청컨대 그를 파면시켜서, 모든 욕심 많고 비루한 자들을 징계하시옵소서."

그 때 정권을 잡은 자 중에는 곡량(穀梁)의 학문을 쌓아 정계에 진출한 자가 있었다. 그는 군자(軍資)를 맡은 장군으로 변방을 막는 방책을 세우려 했다. 이에 방이 하는 일을 미워하는 자들이 그를 위해서 조언했다. 임금이 이들의 말을 들어서 마침내 방은 조정에서 쫓겨나는 몸이 되었다.

그는 자기 문인들에게 말했다.

"내가 전일에 폐하를 만나 뵙고, 나 혼자서 온 천하의 정치를 도맡아 보았다. 그리하여 장차 국가의 경제가 넉넉하고 백성들의 재물이 풍족하게 하려고 애썼다. 그런데 이제 까닭 없는 죄로 내쫓기고 말았구나. 하지만, 나가서 조정에 쓰이게 되거나 쫓겨나 버림을 받는 것이 내게 있어서는 아무것도 손해될 것이 없다. 다행히 나의 이 목숨이 조금이라도 남아 있어 아주 끊어지지 않고 이렇게 주머니 속에 감추어져 아무 말도 없이 용납되고 있다.

이제 나는 부평과 같은 행색으로 곧장 강회(江淮)에 있는 별장으로 돌아가련다. 약야계(若冶溪) 위에 낚싯대를 드리우고 고기를 낚아 술을 마시며, 때로는 바다 위의 장사꾼들과 함께 배를 타고 떠돌면서 남은 일생을 마치련다. 제 아무리 천 종의 녹이나 다섯 솥의 많은 음식인들 내 어찌 조금이나 부러워해서 이것과 바꾸겠느냐? 하지만 내 심술이 오래 되면 다시 발작할 것만 같다."

진(晉)나라에 화교(和嶠)란 사람이 있었다. 공방의 풍도를 듣고 기뻐하여 사귀어 여러 만 냥의 재산을 모았다. 이로부터 화교는 공방을 몹시 좋아하는 한 가지 버릇을 이루고 말았다. 이것을 본 노포(魯褒)는 논(論)을 지어 화교를 비난하고, 그릇된 풍속을 바로잡기에 애썼다.

화교의 무리 중에서 오직 완적(阮籍)만은 성품이 활달해서 속물을 좋아하지 않았다. 그런데도 방의 무리와 어울려 술집에 다니면서 취하도록 마시곤 했다. 왕이보(王夷甫)는 한 번도 입으로 방의 이름을 부르는 일이 없었다. 방을 가리켜 말하려면 그저 '그것'이라고 했다. 맑은 의논을 하는 사람들에게는 방은 이렇게 천대를 받았다.

당(唐)나라 세상이 되었다. 유안(劉晏)이 탁지판관(度支判官)이 되었다. 탁지판관은 재산을 관리하는 벼슬이다. 당시 국가의 재산이 넉넉치 못했다. 그는 다시 임금께 아뢰어 방을 이용해서 국가의 재용(財用)을 여유있게 하려고 했다. 그가 임금에게 아뢴 말은 식화지(食貨志)[1]에 실려 있다.

그러나 그 때 방은 죽은 지 이미 오래였다. 다만 그의 제자들이 사방에 흩어져 살고 있었다. 국가에서 그들을 불러서 방 대신으로 쓰게 되었다. 이리하여 방의 술책이 개원(開元)·천보(天寶)[2]사이에 크게 쓰여졌고, 심지어는 국가에서 조서를 내려 방에게 조의대부 소부승(朝議大夫少府丞)을 추증하기까지 했다.

남송 신종조(神宗朝) 때에는 왕안석(王安石)이 정사를 맡아 다스렸다. 이 때 여혜경도 불러서 함께 일을 돕게 했다. 이들이 청묘법(靑苗法)[3]을 썼는데, 이 때 온 천하가 시끄러워 아주 못 살게 되었다.

---

1) 정사(正史)의 지류의 한 목(目). 경제에 관하여 기록되어 있는 책.
2) 모두 당나라 현종(玄宗)의 연호로서 서기 713~755년 사이.
3) 흉년이 들면 다음 해로 연기하여, 풍년이 든 해에 반납시키는 제도.

소식(蘇軾)이 이것을 보고 그 폐단을 혹독하게 비난하여 그들을 모조리 배척하려 했다. 그러나 소식은 도리어 그들의 모함에 빠져서 쫓겨나 자신이 귀양을 가게 되었다. 이로부터 조정의 모든 선비들은 그들을 감히 비난하지 못했다.

사마광이 정승으로 들어가자 그 법을 폐지하자고 아뢰고, 소식을 천거하여 높은 자리에 썼다. 이로부터 방(方)의 무리는 차츰 세력이 꺾이어 다시 강성하지 못했다.

방의 아들은 륜(輪)이었다. 성품이 경박해서 세상의 비난을 받았다. 뒤에 수형령(水衡令)이 되었지만 장물(贓物)이 발각되어 사형을 당했다.

사신(史臣)은 말한다.

남의 신하가 된 몸으로서 두 마음을 품고 큰 이익만을 좇는 자를 어찌 충성된 사람이라고 하겠는가? 방이 올바른 법과 좋은 주인을 만나서 나라의 은혜를 적지 않게 입었다. 그러면 마땅히 국가를 위하여 이익을 일으켜 주고, 해를 덜어 주어서 임금의 은혜로운 대우에 보답했어야 했다. 그런데도 도리어 비를 도와서 나라의 권세를 한몸에 독차지 하고, 심지어 사사로이 파당(派黨)을 만들기까지 했으니, 이는 충신은 경계 밖의 사귐이 없어야 한다는 말에 어긋나는 것이다.

방이 죽자 그 남은 무리들은 다시 남송에 쓰여졌다. 집정한 권신(權臣)들에게 붙어서 그들은 도리어 정당한 사람을 모함하는 것이었다.

비록 길고 짧은 이치는 저 명명(冥冥)한 가운데 있는 것이지만, 만일 원제(元帝)가 일찍부터 공우(貢禹)가 한 말을 받아들여 이들을 일조에 모두 없애 버렸던들 이 같은 후환은 없었을 것이다. 그런데 다만 이들을 억제하기만 해서 마침내 후세에 폐단을 남기고 말았다. 그러니 실행보다 말이 앞서는 자는 언제나 미덥

지 못한 것을 걱정하지 않을 수가 없다.

〈서하집(西河集)〉

국선생전(麴先生傳)

이규보(李奎報)

사물을 의인화하여 서술한 가전체 문학이다. 국(麴)은 술의 재료인 누룩이며, 이를 통해 군자가 처신할 방법을 알려 주고 있다.

국성(麴聖)[1]의 자는 중지(中之)요, 그의 관향(貫鄕)[2]은 주천(酒泉)이다. 어렸을 때에 서막(徐邈)[3]에게 사랑을 받아, 그의 이름과 자는 모두 서씨가 지어 준 것이다.

그의 조상은 애초에 온(溫)이라고 하는 고장에서 농사를 지으면서 살고 있었는데, 정(鄭)나라가 주(周)나라를 칠 때에 포로가 되어 본국으로 돌아가지 못하였으므로, 그 자손의 한 파가 정나라에서 살게 되었다. 그의 증조는 역사에 이름이 드러나지 않았고, 조부[牟]가 가산을 주천으로 옮겨, 이 때부터 주천에서 살게 되었다.

---

1) 맑은 술.
2) 본관(本貫).
3) '태평광기' 서막 설화에 나오는 주인공.

아버지 차[1]에 이르러서 비로소 출사(出仕)[2]하여 평원독우(平原督郵)의 직을 역임하였고, 사농경(司農卿) 곡씨(穀氏)의 따님과 결혼하여 성(聖)을 낳았다.

성은 어렸을 때부터 도량이 넓고 침착하여, 그의 친지들은 그를 매우 사랑하였다. 그래서 항상 이렇게 말하는 것이었다.

"이 아이의 도량이 만 이랑의 물과 같아서, 가라 앉히더라도 더 맑아지지 않으며 흔들어 보더라도 탁해지지 않으니, 우리는 자네와 얘기하기 보다는 이 아이와 함께 기뻐함이 좋겠네."

성이 자라자, 중산(中山)에서 사는 유영(劉伶)[3] 심양(潯陽)에서 사는 도잠(陶潛)[4]과 벗이 되었는데, 이들은 서로 말하기를,

"하루라도 이 친구를 만나지 못하면 심중에 물루(物累)[5]가 생긴다."

라고 하며, 만날 때마다 해가 저물도록 같이 놀고, 서로 헤어질 때는 항상 섭섭해 했다.

나라에서 성에게 조구연(糟丘掾) 벼슬을 내렸지만 성이 그것을 받지 않았다. 또 불러서 청주종사(淸州從事)를 삼으니 공경들이 계속하여 그를 조정에 천거했다. 이에 임금이 조서를 내리고 공거(公車)를 보내서 그를 바로 불러온 다음 눈짓하며 말했다.

"저 사람이 바로 주천의 국생인가? 내 그대의 향기로운 이름을 들은 지 이미 오래이니라."

이보다 앞서 태사(太史)가 임금께 아뢰었다.

"주기성(酒旗星)이 크게 빛을 내고 있습니다."

---

1) 흰 술.
2) 벼슬을 함.
3) 위(魏)~진(晉) 시대의 죽림칠현(竹林七賢)의 한 사람.
4) 도연명(陶淵明)의 본명.
5) 세상의 온갖 괴로움.

태사가 이렇게 아뢴 지 얼마 안 되어 성이 도착했다. 임금이 이로써 더욱 성을 기특하게 여겼다. 임금이 즉시 주객 낭중(主客 郎中)의 벼슬을 내리고 또 얼마 안 되어 국자제주(國子祭酒)로 옮겨 예의사(禮儀使)를 겸하게 했다.

이후부터 모든 조회의 잔치나 종묘의 제사(祭祀)·천식(薦食)· 진작(進酌)의 예에 임금이 맛이 있다고 칭찬하지 않는 때가 없었 다. 이에 임금이 그의 그릇이 믿음직하다 해서 발탁하여 승정원 재상에 임명하고 융숭하게 대접하였다.

성이 입궐할 때도 교자를 이용하도록 하고 이름은 부르지 않고 국선생이라 불렀다. 혹 임금이 마음에 불쾌한 일이 있을 때라도 성이 들어와 뵙기만 하면 임금이 이내 마음이 풀어져 크게 웃었 다.

성이 임금으로부터 사랑을 받은 것은 이런 이유였다. 원래 성 은 성질이 구수하고도 아량이 있었고 날이 갈수록 사람들과 친근 해졌다. 특히 임금과는 조금도 스스럼 없이 가까워졌다. 이로 말 미암아 성이 자연히 임금의 사랑을 받게 되어 항상 임금을 따라 다니면서 잔치 자리에서까지 절제없이 함께 놀았다.

이러한 성에게는 아들이 셋이 있었다. 혹(酷)[1]과 폭(醭)[2]과 역(醳)[3]이 곧 그들이다. 이들은 그 아비가 임금의 사랑을 받는 것을 지나치게 믿고 방자하게 굴었다. 중서령(中書令) 모영(毛 穎, 붓)이 임금에게 글을 올려 이를 탄핵했다.

"행신(倖臣)이 폐하의 사랑을 독차지하고 있는 것을 세상 사람 들이 모두 병통으로 여기고 있사옵니다. 이제 국성이 조그만 신

---

1) 독한 술.
2) 진한 술.
3) 쓴 술.

임을 받아 요행히 벼슬 계급이 올라 삼품(三品)에 이르자 많은 도둑을 궁중에 끌어들이고, 사람들을 휘감아서 해치기를 일삼고 있사옵니다. 그런 까닭으로 모든 사람들이 분하게 여겨 반대하며, 머리를 앓고 가슴을 아파하옵니다. 이것이야말로 나라의 병통을 바로잡는 충신이 아니요, 실로 만백성에게 해독을 끼치는 도둑이옵니다.

그리고 성의 자식 셋은 제 아비가 폐하께 총애를 받는 것을 지나치게 믿고, 방자하게 굴어서 모든 사람들이 다 괴로워 하는 바가 되었습니다. 바라옵건대 폐하께서는 이들에게 모두 사형을 내리시와 모든 사람들의 입을 막게 하옵소서."

이러한 상소가 올라가자 아들 세 형제는 즉시 독을 마시고 자살하고 말았다. 또한 성은 죄를 받아 서인이 되었다.

한편 치이자(鴟夷子)도 성과 친하게 지냈다 해서 수레에서 몸을 떨어뜨려 자살하고 말았다. 처음에 치이자는 우스개 소리를 곧잘해서 임금의 사랑을 받았다. 그러자 국성과 만난 뒤로 서로 친하게 되어, 임금이 출입할 때면 항상 같이 수레에 실려 다니곤 했다.

어느날 치이자가 몸이 곤해 누워 있자 성이 희롱하여 말했다.

"경은 배는 비록 크지만 속이 텅 비었으니 그 속에 무엇이 있는가?"

치이자가 대답했다.

"족히 경들 수백 명은 받아들일 수 있지."

이들이 이렇게 항상 우스개 소리를 하며 친하게 지냈으나 성이 벼슬을 그만두자 제(臍)¹⁾마을과 격(膈)²⁾마을 사이에 도둑들이

---

1) 배꼽.
2) 가슴.

떼를 지어 일어났다.

이에 임금이 이 고을의 도적들을 토벌하고자 하였으나 적임자가 쉽게 나타나지 않았다. 임금이 하는 수 없이 성을 다시 기용하고 원수로 제수하여 도적들을 토벌하도록 했다. 성은 부하 군사들을 몹시 엄하게 통솔했을 뿐만 아니라, 모든 군사들과 고생도 같이 했다.

수성(愁城)에 물을 대어 함락시키고 거기에다 장락판(長樂坂)을 쌓은 다음 회군하여 돌아왔다. 임금이 그 공로로 상동후(湘東侯)에 봉했다. 그런 지 2년 만에 성이 상소하여 벼슬에서 물러나기를 청하여 아뢰었다.

"신은 본래 가난한 집안의 자식으로 태어나 어렸을 적엔 본래 몸이 빈천하여 이곳 저곳으로 남에게 팔려 다니는 신세였습니다. 그러다가 우연히 폐하를 뵙게 되자 폐하께서는 마음을 터 놓으시고 신을 받아 주셨습니다. 그러나 신은 큰 일을 하는데 도움이 되지 못했고 국가의 체면을 조금도 빛나게 하지 못했습니다. 전번에 제몸을 삼가지 못한 탓으로 물러나 시골에 편안히 있었습니다. 비록 엷은 이슬 방울이 거의 다 말랐으나 그래도 요행히 남은 이슬 방울이 있습니다. 감히 해와 달이 밝은 것을 기뻐하면서 다시금 찌꺼기의 덮은 것으로 열어 젖힐 수가 있습니다. 또한 물이 그릇에 차면 엎질러진다는 것은 모든 물건의 올바른 이치이옵니다. 이제 신의 몸이 마르고 소변이 통하지 않는 병이 있어 목숨이 경각에 달려 있습니다. 바라옵건대, 폐하께서는 명령을 내리시어 신으로 하여금 물러가서 편안한 여생을 보내게 해주십시오."

그러나 임금이 이를 승낙하지 않고 중사(中使)로 하여금 송계(松桂)·창포(菖蒲) 등 약을 가지고 그 집에 가서 병을 돌봐 주게 했다.

성이 여러 번 글을 올려 이를 사양했다. 그러자 임금은 할 수 없이 이를 허락하여 마침내 고향에 돌아가 다만 그의 아우 현(賢)[1]만이 늙도록 살다가 수명을 누리고 죽었다. 벼슬이 2천석에 이르렀다. 아들이 넷 있는데, 곧 익(色酒)·두(酘)[2]·앙(醠)[3]·람(醂)[4]이 그들이다.

이들이 도화즙을 마셔 신선이 되기를 배웠다. 또 성의 조카들에 주(醜)·만(醔)·염(醶)이 있었다.

이들은 모두 평씨에 속하였다.

사신(史臣)은 말한다.

"국씨는 원래 대대로 농사짓는 집안이었는데, 성이 유독 넉넉한 덕이 있고 맑은 재주가 있어서 당시 임금의 심복이 되어 국가의 정사에까지 참여하고, 임금의 마음을 깨우쳐 주어 태평스러운 시절의 공을 이루었으니 장한 일이다. 그러나 임금의 사랑이 극도에 달하자 마침내 국가의 기강을 어지럽히고 화(禍)가 그 아들에게까지 미쳤다. 하지만 이런 일은 실상 그에게는 유감이 될 것이 없다 하겠다. 그는 만절(晩節)이 넉넉한 것을 알고 자기 스스로 물러나서 마침내 천수(天壽)로 세상을 마쳤다. 주역(周易)에 '기미를 보아서 일을 해 나간다(見機而作)'고 한 말이 있는데, 성이야말로 거의 여기에 가깝다 하겠다."

〈동문선(東文選)〉

---

1) 탁주.
2) 중량주.
3) 막걸리.
4) 과일주.

청강사자현부전(淸江使者玄夫傳)

이규보(李奎報)

> 현부(玄夫)는 어떤 사람인지 알 수 없으나, 거북을 의인화
> 한 작품이다. 어진 사람의 행실에 관한 이야기이다.

현부(玄夫)[1]는 어디 사람인지 알 수가 없다. 혹 그 조상은 신인(神人)이었다고도 하는데, 형제 열다섯이 모두 몸집이 크고 절륜(絶倫)한 힘이 있었다.

천제(天帝)께서 명(命)하여 오산(五山)[2]을 떠받치고 바다 가운데 살게 하였는데 이가 바로 현부이다.

자손 대에 이르러서는 형세가 희미해지면서 힘으로 널리 알려진 자는 없게 되었다. 다만 점 보는 일을 업(業)으로 삼았다. 지리(地理)의 이롭고 해로움을 살피다 보니, 그 거처하는 곳이 일정치 않았다. 그래서 그의 향리(鄕里)와 세계(世系)는 상세히 전할 길이 없다.

먼 조상은 문갑(文甲 : 바다거북)으로서 요(堯)임금 시절에 낙

---

1) 거북의 별명. 검은(玄) 옷을 입은 사내(夫)란 뜻에서 취함.
2) 중국의 다섯 큰 명산(名山).

수(落水)[1]가에 은거(隱居)하였는데, 임금이 그가 어질다는 소문을 듣고 귀빈으로 맞아들였다. 문갑이 신기한 그림을 등에다 지고 와서 바치니 임금이 가상하게 여겨서 낙수후(落水侯)에다 봉(封)하였다.

증조부는 자칭 '상제(上帝)의 사자(使者)다'라고 말하였을 뿐, 그 이름을 말하지 아니 했는데, 홍범구주(洪範九疇)[2]를 등에 지고 와서 백우(伯禹)[3]에게 주었던 바로 그 사람이다.

조부(祖父)는 백약(白若 : 거북)으로, 하후(夏后)[4]때에 곤오(昆吾)[5]에서 세 발 달린 솥을 주조(鑄造)하여 옹난을(翁難乙)과 함께 온 힘을 다 기울인 공로가 있었다.

아버지 중광(重光)은 나면서부터 왼편 겨드랑이에 이런 글자가 있었다.

'달님의 아들 중광이니, 날 얻는 자가 필부(匹夫)라면 제후가 되고, 제후라면 제왕이 되리라.'

그 무늬를 따서 현부(玄夫)라 이름하였던 바, 한층 침착하고 깊이 있게 생각하였다.

그 어머니가 요광성(瑤光星)[6]이 품안에 들어오는 태몽을 꾸고는 그를 잉태하였다. 처음 태어났을 때, 관상(觀相)을 보는 이가

"등의 모양이 서려 있는 넓적한 언덕을 본받고, 문채는 펼쳐있는 별자리를 이루고 있으므로 필경 신성(神聖)한 상(相)이로다."
라고 말하였다.

---

1) 황하의 지류.
2) 하(夏)나라 우(禹) 임금 때 낙수(洛水)에서 나온 거북의 등에 있었다는 구장(九章)의 문장.
3) 요임금이 우(禹)를 백(伯)에다 봉했기 때문에 백우라 함.
4) 하(夏)나라.
5) 하(夏)나라의 곤오국(昆吾國).
6) 북두칠성 가운데 제 일곱번째 별 이름.

장년(壯年)이 되자, 역법(曆法)과 예언서를 깊고 넓게 연구하여 무릇 천지(天地)와 일월(日月), 음양(陰陽)과 춥고 더움, 풍우(風雨)와 어둡고 밝음, 길흉과 화복(禍福)에 이르기까지 미리 헤아려 알지 못하는 것이 없었다. 그 위에 신선의 행기(行氣)[1]와 도인(導引)[2]과 불사(不死)의 비방도 배웠다.

성격이 무(武)를 숭상하여 항상 절개를 지켜 행하였다. 임금이 그 이름을 들으시고 사절을 보내어 불러들이었으나, 현부는 돌아보지도 아니한 채 다만 노래하기를,

　　"진흙 바닥에 노니는
　　그 즐거움 가이 없네
　　높은 벼슬 받는 총영
　　어찌 내 바랄 것인가?"

하고 웃기만 할 뿐 대답을 주지 않았다. 이후 벼슬에 나가는 길이 끊기고 말았다.

그 후 춘추시대 송(宋)나라 원왕(元王)[3]시절에 예저(預且)[4]가 그를 억지로 끌고는 임금 앞에 나가게 하였다.

임금 앞에 알현(謁見)하기 직전, 꿈에 어떤 사람이 검정 옷에 까만 수레를 타고 와서는,

"저는 청강사자(淸江使者)이온데, 장차 전하를 뵙고자 하옵니다."

하였다.

그 다음날 예저가 과연 현부를 이끌고 나타나 뵈오니 임금이 크게 반가워서 벼슬을 내리고자 하였다.

---

1) 몸 움직임.
2) 신선한 공기를 몸안에 이끌어 넣는 도가의 양생법.
3) 주(周)나라 27대 임금.
4) 춘추시대 송나라의 어부.

그러자 현부는 아뢰었다.

"신(臣)은 예저에 의해 강제로 온 것이고, 또 들으니 전하께서 덕망을 갖추셨다 하기에 와서 뵈옵는것 뿐입니다. 벼슬이나 봉록(奉祿)은 제 본의가 아닙니다. 그런데 어찌하여 전하께서 붙드시고 보내 주지 아니하십니까?"

임금이 그 말을 듣고 보내려 했는데 마침 위평(衛平)이 가만히 일러 간(諫)하는 바람에 보내는 일을 멈추었다. 그 즉시 수형승(水衡丞)[1]에 배치하고 다시금 도수사자(都水使者)[2]의 자리로 재차 임용하였다.

얼마 지나서는 대사령(大史令)[3]에 올려 놓으니 널리 나라에서 시행할 조치와, 흥망이 걸려 있는 일의 크고 작음을 막론하고 그에게 묻지 않고 행사하는 일은 없었다.

임금이 일찍이 농담삼아,

"그대는 신명(神明)의 후예로서 길흉에 밝은데, 뜻밖에도 예저의 꾀임에 빠져 과인(寡人)에게 붙들렸으니 이 어쩐 일이오?"

하자, 현부는 대답하였다.

"명철(明哲)함 속에도 볼 수 없는 바는 있고, 슬기로움 가운데도 미치지 못하는 곳이 있는 때문이지요."

그러자 임금은 크게 웃었다.

그 후에 홀연히 떠나버렸는데 그가 간 곳을 알 수가 없게 되었다. 아직까지도 현귀(顯貴)한 사대부들 사이에는 그 덕을 흠모하여 황금으로 그의 형상을 만들어서 허리에 차는 것이다.

큰 아들은 원서(元緒 : 거북의 딴 이름)라 하였는데, 다른 자에

---

1) 물이 흐르는 일을 맡는 관직.
2) 산과 늪의 일을 맡는 관직.
3) 일관(日官)·천관(天官)·천문(天文)을 맡는 관직.

게 삶겨 죽었다. 죽음에 닥쳐서 탄식하되,

　"택일(擇日)을 하지 않고 움직이다가 오늘날 끓여 죽임을 당하네. 그렇지만 남산(南山) 전체를 땔감으로 불사른다 해도 나의 몸을 뭉그리진 못하리라."

하며, 그 비분강해하였다.

　둘째 아들을 원저라 하였는데, 오(吳)·월(越) 두 나라 사이를 떠돌아 노니며 스스로를 통현선생(洞玄先生)[1]이라 일컬었다.

　또 그 다음 아들은 이름을 잃게 되고 말았지만, 모습이 대단히 작고 점(占)을 치지는 못하는 대신 나무 위에 올라가거나 매미를 잡았는데, 그 또한 끓여 죽임을 당하고 말았다.

　그의 피붙이 가운데 도를 얻어 가지고 천 년(千年) 불사(不死)에 이르러, 그 몸 두는 바가 푸르런 구름 덮인 곳에 있는 자도 있고, 벼슬살이에로 숨어 버려 세상에서 현의독우(玄衣督郵 : 거북의 별명)라 부르는 자도 있었다.

　사신(史臣)이 말하였다.

　"지극히 미묘한 곳을 살피고 징조(徵兆)가 일어나기 전에 미리 막는 성인(聖人)도 어쩌다간 차질이 나기 마련이다. 현부(玄夫)의 슬기로운 재주로도 두예의 꾀를 막아 내지 못한 데다가 더욱이 두 자식을 팽살(烹殺)[2]에서 구하지 못하였으니, 하물며 그 나머지야 더 이를게 무엇이랴? 옛적에 공자께서도 광(匡)[3] 땅에서 액운(厄運)에 걸리셨다. 또 그의 문하생인 자로(子路)[4]를 젓담기어 죽는 재앙 속에서 벗어나게 하지 못하셨다. 그러니 아아! 어찌 삼가지 않을 수 있을 것인가?"

---

1) 오묘한 경지에 환히 통한 선생이란 뜻.
2) 삶아 죽임.
3) 춘추시대에 위(衛)나라의 땅.
4) 공자의 제자인 중유(仲由).

죽부인전(竹夫人傳)

이 곡(李 穀)

대(竹)를 의인화하여 죽부인의 절개를 내세우고 세상을 징계(懲戒)한 가전이다.

옛날에 한 부인이 있었는데 성은 죽(竹)이요, 이름은 빙(憑)이었다. 위빈(渭濱)[1] 사람 운(篔)[2]의 딸이다. 그의 가계는 창랑씨(蒼筤氏)[3]로부터 시작한다. 조상이 음률을 잘 해득(解得)[4]하였으므로, 황제(皇帝)가 그를 뽑아서 음악의 일을 맡아 다스리게 했다. 우(虞)나라 때의 소(簫)[5] 역시 그 후손이다.

처음에 창랑은 곤륜산(昆侖山) 남쪽에서 동쪽으로 옮겨 와서 복희씨(伏羲氏) 대에 위씨(韋氏)와 함께 문적에 관한 일을 보아 큰 공을 세웠다. 그래서 그의 자손은 대대로 모두 사관(史官)의 자리를 맡게 되었다.

---

1) 위수(渭水)의 가.
2) 왕대(王竹).
3) 작은 대(竹).
4) 깨우쳐서 알다.
5) 퉁소.

진(秦)나라는 포악한 정사를 하였다. 이사(李斯)[1]의 계략을 받아 들여 모든 책들을 불사르며 선비들을 묻어 죽였다. 이렇게 되자 창랑의 자손들은 점점 한미(寒微)[2]해졌다.

한(漢)나라 때에는 채윤(蔡倫)[3]의 문객 저생(楮生)[4]이 글을 배워, 붓을 가지고 때때로 죽씨와 함께 놀았다. 그러나 그 위인이 경박해서 남 헐뜯기를 좋아했다. 죽씨의 그 강직한 모습을 싫어하여 몰래 헐뜯다가, 마침내 죽씨의 소임까지 빼앗아 갔다.

주(周)나라 때에는 간(竿)이 있었다. 그도 역시 죽씨의 후손이다. 그는 태공망과 함께 위빈에서 낚시질을 했다. 어느날 태공은 낚시에 쓸 갈고리를 만들었다. 이것을 본 간이 태공에게 말했다.

"내가 들으니 큰 낚시는 갈고리가 없다고 합니다. 낚시의 크고 작은 것은 굽고 곧은 데 있습니다. 곧은 낚시는 가히 나라를 낚을 것이요, 굽은 것은 겨우 물고기를 낚는 데 지나지 못할 것입니다."

태공은 간의 말을 옳게 여기고 그 말을 따르기로 했다. 뒤에 과연 태공은 문왕의 스승이 되어 마침내는 제(齊)나라에 봉해졌다. 이에 태공은 간이 어질다고 임금에게 천거하여 위빈을 식읍으로 삼게 했다.

이것이 바로 죽씨와 위빈이 관계를 맺게 된 유래이다. 지금도 죽씨의 자손은 수없이 많이 퍼져 있다. 이를테면 임·어·군·정·이 곧 그들이다. 그 자손 중에서 양주(楊州)로 옮겨 간 자들이 있다. 이들은 조·탕이라고 한다. 또 오랑캐 땅으로 들어간 자는 봉(篷)이라 한다.

---

1) 책을 매는 가죽.
2) 가난하고 문벌이 변변하지 못함.
3) 진(秦)나라의 정치가.
4) 종이.

죽씨에게는 대개 문(文)과 무(武)의 두 줄기가 있다. 대대로 변·궤·생·우처럼 대체로 예약(禮藥)에 소용되는 것이 있는가 하면, 또는 활을 쏘고 물고기를 잡는데 쓰는 작은 도구에 이르기까지 모두 전적(典籍)에 실려 있다. 그 중에서 오직 감만은 성질이 몹시 둔했다. 속이 꽉 막혀 아무것도 배우지 못하고 죽어 버렸다. 운의 대에 이르러서는 숨어 살면서 벼슬하기를 즐겨하지 않았다.

죽씨의 자손에 당(簹)이란 아우가 있었다. 그는 형과 함께 욕심 없이 곧게 살았다. 특히 왕자유(王子猷)[1]와 친하게 지냈다. 어느날 자유는 다음과 같이 말하였다.

"하루도 그대[此君][2] 없이는 살 수가 없소."

이때부터 그의 호를 차군(此君)이라 부르기 시작했다. 자유는 단정한 사람으로서 벗을 사귀는 데는 반드시 단정한 사람만 골라서 사귀었다. 이것만을 보아도 그의 사람됨을 알 만하다.

당(簹)은 익모(益母)의 딸과 결혼하여 딸을 낳았다. 죽부인(竹夫人)은 바로 그 딸이다. 처녀 때에 그녀는 정숙한 자태를 지녔다. 이웃에 사는 의남(宜男)이란 자가 음란한 노래를 지어 마음을 떠 보았지만 부인은 화를 내며 말했다.

"남녀가 비록 다르지만 그 절개는 하나밖에 없다. 한 번에 남에게 절개를 꺾이게 되면 어찌 다시 세상에 설 수 있겠는가?"

이 말을 듣고 의남은 부끄러워 달아났으니, 어찌 소나 끄는 사람들이 엿볼 수 있는 것이랴.

죽부인이 자라자 송대부(宋大夫)[3]가 예를 갖추어 혼인하기를 청하였다. 이 때 그 부모는 말하였다.

---

1) 왕휘지(王徽之).
2) 대나무, 왕휘지는 대를 좋아하여 차군이라 함.
3) 소나무.

"송공은 참으로 군자다. 그의 지조와 행동으로 보니 우리 딸과 짝이 될 만하구나."

마침내 죽부인은 그와 결혼하였다. 이때부터 부인의 성질은 날로 더욱 굳고 두터워서, 혹 일을 분별함에 임하여서도 그 민첩하고 빠름이 마치 칼날로 무엇을 쪼개는 것과 같았다. 비록, 매선(梅仙)과 같이 믿음이 있고 이씨(李氏)[1]처럼 말이 없을지라도 돌아볼 가치가 없는 것인데, 하물며 그의 이러한 성질을 늙은 귤이나 살구 열매 따위에 비교할 수 있으랴!

혹 안개 낀 아침이나 달 밝은 저녁이면 바람을 시로 읊고 비를 휘파람으로 즐기는 그 깔끔한 모습을 무엇으로 형용하랴. 호사자(好事者)[2]들은 남몰래 그 얼굴을 그려 전하면서 보배로 삼았다. 그 중에서도 문여가(文與可)와 소자첨(蘇子瞻)[3]이 더욱 이를 좋아했다.

송공은 부인보다 나이가 십 팔세나 위였다. 늦게 신선이 되어 곡성산(穀城山)에서 놀다가 돌이 되어 다시 집으로 돌아오지 못했다. 그 후, 부인은 혼자 살면서 자주 '시경(詩經)'의 위풍(衛風)을 노래 하였다. 자연히 마음이 흔들려 혼자 지탱해 나갈 수 없었다. 게다가 부인의 성품은 술 마시기를 좋아하였다.

어느 해인가 오월 십 삼 일 청분산(靑盆山)으로 집을 옮겨 살다가 술에 취하여 고갈병(枯渴病)에 걸려 끝내 고치지 못했다. 병을 얻은 후부터 부인은 항상 남에게 의지해 살았다. 부인은 만절(晩節)이 더욱 굳었으므로 향리의 칭찬이 그치지 않았다.

또 삼방 절도사(三邦節度使) 유균(惟菌)[4]의 부인과도 성이 같

---

1) 오얏나무.
2) 일 벌이기를 좋아하는 사람.
3) 소식(蘇軾).
4) 화살대.

았다. 그녀의 행실은 임금에게까지 알려져서 절부(節婦)의 직함을 받았다.

사신(史臣)은 말했다.

"죽씨의 조상은 상고시대에 크게 공이 있었다. 또 그 자손들은 모두 재주가 있을 뿐 아니라 절개가 굳어서 세상의 칭송을 받아 왔다. 그러니 죽부인이야말로 어질다고 할 수 밖에 없다. 슬프구나. 부인은 이미 군자와 짝지어 살아서, 남에게 의지함이 되었건만 아들이 없으니, 천도(天道)는 아는 것이 없다는 말이 역시 헛된 말이 아니다."

〈동문선(東文選)〉

• 이 곡(李 穀, 1298~1351) 1320년 문과(文科)에 급제. 1333년 원나라 제과(制科)에 급제. 원나라 한림국사원 검열 등을 역임하였다. 1334년 충숙왕이 즉위하자 귀국하여 정당문학(政堂文學)이 되고, 한산군(韓山君)에 봉해졌다. 문장에 능하여 중국인도 탄복했다.

저생전(楮生傳)

이 첨(李 詹)

종이를 의인화하여 각자의 자서전식으로 썼다. 임금을 가
까이서 모시는 신하와 정객들의 직간을 소개로 하여 세상 사
람들을 경계하고 있다.

생(生)의 성은 저(楮)¹⁾이요. 이름은 백(白)이다. 자는 무점이
다. 그는 원래 회계(會稽)사람이다. 한(漢)나라 중상시(中常侍)
상방령(尚方令) 채륜(蔡倫)의 후손이다. 그는 태어날 때 난초탕
(湯)에 목욕하고, 흰 구슬을 희롱하여 흰 띠〔茅〕로 꾸렸기 때문
에 그 모양이 희고 깨끗하다. 같은 어머니에서 낳은 그의 아우가
모두 십 구명이다.

이들은 저생과 동복들이다. 서로 화목하고 사이가 좋아서 잠시
도 서로 떨어지거나 차서(次序)²⁾를 잃어버리는 법이 없었다. 또
원래 성격이 정결하고 무인을 좋아하지 않았다. 그래서 언제나
문인들과 사귀면서 함께 놀았다.

---

1) 종이의 원료.
2) 차례. 순서.

그 중에서 중산(中山) 모학사(毛學士)가 가장 가까운 친구였다. 둘은 언제나 친하게 놀아서 혹시 모학사가 저생의 얼굴에 먹칠을 해서 더럽히더라도 씻는 법이 없이 그대로 있었다.

학문으로 말하자면 그는 천지·음향의 이치를 통하고, 성현과 명수(命數)에 대한 근원에 이르기까지 모르는 것이 없었다. 심지어는 제자백가의 글과 이단(異端) 불교에 이르기까지 모두 써서 기억하지 않는 것이 없었다.

한나라에서 선비를 뽑는데 책(策)¹⁾을 지어 재주를 시험했다. 이때 저생은 방정과(方正科)에 응시하여 임금께 말했다.

"옛날이나 지금의 글은 대개 대조각을 엮은 것에다 쓰기도 하고, 또는 흰 비단에도 쓰기도 했습니다. 그러나 이것은 모두 다 불편하기 짝이 없습니다. 신이 비록 두텁지는 못하오나 진심으로 대조각이나 비단을 대신하고자 합니다. 그러니 저를 한 번 써 보시다가 만일 효력이 없거든 신의 몸에 먹칠을 하십시오."

이 말을 듣고 사람을 시켜서 한 번 시험해 보라고 했다. 시험해 본 결과, 과연 그의 말대로 편리하여 대조각이나 비단을 쓸 필요가 없었다. 이에 황제는 저생을 포상하고 저국공(楮國公) 백주자사(白晝刺史)의 벼슬을 주었다. 그리고 만자군(萬字軍)을 통솔케 하고, 봉읍(封邑)으로 그의 씨(氏)를 삼았다.

이것을 보고 나무껍질·삼(麻)머리·고기그물 등이 자기들도 써 주기를 청했다. 하지만 이들은 그들의 말과는 달리 완전한 것이 못되었다. 이들은 마침내 오래 사는 술법을 배워, 비나 바람이 그들 몸에 침입하지 못하고 좀도 먹어 들어가지 못하게 되었다. 항상 칠일이면 양정(陽精)을 빨아들이고 먼지를 털며, '입을 옷을 볕에 쬐면서 조용히 살았다.

---

1) 정치에 관한 계책을 답하여 적게 하는 과거 시험 과목 중의 하나.

그 뒤에 진나라 좌태중(左太仲)이 성도부(城都賦)를 지은 일이 있었다. 저생은 이 글을 한 번 보더니 이내 외는 것이었다. 사람들이 그가 외는 대로 다투어 베껴 썼다. 이때부터 평소에 그를 알던 사람들도 자주 그를 만나 볼 수가 없게 되었다.

후에 와서는 왕우군(王右軍)의 필적을 본받아서 해자로 쓴 글씨가 천하에서 제일 뛰어났다. 그는 양나라 태자 통(統)을 섬겨 함께 고문선(古文選)을 편찬하여 세상에 전하기도 했다. 하지만 그가 임금님의 명령을 받고 위수(魏收)와 함께 국사를 편찬하기도 했지만, 위수가 칭찬하고 깎아내리는 것을 공정하게 하지 않았기 때문에 후세 사람들은 예사(穢史)라고 한다.

이에 저생은 자진하여 사직하고 장부나 기록하겠다고 요청했다. 임금이 이를 허락하자 지출하는 것은 붉은 글씨로 쓰고, 수입하는 것은 먹으로 써서 분명하게 장부를 꾸미니, 이것을 보고 세상 사람들이 그의 재능을 칭찬하였다.

그런 뒤로 저생은 진(陳)의 후주(後主)의 사랑을 받게 되었다. 그의 행신(倖臣) 안학사의 무리들과 함께 항상 임춘각(臨春閣)에서 시를 지었다.

이때 수나라 군사가 경구(京口)를 지나자 진나라 장수가 이를 비밀리에 임금에게 급히 알렸다. 그러나 저생은 이를 숨기고 봉한 것을 열어 보이지 않았다. 이 때문에 진나라는 수나라에게 패하고 말았다.

대업(大業) 연간의 일이다. 저생은 왕주(王冑)·설도형(泄道衡)과 함께 양제를 섬겨, 그들과 같이 정초(定草)·연니(燕泥)의 글귀를 읊었다. 그러나 양제는 딴 사람이 자기보다 나은 것을 보지 못하는 성격이어서 계속 간하여 결국 저생은 쫓겨나게 되었다. 저생은 드디어 소박을 당하는 몸이 되어 뚤뚤 말려 품속에 숨겨져 대궐에서 나왔다.

당나라 때 홍문관에 기구를 설치하게 되었다. 이에 저생이 본관으로 학사를 겸해서 저수량·구양순과 함께 옛날 역사를 강론하고, 정사를 상고하여 처리해 나갔다. 이리하여 세상에서 말하는 정관(貞觀)의 치적을 이룩할 수 있었던 것이다.

송나라가 일어나자 정주학(程朱學)의 모든 선비들과 함께 문명의 치적을 이룩하기도 했다. 사마온공(司馬溫公)이 자치통감을 편찬할 때, 그는 저생을 박식하고 능통하다고 생각하여 늘 옆에 두고 물어가며 썼다.

그때는 마침 왕안석이 권세를 부릴 때였다. 그는 특히 춘추(春秋)의 학문을 좋아하지 않았다. 왕안석은 춘추(春秋)를 가리켜 다 찢어진 신문이라고 평했다. 그러나 저생은 이를 옳지 못한 의론이라고 하다가 마침내 배척 당해 쓰이지를 못했다.

원나라 초년이 되었다. 저생은 본업에는 그다지 힘쓰지 않고 장사만을 좋아했다. 몸에 돈 꿰미를 두르고 찻집이나 술집을 드나들면서 한 푼 한 리의 이익만을 도모했다. 그러자 세상 사람들이 이를 비루하게 여겼다.

원나라가 망하자 저생은 다시 명나라에서 벼슬을 해서 비로소 사랑을 받게 되었다. 이때부터 자손이 번성하여, 혹은 대대로 역사를 맡아 쓰는 사씨(史氏)가 되기도 하고, 혹은 시가(詩家)의 일가를 이루기도 했다. 혹은 선록(禪錄)을 초봉(草封)하기도 했다. 발탁되어 관직에 있는 자는 돈과 곡식의 수효를 알게 되었고, 군무(軍務)에 종사하는 자는 군대의 공로를 기록했다. 그들이 맡은 직업에는 비록 귀천이 있기는 하지만 모두 성실하지 못하다는 비난을 받지는 않았다.

대부가 된 뒤로부터 그들은 거의 다 흰 띠를 띠기 시작했다.

태사공(太史公)이 말했다.

무왕이 은(殷)을 이기고, 아우 숙도(叔度)를 채(蔡) 땅에 봉하여 주(紂)의 아들 무경(武庚)을 도와서 은나라의 유민들을 다스리게 했다. 무왕이 죽고 성왕은 나이가 어려서 주공이 그를 도왔다.

이때 채숙(蔡叔)이 나라 안에 유언(流言)을 퍼뜨리자 주공은 그를 귀양보냈다.

그 아들 호(胡)는 과거의 행동을 고쳐서 덕을 닦았다. 이에 주공이 이를 천거하여 높은 벼슬에 봉했다. 성왕이 다시 호(胡)를 신채(新蔡)에 봉했으니 그가 곧 채중(蔡仲)이었다.

그 뒤에 초나라 공왕(共王)이 애후(哀侯)를 잡아 가지고 돌아왔다. 그가 식부인(息夫人)을 공경하지 않은 때문이었다. 이에 채 땅 사람들이 그의 아들 힐을 세웠다. 그가 바로 무후(繆侯)다. 그런데 이번에는 제의 호나공이 그가 채 땅의 여인과 헤어지지 않은 채 다시 딴 곳에 장가갔다 해서 무후를 사로잡아 돌아왔다.

무후가 죽자 그의 아들 갑오(甲午)가 일어섰다. 그러나 초의 영왕(靈王)이 영후(靈侯)의 아버지의 원수를 갚으려고 군사를 매복시켜 술을 먹인 다음 그를 죽였다. 그리고 채 땅을 멸한 다음에 경후(景侯)의 소자 여(廬)를 구하여 싸웠다. 이가 바로 평후(平侯)이다.

이들은 그 뒤 하채(下蔡)로 이주하여 살았다. 그 후에 초의 혜왕(惠王)이 다시 채 땅의 제후들을 멸해서 그 뒤로는 마침내 쇠퇴하게 되었다.

슬프도다. 왕자의 후손들이 그 조상들이 대대로 쌓아 올려 놓은 두터운 덕에 힘입어 나라를 차지하고 있었으나 그들이 융성해지고 쇠약해지는 것은 모두 운명과 교화에 관계되는 것이다.

채(蔡)는 본래 주(周)와 동성이었다. 지금까지 강대국의 침범을 당했으나 끝내 그 자손이 없어지지 않았다. 그러다가 한(漢)

의 말년에 이르러서야 드디어 봉읍(封邑)을 받고 그 성을 바꾸게
되었다. 그리하여 나라가 망하여 보통 백성 집으로 멀어지고, 집
이 커져서 그 자손이 천하에 가득하게 되는 것을, 나는 채씨의
후손에게서 볼 수 있었다.

* 이　첨(李　詹, 1345~1405)　1368년 문과에 급제하였다. 우상시,
  지신사 등을 역임하고 조선 건국 후에도 사관이 되었다. 문장과 글
  씨에 뛰어났다.

정시자전(丁侍者傳)

석식영암(釋息影庵)

　　고려 때의 중 식영암(息影庵)이 지은 가전체(假傳體)의
문학이다. 지팡이를 의인화하여 정시자라고 부르게 된 이유,
직책 등을 전기체(傳記體)로 꾸민 이야기다.
　　사람들로 하여금 자신을 알아서 도(道)를 지킬 것을 경계
(警戒)한 내용이다.

　　입동(立冬)날 새벽, 식영암(息影庵)은 암자 안에서 벽에 기대
앉은 채 졸고 있었다. 이 때, 밖에서 누군가가 뜰에 대고 절을 하
며 물었다.
　　"새로 온 정시자(丁持者)[1]가 문안을 드립니다."
　　식영암은 잠에서 깨어나 이상히 여기고 밖을 내다보았다. 거기
에는 한 사람이 서 있었다. 몸은 가늘고 키가 크며, 얼굴이 검고
빛났다. 붉은 다리는 우뚝하고 뾰족하여 마치 싸우는 소의 뿔과
같았다. 새까만 눈망울은 툭 튀어 나와서, 마치 부릅뜬 눈과도 같
았다. 그 사람은 기우뚱거리며 걸어들어오더니 우뚝 섰다.

---

1) 지팡이.

식영암은 처음엔 놀랐으나 천천히 그를 불러 말했다.

"이리 가까이 오게. 물어 볼 것이 있네. 자네는 왜 이름을 정(丁)이라 하는가? 어디서 왔으며 무엇하러 왔는가? 나는 평소 자네 얼굴도 모르는데, 스스로 시자(侍者)¹⁾라고 하니, 그건 또 어찌해서인가?"

식영암이 말이 채 끝나기도 전에 정(丁)은 깡총깡총 뛰어 앞으로 왔다. 그리고 그는 공손한 태도로 다음과 같이 말하였다.

"옛날 성인 중에 소의 머리를 한 분을 포희씨(包犧氏)²⁾라 하는데 그 분이 바로 저의 아버지입니다. 또 뱀의 몸을 한 분을 여와(女媧)라고 하는데, 그 분이 곧 저의 어머니입니다. 저를 낳아서 숲속에 버리고 기르지 않았습니다.

저는 서리와 우박을 맞을 때는 거의 얼고 말라서 죽는 듯하였습니다. 그러나 비바람을 만나면 다시 살아나는 듯하였습니다. 이처럼 한서(寒署)를 천백 번 겪은 뒤 자라서 성인(成人)이 되었습니다. 여러 대를 지나 진(晉)나라 세상에 이르러 범씨(范氏)의 가신(家臣)이 되었습니다. 이때, 비로소 칠신지술(漆身之術)³⁾을 배웠습니다.

당(唐)나라 시대에 와서는 조노(趙老)의 문인이 되어 거기에서 철취(鐵嘴)라는 호를 받았습니다. 그 뒤 저는 정도(定陶) 땅에서 놀았습니다. 이 때, 정삼랑(丁三郎)을 길에서 만났습니다. 그는 저를 한참 보더니 이렇게 말했습니다. '자네 생김새를 보니 위로는 가로 그어져 있고, 아래로는 내리 그어져 있으니, 내 성

---

1) 귀인을 가까이 모시고 시중드는 사람.
2) 복희씨(伏羲氏). 중국 고대 전설에 나오는 삼황(三皇)중의 한 제왕.
3) 전국(戰國)시대 진(晉)나라의 예양(豫讓)이, 자기가 섬기던 지백(智伯)을 조양자(趙襄子)가 죽이자 그 원수를 갚으려고 몸에 칠을 하고 문둥이 행세를 한 고사(故事).

(姓) 정(丁)자와 꼭같이 생겼네, 내 성을 자네에게 주겠네.'

저는 이 말을 듣고 성을 정이라 하였는데, 앞으로도 고치지 않으려 합니다. 저의 직책은 남들을 모시고 도와 주는 데에 있습니다. 모든 사람들은 저를 부리기만 해서 항상 천하고 고달프기만 합니다. 그러나 저를 나쁘다고 생각하는 사람은 감히 저를 부리지 못합니다. 그러므로, 제가 진심으로 붙들어 모시는 분은 얼마되지 않습니다. 이렇게 되고 보니, 제가 원하는 사람을 만나지 못하여, 이제는 돌아가 의지할 곳도 없게 되었습니다. 나라 안을 돌아다니면서 토우(土偶)[1]에게 웃음거리가 된 지 오래 되었습니다.

어제, 하느님께서 저의 기구함을 불쌍히 여기시고 저에게 명하시되, '너를 화산(花山)의 시자(侍者)로 삼을 것이니, 그곳에 가서 직책을 받들고, 스승을 오직 공손히 섬기라'고 하셨습니다. 저는 하느님의 명을 받들고 기뻐서 외다리로 뛰어온 것입니다. 원컨대, 장로(長老)께서는 용납해 주십시오."

이 말을 듣고 식영암은 또 이렇게 말하였습니다.

"아, 후덕스런 일이로구나. 정상좌(丁上座)는 옛 성인의 유체(遺體)로구나. 몸에 뿔이 부러지지 않는 것은 씩씩함을 말함이요. 눈이 없어지지 않은 것은 용맹스러움 탓이며 몸에 옻칠을 하고 은혜와 원수를 갚을 것을 생각함은 믿음과 신의가 있기 때문이로다.

쇠로 된 입부리를 가지고 재치 있게 묻기도 하고 대답하기도 하는 것은 지혜가 있고 변론을 잘하는 때문이다. 직책이 사람을 붙들어 모시는 것은 어질고 예의가 있는 것이며, 돌아가서 의지할 곳을 찾는 것은 바름과 밝음 탓이다.

이런 여러가지 아름다운 덕을 모아서 길이 오래 살고, 조금도

---

1) 흙으로 만든 인형.

늙거나 또 죽지도 않으니, 이것은 성인이 아니라 신(神)이다. 이러하니 너를 내가 어찌 부릴 수가 있단 말인가.

내가 이 여러 가지 아름다운 일 중에서 가진 것은 하나도 없다. 그러니 너의 친구가 된 것도 부당하거늘 하물며 어찌 네 스승이 될 수 있겠느냐.

화도(華都)에는 화(花)라는 이름을 가진 산이 있다. 이 산속에 각암(慤庵)이라는 늙은 화상(和尙)이 이 산에 2년 동안 머물고 있는 중이다. 산은 비록 이름이 같지만 사람은 덕이 같지 않으니, 하늘이 그대에게 명하여 가라고 한 곳은 여기가 아니고, 바로 그곳일 것이다. 그러니 그대는 그곳으로 가 보도록 하라.”

말을 마친 식영암은 노래를 부르며 그를 보냈다. 그 노래는 바로 이러한 것이다.

“정(丁)이여. 어서 빨리 각암이 되는 곳으로 가라. 나는 여기서 박(匏)과 외(瓜)처럼 매여 사는 몸이니, 그대 정(丁)만 같지 못하다.”

•**석식영암**(釋息影庵) 고려시대의 승려.

김시습(金時習)의

금오신화

- 만복사저포기
- 이생규장전
- 용궁부연록
- 취유부벽정기
- 남염부주지

만복사저포기(萬福寺樗浦記)

김시습(金時習)

전라도 남원(南原) 땅에 양생이라는 사람이 살고 있었다. 그는 어릴 때 양친을 잃어 아직 장가를 들지 못하고 만복사(萬福寺)의 동쪽 방에서 홀로 외로이 살고 있었다.

그 방문 앞에는 배나무 한 그루가 서 있었다. 마침 봄을 맞이하여 꽃이 풍성한 것이 마치 백옥나무에 은덩어리가 매달려 있는 것 같았다.

양생은 달 밝은 밤이면 언제나 그 배나무 아래를 거닐면서 낭랑히 시를 읊조리곤 했다.

한 그루 배꽃나무 외로움을 벗삼는데
휘영청 달 밝은 이 밤을 허송하기가 괴롭구나.
호젓한 들창가에 홀로 누워 있으니
어디선가 들려오는 저 퉁소는 어느 님이 부는가?

외로운 비취(翡翠)새도 제 홀로 날아 가고

짝잃은 원앙(鴛鴦)새도 맑은 물에 놀고 있네.
어느 집과 가약(佳約) 맺어 바둑을 두련마는
등불로 점(占)을 치며 창가에서 시름하네.

양생이 읊기를 마치자 별안간 하늘에서 이상한 소리가 들려 오는 것이었다.

"그대가 좋은 짝을 얻고자 함에 어찌 근심할 게 있으리오."

이 소리를 듣고 양생은 속으로 기뻐하였다.

마침 그 이튿날이 삼월 이십사일이었다. 이 고을은 이 날이 되면 많은 청춘 남녀들이 으례 만복사를 찾아가 향불을 피우고는 각기 제 소원을 비는 풍습이 있었다.

날이 저물어 저녁 불공이 끝나자 양생은 사람들이 드문 틈을 타서 저포(樗浦)를 소매 속에 품고 부처님 앞에 나아가 소원을 빌었다.

"제가 오늘 부처님과 함께 저포 놀이를 하고자 합니다. 만약 제가 지면 법연(法筵)[1]을 차려서 갚아 드리겠습니다. 반대로 부처님이 지신다면 아름다운 배필을 얻어 주셔서 저의 소원을 풀게 해 주십시오."

축언(祝言)을 마치고 저포를 던지니 양생이 과연 이기게 되었다. 그리하여 곧 부처님 앞에 꿇어 앉아,

"인연은 이미 정해졌으니 부디 소홀히 마시길 간절히 바랍니다." 하고는, 불상 밑에 숨어서 그 약속한 배필이 나타나기를 기다렸다.

얼마 안 되어 한 아름다운 처녀가 나타났는데, 나이는 십오륙 세 가량 되어 보였고, 머리는 갈라서 쪽진 모습을 하고 있었다.

---

1) 불법을 설법하는 모임.

거동과 얼굴이 마치 아릿따운 하늘 나라의 선녀와 같아서 바라볼
수록 그 정숙함이 돋보였다.

그 아름다운 처녀는 손으로 등잔에 기름을 따라 불을 켜고, 향
로에 향을 꽂고서 세 번 절하고는, 꿇어 앉아 한숨을 쉬면서 탄
식하였다.

"아아, 인생이 박명한들 어찌 이와 같은 줄 알았겠는가?"

하고는, 품속에서 축원문을 꺼내 불탁 앞에 드리니 그 글의 사
연은 다음과 같았다. .

"아무 고을 아무 땅에 사는 아무개는 삼가 부처님에게 말씀드
립니다.

지난 번 변방의 방비가 무너져 그 틈을 타고 왜구가 침범하여,
싸움은 한 달을 넘고, 봉화는 일년내 계속 불타야 했습니다. 그
사이 적들은 집을 불사르고 백성을 잡아 갔습니다. 사람들은 사
방으로 흩어져 도망해 가니 친척과 노복을 그때 잃고 말았습니
다.

저는 가냘픈 몸으로 멀리 피난을 가지 못하고, 깊은 골방으로
숨어 들어가 끝내 깨끗한 몸을 지키면서 난리의 화를 피하였습니
다. 그러나 부모님은 여자의 수절(守節)을 좋게 여겨 저를 궁벽
진 곳에 옮겨 두고 초야에서 살게 했는데 어느덧 삼 년이나 되었
습니다. 아무도 없는 골짜기에 외로이 살면서 한평생의 박명을
원망하고, 홀로 좋은 밤을 헛되이 보내며 채란(彩鸞)이 홀로 춤
추는 것을 마음 아프게 여겼습니다. 세월이 흘러흘러 계절이 바
뀌니 서러운 간장 다 녹이고 혼백마저 흩어졌습니다.

자비로우신 부처님이시여, 원하건대 소녀를 불쌍히 여기시어
은혜를 베풀어 주십시오. 사람의 운명은 태어나기 전부터 정해져
있고, 속세에 있어서도 남녀간의 인연은 피할 수 없으니 타고난
인연이 저에게 있거든 하루 속히 즐거움을 얻게 해주시기를 간절

히 빌어 마지 않습니다.”

　그 처녀는 축문을 바치고 나서 슬픔을 이기지 못하여 흐느껴 울기 시작했다. 이 때 양생은 불좌(佛座) 밑에 숨어 있다가 그 여인의 모습을 보고 능히 마음을 걷잡지 못하고 뛰쳐 나오며 말했다.

　“아까 글월 올리는 것을 보았소. 그대는 대체 누구이며 또 무슨 일로 부처님 앞에 나오게 되었소?”

　하며, 그 여인이 올린 글월의 사연을 읽었다. 글을 읽고난 양생은 기쁨을 얼굴 가득히 띠면서 그녀에게 말했다.

　“그대는 어떠한 사람이기에 여기에 홀로 왔습니까?”

　“저도 또한 사람입니다. 저에게 무슨 미혹한 점이라도 있습니까? 당신은 다만 아름다운 배필을 얻으면 될 뿐이고 꼭 이름을 물을 필요는 없을 것 같습니다.”

　이렇게 그들은 서로 이야기를 주고받았다.

　그때 만복사는 허물어져서 승려들은 절 구석에 있는 집에 살고 있었고 법당 앞에는 다만 황폐해진 행랑만이 쓸쓸히 남아 있었다. 양생은 은밀히 그 처녀를 이끌고 그 곳으로 들어가니 그 처녀는 조금도 주저함이 없었다.

　그들은 서로 즐거움을 나누었는데 다른 사람과 조금도 다름이 없었다. 밤은 깊어만 가고 어느덧 달이 동산에 떠올라 그림자가 창살에 비추는데, 갑자기 발자국 소리가 들려 왔다. 그 처녀는,

　“누구냐. 시녀가 온 것이냐?”

　하고 말했다.

　“네 접니다. 요사이 아씨께서는 출타하시더라도 중문 밖을 나서지 않으시고, 발걸음을 옮기시더라도 두어 걸음도 떼지 않으셨는데 어제 저녁에는 우연히 나가셔서 어찌하여 이곳까지 오시게 되었습니까?”

"오늘 내가 여기 오게 된 것은 결코 우연한 일이 아니다. 하느님이 도우시고 부처님이 돌보시어 한 분의 고운 님을 만나 백년해로(百年偕老)할 것을 약조했단다. 부모님께 알리지 않고 결혼한 것은 비록 법도에 어긋났다 할 것이며 예식을 생략하고 맞이하게 된 것 또한 예에 어긋났다고 할 수 있다. 그러나 꽃다운 인연을 맺게 된 것은 평생의 기쁨이니, 의아하게 생각하지 말고 너는 집에 가서 앉을 자리와 주과(酒果)를 가지고 오너라."

시녀가 분부를 받고 물러갔다. 얼마 후 돌아와 뜰에서 주연(酒筵)을 베푸니, 이미 밤은 사경(四更)이 되었다.

차려 놓은 술상 위의 그릇들은 희고 맑으며 무늬가 없고, 술에서는 이상한 향기가 나는데, 정녕 인간 세상의 맛은 아니었다. 양생은 비록 괴이한 생각이 들고 의심이 났으나, 그 처녀의 마음씨와 웃음이 맑고 고우며 얼굴과 그 몸가짐이 매우 정숙한지라 필경 지체 높은 가문의 여식이 담을 넘어 온 것이려니 생각하고 다시는 의심을 하지 않았다.

그 처녀는 술잔을 건네면서 시녀에게 노래를 부르도록 명한 뒤 양생에게 말했다.

"오늘밤은 당신을 위하여 새로운 노래를 지어 부르게 하는 것이 어떠하겠는지요."

양생은 흔쾌히 응낙하였다. 처녀는 곧 만강홍(滿江紅) 한 곡조에 맞추어 새 가사를 지어 시녀에게 부르게 하였다.

쌀쌀한 이른 봄날 비단 적삼 아직 엷고
향로불 식어가는 밤 몇 번이나 애를 태웠던가?
앞 산 저문 빛은 그린 눈썹과 흡사하고
저녁녘 저문 구름 일산처럼 퍼졌는데,
비단 장막 속 원앙금침에서 짝지을 사람 누구던가?

금비녀 비스듬히 꽂은 채 애끓는 퉁소를 불었더니,
애닯다, 이 세월은 이다지도 빠른가?
마음속 깊은 시름 답답하기 그지없구나.

가물가물 등불 타고 낮게 두른 병풍 속에
나 홀로 눈물진들 돌볼 이 누구인가?
기쁘구나, 오늘 밤에 봄바람 불어 따뜻함이 돌아오니
마음속에 쌓이고 쌓인 천고 원한 다 풀리는구나.
금루(金縷) 가는 가락에 술잔을 기울이며
한스럽다. 그 옛날을 생각하면 애닯아도
이 밤도 수심을 안고 외로이 잠을 잘 수밖에.

노래가 끝나자 여인은 수심에 잠긴 얼굴로 말했다.

"일찍기 봉도(蓬島)에서는 약속을 이루지 못하였지만, 오늘 이곳에서 옛 낭군을 다시 만났으니 어찌 천행이 아니겠습니까. 낭군께서 만약 저를 멀리 하거나 버리지 않으신다면 죽을 때까지 곁에서 모시며 살 것입니다. 그러하오나 만일 저의 소원을 들어 주시지 않는다면 저는 이로부터 영원히 작별을 고해야 합니다."

양생은 이 말을 듣고 한편으로 반갑게 여기고 또 한편으로는 놀라면서 말했다.

"어찌 그대의 소원을 따르지 않겠소?"

그러면서도 그 처녀의 태도가 심상하지 않기에 양생은 그 행동을 유심히 지켜 보았다. 이 때 달은 이미 서쪽 봉우리에 걸려 있고 마을 저쪽에서는 닭 울음소리가 들려왔다. 절에서는 첫 종을 쳐 아침을 알렸고, 새벽 빛은 점점 아침의 빛으로 퇴색해져 갔다.

처녀는 양생에게,

"우리들은 이미 깊은 인연으로 맺어졌으니 함께 저의 집으로 가셨으면 합니다.”

하였다. 이에 양생이 여인의 손을 잡고 마을을 지나갈 때에는 벌써 개들이 울타리 밑에서 짖기 시작하고 사람들이 길에 나다니기 시작했다.

그러나 길가는 사람들은 그가 처녀와 같이 가는 것을 알지 못하고서 다만 묻기를,

“양생은 이렇게 이른 아침에 어디서 돌아오시는 것이오.”

하니 그는,

“마침 만복사에 취해 누워 있다가 친구가 사는 마을을 찾아 가는 길입니다.”라고 대답했다.

이른 아침 양생과 그 여인은 깊은 숲 사이를 헤치고 가는데 이슬이 흠뻑 내려 길을 찾을 수 없었다. 이에 양생은 그 처녀에게 물었다.

“거처하는 곳이 어찌하여 이처럼 외진 곳이오?”

“여자가 홀로 살아가려면 으례 이러 하겠지요.”

하고는, 문득 고시 한 수를 외면서 농을 걸었다.

    이슬에 촉촉히 젖은 저 길을
    어찌 초저녁에 안 가고 싶으랴마는
    이슬이 많아서 가지를 못했지요.

양생도 또한 고시 한 수로써 화답했다.

    어슬렁 어슬렁 저 여우는
    다리 위를 거닐고 있고
    노나라로 뻗어진 길도 훤한데
    제의 아씨 넋 잃고 달려가네.

이렇게 서로 읊고 한바탕 웃고 나서 드디어 그들은 개녕동(開寧洞)으로 들어섰다.

어느 한 곳에 이르니 다북쑥이 들을 덮고, 가시 나무가 하늘을 찌를 듯이 공중에 늘어선 속에 집 한 채가 있었다. 자그마하지만 매우 화려하게 보였다.

양생이 그 처녀의 안내로 집안에 들어가 보니 정돈된 이부자리와 휘장이 잘 갖추어져 있었고, 또한 차려온 주반상(酒飯床)도 어젯밤과 꼭 같았다.

양생은 거기서 삼일을 머물렀으나 그 즐거움은 평생과 같이 여겨졌다. 시녀는 아름다우면서도 교활하지 않았고, 좌우에 진열된 그릇은 깨끗하면서도 사치스럽지 아니하였다. 양생은 인간 세상의 것이 아니란 생각도 들었으나 그 처녀의 은근한 마음에 끌려 다시는 그러한 생각을 하지 않았다. 사흘이 지나자 그 처녀는 양생을 보고 말했다.

"이 곳의 삼일은 인간 세상의 삼 년과 같습니다. 낭군님은 이제 집으로 돌아가셔서 옛날 사업을 돌보시는 것이 좋을 듯 합니다."

"어찌 이별이 이다지도 빠릅니까?"

"비록 지금은 헤어진다 하지만 후일에 다시 만날 날이 있을 것입니다. 오늘 낭군님이 이렇게 누추한 곳까지 오시게 된 것도 오래 전부터 정해진 인연 때문이니 저의 친척과 이웃 사람들을 만나보고 떠나심이 어떠합니까?"

"그렇게 하지요."

처녀는 즉시 시녀에게 명하여 이웃 사람들이 모이게 하였다. 이에 모인 사람은 정씨, 오씨, 김씨, 유씨 등으로 모두 다 지체가 높은 귀족집 따님으로서 그 처녀와 같은 마을에 사는 친척의 딸들이었다. 다 성품이 온순하고 자질이 총명하였으며 문장에 능했다. 그들은 각자 시 세 수씩을 지어 양생을 전송했다. 정씨는 몸 가짐이 곧고 곱게 쪽진 머리가 귀밑을 살짝 가리고 있는 여자였는데 먼저 한숨을 쉬면서 즉흥시를 읊기 시작했다.

꽃피는 봄 밤에 달빛마저 고운데
내 시름 그지없이 세월조차 아득하네,
이 몸이 죽어가서 비익조(比翼鳥)가 된다면
쌍쌍이 노닐면서 푸른 하늘 아래 춤을 추리.

칠등(漆燈)조차 캄캄한데 밤은 어이 이리 긴가?
북두성 가로 비끼고 달도 기울어 가는데
쓸쓸한 유궁(幽宮)에는 사람조차 찾지 않으니
푸른 적삼 구겨지고 귀밑머리 헝클어지구나.
매화 두고 맺은 가약 속절없이 되단 말인가
봄바람 건듯 불고 사랑은 지나갔네,
베갯머리 눈물 자국 몇 번이나 적셨던고
무심한 산비는 사정없이 배꽃을 치는구나.

단 한번 오는 봄을 덧없이 보내고서
적막한 동산에서 잠못 이룬 밤을 몇 번이나 보냈던가?
남교(藍橋)에 지나는 손님 볼 길 없어
어느 때나 배항(裵航)되어 운교부인(雲翹夫人) 만나볼고.

오씨는 말쑥하게 쪽진 머리와 가냘픈 몸에서 은근히 요염함이 풍겨나오는 여인이었는데 정씨의 뒤를 이어 시를 읊기 시작했다.

만복사에 불공 드리고 돌아오던 길이던가?

가만히 던진 저포 그 소원 누가 알겠는가?
꽃피는 봄 가을 달에 그지없는 이 원한을
님이 주신 한 잔 술로 행여 씻어 보세.

축축한 새벽 이슬에 복숭아 붉은 볼을 적시건만
깊숙한 골짜기라 봄이 깊어도 나비조차 오지 않네.
기뻐라, 이웃집은 가약을 맺었다고
새로운 노래 불러 황금 술잔 주고받네.

해마다 오는 제비 봄바람에 춤추건만
애끓는 나의 사랑 헛되고 말았구나.
부러워라, 저 연꽃은 꼭지까지 나란히 하고
깊은 밤 못 속에서 함께 목욕하는구나.
푸른 산 높이 솟은 다락 아래
연리지(連理枝)에 열린 꽃은 해마다 붉건마는
원통하다. 이내 인생 나무만도 못하다니,
박명한 이내 청춘 눈물만이 어리구나.

김씨는 자세를 가다듬고 엄숙한 태도로 붓을 들어 먹을 찍더니 앞에 읊은 시가 너무 음탕하다고 꾸짖으면서 말했다.
"오늘 일은 여러 말을 할 필요없이 다만 풍경만을 읊어야 할 것인데, 어찌하여 회포를 털어놓아 그 절조를 잃으며 우리들의 소식을 인간에게 전하게 하오리까?"
그리고 낭랑히 읊조리기 시작했다.

두견새 울고 가니 밤은 벌써 오경이고
희미한 은하는 동쪽으로 기울었네.

애끓는 옥퉁소 다시는 불지 마오.
그윽한 이 풍경을 속인이 알까 두렵노라.

흐뭇하게 따르리라, 금잔에다 맛 좋은 술을
취하도록 잡수시오, 술이 많다 사양 마오.
내일 아침 샛바람이 사납게 불어오면
봄빛은 산산히 꿈처럼 사라지리.

푸른 비단 소매는 부드럽게 드리우고
풍류 소리 들으면서 한잔 한잔 기울이노라.
맑은 흥취 풀기 전에 돌아 가지 못하리.
다시금 새로운 가사로 새 곡조를 부르리라.
구름같이 고운 머리 흙이 된 지 몇 해인가?
오늘에야 님을 만나 슬픈 얼굴 풀어 보구나.
행여나 자랑마오, 고당(高唐)의 신기한 일을,
풍류스런 그 사연이 인간에 전해지리.

유씨는 깨끗하게 화장한 얼굴에 흰 옷을 입어 소박한 맛이 몸
에서 배어났다. 또한 법도가 있어 침묵을 지키고 말을 하지 않더
니 소리 나지 않게 살짝 웃고 시를 읊기 시작했다.

그윽하고 굳은 절개 지켜온 지 몇 해던가?
옥보다 고운 얼굴 구천(九泉)에 깊이 묻혀
그윽한 봄 밤이면 월궁 항아 벗을 삼아
계수나무 꽃 그늘에 홀로 졸곤 하였다오.

우습구나, 도리화는 봄바람을 못 이겨서

　　이리저리 휘날리며 속세에 떨어지건만,
　　백설 같은 이내 절개 더럽힘이 없을지니
　　백옥 같은 나의 마음 어느 누가 더럽히랴.

　　연지도 싫은데 머리는 다북 같고
　　먼지 쌓인 경대에는 녹조차 슬려 하구나.
　　뜻밖에 오늘 아침 이웃집 잔치 만나
　　쪽도리의 붉은 꽃을 보기만도 부끄럽네.

　　오늘에야 아가씨는 고운 님을 만나
　　하늘이 내린 가연 맺고 백년해로 꽃다우리,
　　월하노인(月下老人) 붉은 실이 부부를 맺어주니
　　두 분의 금실은실 자별하소서.

　처녀는 유씨가 읊은 마지막 시구(詩句)에 마음이 동하여 앞으로 나와 앉으며,
　"저도 또한 자획(字劃)은 그런대로 분별할 수 있으니, 어찌 나만이 감흥이 없겠습니까?"
　하고는, 곧 시를 한 수 지어 읊었다.

　　개녕동 깊은 골에 봄 시름 가슴에 품고
　　피고 지는 꽃송이는 온갖 근심 가졌구나.

　　무산(巫山)골 구름 속에 고운 님 여의고는
　　소상강 대밭 속에 눈물을 뿌렸네라.

　　맑은 강 화창한 날에 원앙은 짝을 찾고

푸른 하늘 구름 사라지니 비취가 떠도는구나.

좋구나, 좋을시고,
우리도 동심결(同心結)을
튼튼하게 맺어보세.
바라보니 맑은 가을 부채처럼
이 몸을 버리지 마소서.

양생도 또한 문장에 뛰어난 사람이다. 그들의 시구들이 맑고도
운치가 있으며 그 음운이 쟁쟁함을 보고 감탄하였다. 칭찬을 아
끼지 않고 있다가 곧 이어서 고시 한 수를 지어 화답하였다.

오늘밤은 어인 밤인고 선녀 같은 고운 님을 보니
꽃 같이 예쁜 얼굴 앵두 같은 붉은 입술
문장에는 더욱 교묘하여 이안도 침묵하리.
직녀(織女)는 북을 던져 인간에 내려 왔고
항아(姮俄)는 공이 버려 이곳을 찾았구나.
말쑥하게 꾸민 연석(宴席) 술잔을 드날린다.
운우(雲雨)의 즐거움은 비록 익숙다 못할망정
잔 따르고 시 읊으며 서로 서로 즐기나니
기뻐라, 이제야 봉래도를 찾았구나.
선계가 여기런가 풍유도(風流徒)를 만났으니
옥인 양 맑은 술은 술통에 가득하고
안개처럼 피는 향불 향로에 서리는데,
백옥상 차린 앞에 매운 향기 나부끼고
푸른 깁 과방(果房)에는 실바람 살랑살랑
이제야 님을 만나 잔치를 열게 되니

떠도는 오색 구름 더욱 찬란하구나.
그대는 아는가? 문소(文簫)와 채란 얘기며
장석(張碩)과 난향(蘭香)의 사랑을
인생의 상합(相合)도 정해진 인연이라
마땅히 잔을 들어 서로 가약을 굳게 하리.
그대는 어찌하여 그리 쉽게 말씀하는가?
여름철의 비단 부채를 가을에 와서 버린다는 그 말씀을,
이승이건 저승이건 구원한 사랑 맺어 두고
꽃피는 아침, 달 뜨는 저녁 손잡고 이별없이 살아 보세.

이윽고 연회가 끝나고 서로가 작별할 시간이 되었다. 그 처녀는 은잔 하나를 내어 양생을 주면서 말했다.

"내일은 저희 부모님들께서 저를 위하여 보련사에서 음식을 베풀 것입니다. 당신이 만일 저를 잊지 않으신다면, 바라건대 보련사로 가는 길가에서 기다리고 있다가 저와 함께 부모님께 인사드리는 것이 어떻겠습니까?"

"그렇게 하지오."

다음날 양생은 그 여인의 말대로 은잔을 가지고 노상에서 기다리고 있었다. 이윽고 과연 어떤 귀족이 딸의 대상(大祥)을 치르려고 마차를 이끌고 보련사로 오는 것이 보였다. 마차를 이끌던 한 종이 길가에서 은잔을 들고 서 있는 양생을 보고 주인에게 말했다.

"우리 아씨 장례 때 광중에 넣은 물건을 벌써 어떤 사람이 훔쳐 가지고 있습니다."

주인이 깜짝 놀라며,

"그게 무슨 말이냐?"

"저기 서 있는 서생이 그 은잔을 가지고 있습니다."

그래서 주인은 말을 멈추고 서생에게 다가가 그 은잔을 가지고 있는 연유를 물어보았다. 양생은 전날 그 여인과 약속한대로 대답했다.

그 여인의 부모는 놀라움에 한참을 머뭇거리다.

"내 슬하에 딸 하나를 두었는데 왜적들이 쳐들어 왔을 때 싸움판에서 죽었네. 하지만 미처 예를 갖추어 장례를 치르지도 못하고 개녕사 옆에 묻어 두곤 차일 피일 미루다 지금에 이르렀네. 오늘이 벌써 대상이라, 잠시 절에서 재(齋)를 베풀어 명복이나 빌어줄까 해서 이리 오는 길이네. 그대는 내 딸과의 약속을 지켜 기다렸다가 같이 오도록 하게. 그리고 조금도 놀라지 말게."

말을 마치자 먼저 보련사로 떠났다. 양생은 우두커니 서서 기다리고 있는데 때가 되니, 과연 한 여인이 시녀에게서 허릴 부축 받으면서 이쪽으로 오는데 바로 그 처녀였다. 그들은 서로 만나매 기뻐 어쩔 줄 몰라하며 손을 잡고 같이 절로 향하였다.

그 처녀가 문으로 들어 가서 부처님께 절하고는 흰 휘장 안으로 들어갔다. 그런데 친척과 중들은 아무도 그녀를 보지 못하였고 오직 양생만이 볼 수 있었다. 그 처녀가 양생에게 말했다.

"같이 저녁이나 드시죠."

양생은 그 처녀의 부모에게 그 말을 그대로 말했다.

그들은 양생의 말이 믿기지 않았으므로 시험해 보려고 같이 음식을 먹으라 했다. 그랬더니 수저 놀리는 소리만이 들릴 뿐 딸의 얼굴은 보이지 않았다. 이에 그 여인의 부모들은 놀라움을 금치 못하고 양생에게 권하여 휘장 옆에서 딸과 같이 잠자리에 들도록 했다. 밤이 되자 과연 이야기 하는 소리가 도란도란 들려와 사람들이 가만히 엿들으려고 하면 갑자기 그 이야기가 중도에 끊어지곤 했다. 처녀는 다시 말하기 시작했다.

"제가 예법에 벗어나게 행동하고 있다는 것은 저 자신이 너무나 잘 알고 있습니다. 저도 어릴 때에 시서(詩書)를 읽어 예의에 대해서는 대략 압니다. 시경(詩經)에 나오는 건상(騫裳)과 상서 (相鼠) 두 시의 뜻을 모르는 것은 아닙니다. 그러나 버림받은 몸이 되고 보니 사랑의 감정이 한번 일어나자 끝내 걷잡을 수 없어 지난번 절에 가 부처님께 소원을 빌게 되었습니다. 부처님 전에 향불을 피워 올리면서 한평생의 박명을 자탄하다가 뜻밖에도 삼세[1]의 인연을 만나게 되었습니다. 상투 틀고 송곳 꽂아 드리면서 낭군님 모시고 검소하고 부지런한 아낙으로 한평생 살려고 하였습니다.

그러나 운명은 피할 수 없어 애닯게도 이별을 해야 합니다. 저승길이 닥쳐와 즐거움을 다하지도 못하고 이제 걸음을 옮겨 이머나먼 황천길로 떠나야 합니다. 슬픈 마음 무어라 말할 수 있겠습니까? 저승 가는 수레를 타면 구름과 비가 양대에서 떠나고, 오작(烏鵲)은 은하에서 흩어지므로 한 번 이별하면 훗날을 기약하기 어렵습니다. 도련님, 저의 마음은 슬프고도 황망하여 드릴 말씀이 없습니다."

이윽고 그녀의 영혼은 서글픈 세상을 떠나고 울음소리는 끊어지지 않았으나 문 밖에 나가서는 다만 은은한 소리가 들려 왔다.

저승길이 촉박하여 애닯게 떠납니다.
비나이다 님이시여! 저버리진 마옵소서.
슬프도다, 우리 부모 나의 배필 못 지었네.
아득한 저승에서 원한만이 맺히리라.

점점 소리가 가늘어지더니 마침내는 완전히 사라지고 말았다.

---

1) 三世 : 과거, 현재, 미래.

그 처녀의 부모님들은 그제서야 양생의 이야기가 거짓이 아니라는 것을 알았다. 다시는 의심하지 않으며, 양생 또한 그 처녀가 귀신이라는 것을 알고는 더욱 슬퍼져서 그 여인의 부모와 함께 머리를 맞대고 울었다. 그녀의 부모들이 양생에게 말했다.

"은잔은 자네의 것이네. 또한 딸이 가지고 있던 밭 두어 이랑과 노비 몇 사람이 있으니, 자네는 마땅히 이것을 신표로 여기고 내 딸을 잊지 말아 주게."

다음날 양생은 고기와 술을 준비하여 개녕동 옛 터를 찾아가 보았더니 과연 시체를 임시로 안치한 무덤이 있었다. 양생은 제물을 차려놓고 목놓아 울면서 예를 갖추어 지전을 불사르고는 정식으로 장례를 지냈다. 그리고 제문을 지어 조상했다.

'오오, 님이시여! 당신은 어려서부터 성품이 온순하였고 자라서는 얼굴이 예뻐서 자태는 서시(西施)와 같았고, 시부(詩賦)는 숙진을 능가하였소. 행실이 올발라 규문 밖에 나가지 아니하고, 항상 가정의 교훈을 받아 왔었소.

그러다가 난리를 당하고도 오히려 정절을 지키다가 급기야 왜구의 손에 목숨을 잃고 말았소. 다북쑥에 몸을 맡기며 외롭게 지내면서 피는 꽃, 뜨는 달을 보고 눈물 지었소. 꽃바람 목을 스치는 봄날에 애끓는 두견새의 피나는 울음을 슬퍼하고, 가슴을 찢는 듯한 가을 서리엔 비단 부채의 무용함을 탄식하기도 하였소.

지난날 하룻밤 그대를 만나 인연을 맺고 비록 유명(幽明)을 서로 달리함을 알았으나 실은 운우(雲雨)[1]의 즐거움을 같이 하였소.

장차 백년해로하려 했는데 하룻저녁의 이별이 웬 말이오?

---

1) 남녀 간의 육체적인 어울림.

님이시여! 그대는 달나라에 올라 난조(鸞鳥)를 타는 선녀가 되고, 무산에 비를 내리는 낭자가 되리니 땅은 어둠으로 덮혀 돌아올 수 없게 될 것이요. 하늘은 아득해서 바라보기가 어렵겠소. 나는 집에 들어와도 애닯은 마음 추스릴 수 없고, 밖을 나가도 아득하여 갈 데 없는 몸이 되었습니다.

당신의 영혼 모신 휘장을 대하면 절로 눈물이 나고, 좋은 술을 따를 때는 마음이 더욱 슬퍼집니다. 그대의 얼굴이 눈에 선하고, 낭랑한 그대의 목소리는 귀에 쟁쟁합니다. 총명한 그대의 성품, 정밀한 그대의 기상, 몸은 비록 흩어졌을지라도 영혼만은 남아 있을 것이니 나의 곁에 계시면서 나를 돌보아 주오.

비록 그대는 죽은 몸이고 나는 산 몸이지만, 그대는 이 글월에 감회 있을 줄 믿습니다."

이렇게 장례를 치루고 양생은 슬픔을 이기지 못하여 가지고 있던 집과 밭을 다 처분하여 절에 가서 저녁마다 재를 올렸다. 사흘 만에 그 처녀가 공중에 나타나 양생을 부르면서 말하였다.

"저는 당신의 은덕을 입어 다른 나라에서 남자의 몸으로 태어나게 되었습니다. 비록 처한 곳이 저승과 이승으로 달라 같이 살 수 없지만, 당신의 깊으신 마음에 감사를 올립니다. 당신도 마땅히 다시 착한 업을 닦으시어 저와 같이 속세를 벗어나시길 바랍니다."

양생은 그 뒤 다시는 속세에서 인연을 맺지 않고 지리산으로 들어가 약을 캐며 살아간다고 하는데, 그 후로 그를 보았다는 사람은 아무도 없었다.

• **김시습**(金時習, 1435~1493) 조선시대 생육신(生六臣)의 한 사람이다. 수양대군의 왕위 찬탈에 통분하여 책을 태워버리고 중이 되어 방랑길에 올랐다.

경주의 금오산에 은거하면서 우리나라 최초의 전기적 한문소설인 금오신화를 지었다. 금오신화는 모두 몇 편인지 알 수는 없으나 현재 전하는 것은 다섯 편 뿐이다.

이생규장전(李生窺墻傳)

김시습(金時習)

　　개성에 이생(李生)이란 사람이 낙타교(駱駝橋) 옆에서 살고 있었다. 나이는 열여덟 살이었으며, 얼굴이 말쑥할 뿐 아니라 재주가 뛰어났다. 일찌기 배움에 뜻을 두어 국학에 다닐 때부터 길거리에서도 글을 읽는 취미가 있을 정도였다.

　　마침 이웃 선죽리(善竹里)에 양가 규수 최씨가 살고 있었다. 그 나이 꽃다운 열여섯이었는데, 태도가 아리땁고 자수를 잘하며 시부(詩賦)에 능하였다. 세상 사람들은 그 둘을 두고 다음과 같이 칭찬했다.

　　　　풍류재사 이수재야, 아리따운 최처녀야
　　　　너희 재주 너희 얼굴 누구인들 탐내지 않으리

　　이생은 책을 옆구리에 끼고 서당에 갈 때에는 항상 최씨 집 북쪽담 밖을 지나갔다. 줄줄이 드리운 수양버들이 그 집의 높은 담을 에워싸고 열을 지어 서 있었다.

어느 날 이생은 우연히 그 나무 그늘에서 쉬다가 그 담 안을 엿보았다. 이름난 꽃은 봄을 만나 만발해 있고 벌과 새들은 다투어 지저귀는데, 그 곁에 꽃숲 사이로 조그만 다락이 보였다. 주렴을 반쯤 내리고 비단 휘장이 드리워진 그 방에 한 아름다운 여인이 수를 놓다가 멈추고 턱을 괴더니 시를 읊었다.

분벽 사창(紗窓)에 홀로 앉아 수놓기도 싫어지는데,
백 가지 꽃숲 속에 꾀꼬리 다정히 울고 있구나.
부질없이 원망스러운 것은 동녘 바람 불어 옴이오.
말 없이 바늘을 멈춰 이내 생각 하염없어라.

저기 가는 저 총각 어느 집 도령인고?
초록빛 긴 소매가 수양버들 사이로 은은하네.
이 몸이 화신하여 제비 될 양이면
높은 담 넘어
드린 주렴 살짝 걷으리라.

이생이 문득 이 소리를 듣고 기쁨과 흥분을 이기지 못해 견딜 수가 없었다. 그러나 그 담은 드높고 문이 굳게 닫혀 있어 어찌할 수가 없었다. 그가 서당에서 돌아오며 한 가지 계교를 생각해 냈다. 흰종이 한 폭에 시 세 수를 써서 기와 쪽에 매어 담 안으로 던졌다.

무산(巫山) 열두 봉에 첩첩 쌓인 안개속에
보일락말락하는 봉우리 붉고 푸르구나.
이내 몸 외로운 마음 후려쳐 물리치고
아침 저녁 운우(雲雨)되어 양대(陽臺) 위에 내릴 거나.

그리던 임이시여! 나의 진심 아시리.
담 위의 부러운 복사꽃도
바람 따라 흘러 가서 어느 곳에 떨어졌나?
좋은 인연인가 나쁜 인연인가
하염없는 이내 시름, 하루가 십 년이구나.
임과 맺은 높은 사랑 어느 날에 이룰거나!

이 때 최씨는 시녀 향아를 시켜 그것을 주워 오게 하여 읽어보니, 곧 이생의 시였다. 펴서 두 번 읽고 스스로 기쁨을 이기지 못하여 종이 쪽지에 또한 두어 자 적어 밖으로 던졌다.

'그대는 의심치 마십시오. 황혼께 만나기를 기약하겠습니다.'
이생은 어둠이 짙어 오는 황혼에 그 자리로 갔다. 문득 복사꽃 나무 한 가지가 담 위로 부터 뻗어 내려오며 하늘하늘 하는 그림자가 나타났다. 이생이 가서 보니 그넷줄에 대바구니를 매어 드리운 것이었다. 이생은 곧 그 줄을 잡고 담을 넘어 안으로 들어갔다. 그 때 마침 동산에 달이 떠오르고 꽃가지의 그림자는 땅위에 비껴 있어 이생은 그지없이 기뻤다. 그러나 한편 비밀이 탄로날까 겁이 나서 머리끝이 곤두섰다.

그가 좌우를 돌아볼 때 아가씨는 이내 꽃숲 속에서 향아와 더불어 꽃을 꺾어 머리에 꽂고 있다가 이생을 보고 생긋 웃으며 시를 읊었다.

복사꽃 가지 사이에 꽃은 화려하고
원앙새 베개 위에 달빛은 휘황해라.

이생이 곧 뒤를 이어 시를 읊었다.

　어쩌다 봄 소식이 새어나가면
　비바람 무정함이 더욱 가련하구나.

　최씨가 안색이 변하며 말하기를,
　"저는 본디 그대와 더불어 부부의 즐거움을 백 년까지 누리고자 하였는데, 그대는 무슨 심정으로 이런 말씀을 하십니까? 저는 비록 여자의 몸인데도 이에 대하여 태연한 몸가짐을 하는데, 대장부의 의기로서 그게 무슨 말씀이십니까? 다음에 이 일이 누설되어 부모님의 꾸중을 듣는 한이 있더라도 제가 책임을 질 터이니 마음 놓으시기를 바라겠습니다."
　향아더러 방에 들어가 술과 과실을 가져오라 하니, 향아는 명을 받들어갔다. 사방이 고요하여 사람의 소리라고는 전혀 들리지 않았다.
　이생이 물었다.
　"여기가 어디요?"
　"여기는 우리집 북쪽 동산의 작은 다락입니다. 저의 부모님께서 무남 독녀인 저를 유달리 사랑하시어, 따로 이 연못가에다 이 집을 지어 주시고, 봄이면 백화가 만발한 속에서 향아와 함께 즐거이 놀게 하신 것입니다. 저의 부모님이 계신 곳은 여기와는 상당한 거리가 있어, 비록 큰 웃음소리를 낸다 하더라도 그곳까지는 잘 들리지 않습니다."
　최씨는 향기 있는 술 한 잔을 따라 권하면서, 시 한 편을 읊었다.

　연못 깊은 곳에 치솟은 난간이랑
　꽃다발 뭉치속에 연인들이 사랑을 속삭인다.
　향기로운 안개 내리고 봄 빛은 무르녹는데

　　　　새 곡조 지어 내어 백저사를 읊어보세.
　　　　꽃 그늘에 달 비끼고 털방석을 편듯 한데
　　　　긴 가지 잡고 보면 붉은 비 떨어지네.
　　　　바람은 향내 끌고 향내는 옷깃에 스며
　　　　첫봄을 맞이한 아가씨는 흥겨운 춤을 추네.
　　　　가벼운 옷소매로 해당화나 스쳐 볼까
　　　　꽃 속에 졸고 있던 앵무새만 깨웠구나.

　　이생이 곧 그 시에 답하였음은 두말할 나위도 없다.

　　　　도화 보고 선경(仙境)인가, 무릉도원에 왔어라.
　　　　한많은 이 정회를 무엇으로 속삭일고.
　　　　구름인 양 쪽진머리 금비녀 낮게 꽂고
　　　　엷고 고운 초록 적삼 봄철이라 새로 지어
　　　　비바람 불지 마라 열지어 핀 꽃들에
　　　　나부끼는 선녀 소매 땅 위에 살랑살랑
　　　　계수나무 그늘 속에 선녀가 내리신다.
　　　　좋은 일엔 언제나 시름이 따르나니
　　　　새 노래 따로 지어 앵무새를 가르치지 마오.

　　읊기를 마치자 최씨가 이생에게 말했다.
　　"오늘의 우리들 만남이 반드시 작은 인연이 아닙니다. 당신께
선 저를 따라 운우의 즐거움을 서로 누리어 백 년의 가약을 맺으
심이 어떠신지요?"
　　말을 끝마치고 최씨는 북쪽 창문으로 들어갔다. 이생이 또한
그 뒤를 따라 사다리를 오르니 적이 높은 다락이었다.
　　문구와 책상들이 지극히 말끔하게 정리되어 있고, 한쪽 벽에는

산수를 그린 연강첩장도와 유황고목도 등 두 폭의 그림이 붙어
있는데 다 명화였다. 그림에는 시가 적혀 있었다.

저 강 위에 첩첩한 산 어느 님이 그렸건대
구름 속의 방호산이 반 봉우리 까마득하다.
아득하고 웅장한 형세 또한 장하구나
가까이 바라보니 쪽진머리 완연하고
푸른 물결은 먼 하늘과 닿았구나.
저문 날 하늘 멀리 고향 땅 생각하며
이 그림 구경할 때 그대 느낌 어떠하뇨.
소상강 비바람에 배 띄운 듯하여라.

그 둘째 번의 시는 다음과 같았다.

바삭거리는 갈대 잎에 가을이 깃들었고
고목 등걸에도 옛 정이 서리구나.
이리 뻗고 저리 뻗은 뿌리마다 이끼 끼고
무궁한 천지 조화 가슴 속에 서려 있네.
미묘한 이 경지를 누구와 말해볼고?
위언 죽은 뒤에 이 묘리를 누가 알리오?
개인 창 밝은 곳에 말 없이 서로 보니
신기할 손 임의 필적 사랑 않고 어찌하리.

그 한쪽 벽에는 네 계절의 풍경을 읊은 시 네 수를 써 붙였는
데, 또한 어떤 이가 지었는지 알 수는 없었으나, 글씨는 조맹부의
것을 본받아 썼으므로, 글씨체가 몹시 곱고 깨끗하였다. 그 한쪽
에 쓴 것은 이러하였다.

연꽃 장막 속에 향내 풍겨 실바람에 흔들리고
창 밖의 붉은 살구꽃은 비 뿌리듯 지는구나.
새벽녘 종소리에 남은 꿈 깨고보니
신이화(辛夷花) 짙은 언덕에 백설조가 우는구나.

기나긴 날 깊은 처마끝에 제비도 쌍쌍 날아 들고
졸음이 와 말없이 수놓던 바람 멈췄구나.
꽃그늘 쌍쌍이 나비는 춤을 추고
그늘진 정원에서 낙화를 따라가네.

얇은 추위 살그머니 초록 치마에 스며들 때
무정한 봄 소식은 남의 간장 녹이구나.
맥맥히 흐르는 이내 심정을 누구라서 알아 주리오?
온갖 꽃 만발한 속에 원앙새만 춤추구나.

봄 빛 깊이 숨어 뉘 집 동산에 간직했나.
붉고 푸른 빛깔들이 분벽 사창 비치구나.
방초 우거진 곳 외로운 수심 위로하리.
수정렴 높이 걷고 낙화 분분 바라보네.

그 둘째 폭에는 다음과 같은 구절이 씌어 있었다.

밀대에 알 배고 제비 새끼 팔팔 난다.
남쪽 동산에 석류꽃 피었구나.
푸른 사창에 홀로 앉아 길쌈 매는 저 아가씨.
붉은 비단 베어 내어 새 치마를 장만하네.

매화 열매 익어 가고 가는 비는 오락가락.
꾀꼬리 울고 나서 제비도 주렴으로 드나드네.
이 봄은 간 곳 없고 풍경 또한 낡았구나.
나리꽃 떨어진 후 피리 소리 안 들리네.

살구 가지 휘어 잡아 꾀꼬리나 때려 볼까?
남쪽 창가 바람 일고 햇빛마저 더디구나.
연꽃 잎새 향내 풍겨 연못의 물은 찬데
푸른 물결 깊은 곳에 원앙새 노는구나.

푸른 등 대방석에 물결인 양 이는 바람
소상강 그린 병풍 한 점의 구름뿐인가?
낮꿈 깨련마는 고달픈 채 그냥 누워
반창에 비낀 햇발 서쪽으로 지는구나.

그리고 그 셋째 폭에는,

소슬한 가을 바람 이슬을 머금었네.
달빛도 고웁다만 물결조차 푸르구나.
기러기 돌아갈 제 구슬픈 그 목소리
다시금 들으련다. 우물가에 지는 오동잎 소리를

상 밑에 우는 벌레 그 소리 처량하도다.
상 위에 아가씨는 눈물겨워하는구나.
머나먼 싸움터에 몸을 버린 임이시여!
옥문관 오늘 저녁 달빛 또한 희고 희리.

새 옷을 마르려니 가위조차 서늘하여
나직히 아이 불러 다리미 가져오라.
불꺼진 다리미라 쓸 곳이 전혀 없어
가만히 피릿대로 꺼진 재를 헤쳐보네.

연꽃은 시들고 파초 잎도 싯누렇구나.
원앙 앉은 기와 위엔 새 서리가 사뭇 젖어
새 원한 묵은 수심 애닯다 어찌하랴.
골방은 깊고 깊어 귀뚜라미 우는구나.

그 넷째 폭에는,

한 가지 매화 가지 창을 향해 비꼈고
서랑에 바람 불고 달빛 더욱 밝구나.
화롯불 헤쳐 보라, 삭아지지 않았느냐?
아이야, 이리 오라 차 좀 달여 오려무나.

밤서리에 놀란 잎새 자주 자주 펄럭이고,
돌개바람 눈을 불어 골방으로 들어올 때
속절 없는 임 생각에 하룻밤을 꼬박 새우리,
추운 북쪽 어디메뇨, 멀고 먼 옛 전쟁터.

창에 비친 붉은 해는 봄날처럼 화창한데
수심에 잠긴 눈썹 졸음조차 뒤따르구나.
화병에 꽂은 매화, 필락말락 하는데
수줍음 머금고서 말 없이 원앙 수를 놓고 있네.

차가운 서리 바람 북쪽 숲을 스치는데
처량한 찬 까마귀 달밤에 슬피 우는구나.
가물거리는 등불 앞에 임 그리는 눈물.
임 생각에 흘린 눈물 바늘귀에 떨어지네.

라고 씌어 있었다.

한 편에 따로 별당 한 채가 있었다. 매우 깨끗하고 찬란한 비단 이부자리가 펴져 있었으며, 촛불이 휘황하여 대낮처럼 밝았다. 휘장 밖에는 사향을 태우는 냄새가 은은히 방안을 맴돌고 있었다. 이생은 아가씨와 인생의 가장 즐거운 운우의 즐거움을 마음껏 즐기면서 며칠을 거기서 머물렀다.

어느 날 이생이 최씨에게 말했다.

"성인이 말씀하시기를 부모를 모신 이가 밖에서 놀더라도 반드시 일정한 처소를 알려둔다고 하셨는데, 나는 집 나온 지 벌써 사흘이나 경과하였소. 부모님께서 문을 여시고 매일 내가 돌아올 것을 기다리고 계실 테니, 이것이 어찌 자식된 도리이겠소."

최씨는 서운한 마음이 앞섰지만,

"그러합니다."

하고 담을 넘게 해서 이생을 돌려 보냈다.

이후부터 이생은 그곳에 가지 않는 날이 없을 만큼 그녀를 찾게 되었다. 어느 날 저녁 이생의 부친이 이생을 꾸지람하며 말했다.

"네가 항상 아침에 나가서 저녁에 돌아오는 것은 성인의 참된 말씀을 배우려 함인데, 지금 너는 저녁에 나가서 아침에야 돌아오니, 도대체 무슨 일을 하길래 그러하냐? 아무래도 경박한 자의 행실을 배워 남의 집 담을 뛰어넘어 남의 처녀를 엿보는 게 아니냐?

이런 일이 만일 세상에 알려지면 남들도 모두 내 자식 교훈함이 엄하지 못하다 할 것이요, 그리고 또 그 처녀도 양반의 딸이라면 너 때문에 가문을 더럽힌 것이니, 남의 집에 누를 끼침이 적지 않을 것이다. 빨리 영남 농막으로 일꾼을 데리고 내려가서 다시 돌아올 생각을 하지 말아라.”

그리하여 이튿날 아들을 경상도 울주로 내려 보냈다. 한편 최 씨는 매일 저녁 꽃동산에서 기다렸으나 두어 달이 지나도록 낭군이 다시는 돌아오지 아니하므로, 드디어 이생이 병에 걸려 몸져 누운 것이 아닌가 하고, 향아를 시켜 몰래 이생의 이웃집 사람에게 물어 보게 하였다. 그러자 그 사람은 다음과 같이 대답하였다.

“저런……. 이도령은 그 아버지께 죄를 얻어 영남으로 내려간 지가 벌써 두어 달이 되었지요.”

이 소식을 전해 들은 최씨는 병이 나서 자리에 쓰러져 누워 전연 일어나지 못했다. 물 한 모금 입에 대지 않았고 말조차 끊었으며 형상은 초췌하여 갔다. 그러자 그의 부모는 크게 놀라 병의 증세를 물었으나 최씨는 여전히 아무런 대답이 없었다. 그러다가 하루는 옆에 있는 대바구니 속에 있는 이생과 주고받은 시를 읽게 되었다. 그제서야 무릎을 치면서 또 한 번 놀라지 않을 수 없었다.

“여보, 잘못했다가는 귀여운 딸을 그냥 잃어 버릴뻔 하였구료!” 하고는 그 딸에게 물었다.

“이생이란 자가 누구냐? 모든 것을 솔직히 나에게 다 말하여라.”

이쯤 되었으므로 최씨는 숨기지 못하고 목소리를 겨우 내어 그동안 이생과 사귄 사연을 모두 털어 놓았다.

“아버님, 어머님! 깊으신 은덕 앞에 어찌 추호인들 숨길 수 있겠습니까? 가만히 생각해 보니 남녀의 교제는 인정의 흐르는 바이므로, 이에 대한 경계의 말씀이 시경과 주역에 한두 가지가 아닌 것도 알고 있습니다. 저와 같이 연약한 몸이 뒷일을 생각하지 않고 남에게 웃음을 살 방탕한 행실을 저질렀습니다.

죄가 이미 크며 죄는 저의 집 가문을 더럽힐 것이지만, 도련님을 한 번 보낸 뒤로 원망이 쌓여서 괴롭습니다. 도련님을 사모하는 정이 날로 깊어 가고 병세는 나날이 위중하여 죽을 지경에 이르렀습니다. 아버님과 어머님께서는 소녀의 소원을 좇으셔서 저의 나머지 목숨을 보전케 하여 주십시오. 만일 그렇지 않으면 비록 죽을지라도 도련님을 지하에서 따를지언정 맹세코 다른 이의 문중에 시집가지 않겠습니다."

부모님은 이에 딸의 뜻을 알고 다시는 병의 증세를 묻지도 않고, 또 가볍게 문책하고 달래어 그 마음을 흐뭇하게 하여 놓았다. 한편 중매의 예를 갖추어 이씨 집에 보내니, 이씨는 우선 최씨의 문벌을 물은 뒤에 말하여

"우리 아이가 비록 젊은 혈기로 바람이 났다 하지만, 한문에 정통하고 풍채가 남다릅니다. 장래 대과에 출세하여 이름을 세상에 날릴 것을 바라고 있는데, 어찌 함부로 혼사를 이루겠습니까?"

중매쟁이가 곧 돌아와 이 말을 전하자, 이에 최씨는 다시 중매를 보내면서 일러 주었다.

"송도에 사는 사람들이 귀댁 도련님의 뛰어난 재주를 칭찬하고 있습니다. 지금은 비록 묻혀 있다 할지라도 장래에는 반드시 현달할 날이 있을 것입니다. 제 여식도 남에게 뒤지지 않으니 하루속히 좋은 날을 정하여 두 성이 합하는 일이 있기를 바랍니다."

중매인이 또한 이 말을 이생의 부친에게 고하였다. 이생의 부친이 다시 말하기를,

"나도 젊었을 때부터 학문을 즐기기는 하였으나, 늙어도 이루

지 못해 노비들은 흩어지고 친척의 도움도 없이 살림이 곤궁합니
다. 그런데 양반 댁에서 무엇을 보고 가난한 선비의 자식을 취하
겠습니까? 아마 일 좋아하는 이가 나의 문벌을 속이어 귀댁의 총
명을 어둡게 함이 아니겠습니까?"

중매인이 돌아와 고하자, 최씨는 다시 중매인을 보냈다.

"모든 예물과 의복은 저희 쪽에서 전부를 변통해서 갖출 것이
니, 다만 길일을 가리어 화촉의 예를 올리시는 게 어떻겠습니
까?"

이씨도 이 간절한 뜻을 꺾을 길이 없어, 곧 사람을 울주에 보
내어 아들을 돌아오게 하였다. 이 기쁜 소식을 접한 이생은 속으
로 터질 듯한 기쁨을 이기지 못해 시 한 수를 읊었다.

깨진 종이 둥글어짐도 만날 때가 있나니,
은하의 오작(烏鵲)인들 이 가약을 모를 건가.
월하 노인 붉은 실로 이제야 매어 주어,
봄바람 불어델 제 두견새를 원망하랴.

참으로 오랫동안 이생을 그리워하여 거의 상사에 병들었던 최
씨는 이 소식을 듣고 점차로 나아가 기쁨의 시 한수를 지었다.

아아, 나쁜 인연이 좋은 인연 되었구나.
그 옛날 굳은 맹세 마침내 이뤄졌네.
어느 날 임과 같이 꽃가마 타고 가랴?
아이야! 날 일으켜라, 비녀 챙겨 보리라.

마침내 길일을 택하여 혼례를 치루어 부부가 되었다. 그로부터
두 부부는 서로 사랑하고 공경하기를 나그네 대접함과 같이 하였

다. 비록 옛날의 양홍(梁鴻)과 맹광(孟光)과 같은 사람일지라도 그 절개를 따를 수 없었다. 그 다음 해에 이생은 대과에 급제하여 높은 벼슬길에 오르니, 그의 명성을 일세에 드날렸다.

이윽고 신축년이 되자 홍건적이 서울을 점령하게 되었다. 임금은 복주로 파천하신 뒤 오랑캐들은 서울의 건물을 파괴하고 사람과 짐승을 전멸하여 가족과 친척이 동서로 뿔뿔이 흩어졌다. 이때 이생은 가족과 함께 산골짜기로 숨었는데, 오랑캐 한 놈이 칼을 가지고 쫓았다. 그는 겨우 도망하여 죽음을 면하였다. 그러나 최씨는 오랑캐에게 잡혀 겁탈당하게 되었다. 최씨는 크게 꾸짖어,

"이 창귀놈아! 나를 범하겠다고……. 난 차라리 죽어서 시랑의 밥이 될지언정 어찌 너 같은 놈에게 몸을 더럽힌단 말이냐."

라고 꾸짖자, 놈들은 대노하여 최씨를 죽여 버렸다.

이생은 황야를 헤매면서 근근이 목숨을 보전했다가, 도둑들이 이미 돌아갔다는 말을 듣고는 드디어 부모의 옛 집터를 찾았다. 그러나 자기의 집은 병화에 타버리고 황폐하여졌으며 또한 처가에 가보니, 그 집 역시 가옥이 황량하고 쥐와 새의 울음만이 들려 올 뿐 이었다.

이생은 슬픔을 이기지 못해 작은 다락에 올라가 눈물을 거두고 탄식하였다. 날이 저물 때까지 쓸쓸히 홀로 앉아 옛일을 생각해 보니 그것은 구슬픈 한바탕 헛된 꿈이었다.

거의 이경이 되어 갔다. 달빛이 희미해 오고 집안이 희끄무레 밝아올 무렵 마루에서 이상한 인기척 소리와 가벼운 발걸음 소리가 조금씩 들려 왔다. 말 소리는 먼 데서부터 점차로 가까이 들려 오더니 가까이 이르러서 누군가 하고 바라보니, 그는 죽은 최씨가 분명하였다. 이생은 이미 그가 이 세상 사람이 아닌 것을 알았지만 그를 사랑하였으므로 의심할 여지가 없었다. 얼마 후 반가움을 진정하고 물어 보았다.

"어느 곳에 피신했길래 목숨을 온전히 보존 할 수 있었소?"

여인은 이생의 손을 덥석 잡으며 한바탕 크게 통곡하였다. 이어 정이 어린 음성으로 사정을 말하기를,

"저는 본시 양반집 딸로 태어나 어머님의 자애어린 훈도를 받고 수놓기와 바느질에 힘썼습니다. 그리고 시서와 예법을 배워 자못 규문안의 일만을 알았습니다. 그러던 어느 날 당신께서 복사꽃 핀 담장 위를 엿보실 때 저는 스스로 평생 해로의 은혜를 맺어 깊은 장막 속에서 거듭 만날 때에, 또한 정분은 백 년이 넘치는 것이었습니다.

장차 백년해로의 날을 누리려 하였는데, 불우의 횡액을 만나 정조를 도둑놈에게 잃지는 않았으나, 육체는 사방에 찢기어 흩어지게 되었습니다. 절개는 중하고 목숨은 가벼워 해골을 황야에 던졌습니다. 그러나 혼백을 의탁할 곳이 없기에 고요히 옛일을 돌아보며 한탄하고 있습니다만 이것이 무슨 소용이 있겠습니까? 그대와 그 날 깊은 골짜기에서 이별한 뒤 저는 한 마리의 짝 잃은 새가 되었던 것입니다. 이제 봄빛이 깊은 골에 다시 돌아왔으니 이승에서 맺은 인연을 거듭 맺어 전날의 굳은 맹세를 헛되이 않으려 하니, 만일 잊지 않으셨다면 저와 함께 해로하심이 어떨까요?"

이생은 기쁨이 가슴에 넘쳐 말하기를,

"그것은 내가 진실로 원하는 바이오."

하고 서로 막혔던 회포를 풀고 재미있게 수작하였다. 이야기가 계속되어 양가의 가산이 도둑에게 약탈된 것에 미치자 여인이 말하기를,

"한 푼도 잃지 않았습니다. 아무 산 아무 골짜기에 묻어 두었으니, 무슨 염려가 있겠습니까?"

"그렇다면 양가 부모님들의 시체는 어디에 있단 말이요?"

"할 수 없이 어느 곳에 두었습니다."

두 사람은 이날 밤 정겹게 얘기하다가 밤이 깊어지자, 함께 동침하니 부부의 재미가 예전과 조금도 다를 것이 없었다.

이튿날 이생은 아내를 데리고 그 재물을 묻어 둔 골짜기로 가서 파보았다. 과연 금은보화가 그대로 있었고, 또한 양가 부모님 해골도 수습하여 각각 오관산 모퉁이에 합장하여 드렸다. 나무를 심고 제사를 지내 모든 예식을 다 하였다. 그 후로 이생은 벼슬에 흥미가 없어지고 다만 최씨 부인을 극진히 사랑하며 함께 사는 것으로 낙을 삼았다.

그럭저럭 수 년의 세월이 흘러갔다. 어느 날 저녁 최씨가 이생에게 말하기를,

"세 번이나 맺은 인연이 이제 장차 끝나게 되었습니다."

하고 구슬피 울므로 이생이 놀라,

"그게 웬 말이오?"

최씨가 말하기를,

"저승의 일을 가히 거역할 수 없어 그러합니다. 옥황상제까지 저를 어여삐 여기고, 당신과의 인연이 아직 남아 있을 뿐 아니라, 또한 아무런 죄과가 없음을 동정하시어 저를 이승에 보냈습니다. 거짓 환체로써 당신의 그 애끓는 가슴을 잠시나마 메워 드리고자 한 것이며, 인간 세상에 더 이상 오래 머물 수는 없는 노릇입니다."

하고 여종을 불러 술을 가져오게 하여 이생에게 권하고 나서 옥루춘(玉樓春) 한 가락을 읊으며 이생을 위로하였다.

전쟁 풍상 몇몇 핸가 피비린내 절로 나네,
남은 해골 뒹구는데 묻어 줄 이 어찌 없나.
피투성이 들뜬 혼백 뉘와 함께 하소연하랴.

슬프도다. 이 내 신세 비구름 된단 말가?
구슬 깨지고 꽃은 떨어져 짝 잃은 원앙이여!
깨뜨린 종이지만 이제 다시 나뉘려니
이제 한 번 이별하면 임 뵈올 날 아득하다.
망망한 천지 사이 소식조차 끊일 것을.

한 가락씩 부를 때마다 솟구치는 눈물은 몇몇 줄기인지 목이 메여 곡조를 거의 이루기 어려웠다. 이생 역시 슬픔을 견딜 수 없어 입을 열었다.

"내 차라리 낭자와 더불어 함께 죽어 저승으로 갈지언정 어찌 무료하게 홀로 살아 남아서 구질구질한 목숨을 유지하겠소. 요즈음 난리를 치른 뒤에 친척과 노복이 흩어지고 돌아가신 부모님의 해골이 들판에 버려졌을 때 그대가 아니었다면 누가 가르쳐 주었겠소? 옛 성인의 말씀에 어버이 계실 적에 예로 섬길 것이며, 돌아가신 뒤에도 예로 장사할 것이라 하였는데, 이제 당신 덕택에 모두 실천하였으니, 내 감사하는 마음 잊지 못하겠소. 원하건대 당신은 인간 세상에 오래 남아 백 년 낙을 누린 후에 함께 진토가 되어 묻힘이 어떻소."

"낭군님 수명은 아직 남았지만, 저의 목숨은 이미 끝났습니다. 만일 군이 인간 세상에 미련을 갖는다면 하늘의 법에 위반되어 제게만 죄책이 내려질 뿐 아니라, 당신께까지도 해가 미칠까 염려됩니다. 다만 저의 흩어진 유골을 거두어 주신다면 더욱 고맙겠습니다."

서로 부여잡고 얼마쯤 운 후에 이생이 최씨를 바라보니, 그 말소리는 점점 가늘어져 가고 그 형태는 점차로 자취가 없어지는 것이었다. 그래서 이생은 할 수 없이 최씨의 유언대로 그 골짜기로 가서 흩어진 뼈를 주워 어버이 묻힌 곁에 묻어 주었다. 그 후 이생은 하루같이 아내를 생각하다가 병을 얻어 두어 달 만에 죽었다. 듣는 이마다 그들을 감탄하지 않는 사람이 없었으며, 그가 의를 중히 여기었음을 사모하지 않는 이가 없었다.

용궁부연록(龍宮赴宴錄)

김시습(金時習)

　　송도(松都) 송악산 북쪽에 천마산(天磨山)이란 산이 있다. 그 산은 여러 산봉우리가 높이 솟아 있기 때문에 천마산이라 이름하였다. 천마산 속에는 용추(龍湫)[1]가 하나 있는데 이름을 포연(車)이라 하였다. 그 못의 둘레는 얼마 되지 않으나, 깊이가 몇 길이나 되는지 알 수가 없었다. 물이 넘쳐서 폭포를 이루고 있는데 폭포의 깊이는 몇 십 길이나 될 것 같았다.

　　경치가 몹시 아름다워 구경 오는 스님이나 유람객들은 반드시 이곳을 관람했다. 예부터 여기에 용신이 살고 있다는 이상한 전설이 역사에 실려 전해왔으므로, 나라에서는 해마다 명절이면 큰 소를 잡아서 제사를 지내는 곳이었다.

　　고려 때 한생(韓生)이라는 사람이 살고 있었는데, 젊을 때부터 글을 잘 지어 조정에 이름이 알려져서, 문사로 일컬었다.

　　어느 날, 한생이 거처하는 방에서 해가 저물 때까지 편히 쉬고

---

1) 폭포수가 떨어지는 바로 밑의 웅덩이.

있었다. 그때 문득 청삼(靑衫)[1]을 입고 복두(幞頭)[2]를 쓴 관원 두 사람이 공중으로부터 내려와서 뜰 밑에 엎드렸다.

"표연못의 용왕님의 분부로 선생을 모시러 왔습니다."

한생은 깜짝 놀라 얼굴빛이 변하면서 말했다.

"신과 인간 사이에는 길이 막혀 있는데 어찌 통할 수 있겠습니까? 더구나 용궁은 길이 아득하고 물결이 사나우니 어찌 갈 수 있겠습니까?"

두 사람은 말했다.

"천리 준마를 문 밖에 준비시켜 두었습니다. 염려하지 마시기 바랍니다."

마침내 그들은 몸을 굽혀 한생의 소매를 잡고 문 밖으로 모셨다. 거기에는 과연 총마 한 필이 있었다. 금안장 옥굴레에 누런 비단으로 배띠를 둘러 놓았는데 날개가 돋혀 있었다. 수행하는 종자가 십여 명 있었는데, 모두 붉은 수건으로 이마를 싸고 비단 바지를 입고 서 있었다.

그들이 한생을 부축하여 말 위에 태우고 일산을 쓴 사람이 앞에서 인도하고 기악(妓樂)[3]이 뒤를 따랐다. 그리고 그 두 사람도 홀(笏)[4]을 손에 잡고 따랐다. 이윽고 말이 공중을 향해 나니 말 발굽 아래 구름이 뭉게뭉게 이는 것만 보일 뿐 땅에 있는 것은 보이지 않았다.

잠시 후에 일행은 어느 새 용궁문 밖에 도착했다. 말에서 내려

---

1) 푸른 빛의 공복(公服).
2) 귀인이 쓰는 모자, 또는 과거에 급제한 사람이 홍패(紅牌)를 받을 때에 쓰던 모자.
3) 기생의 음악.
4) 벼슬아치가 조현(朝見)할 때에 조복(朝服)에 갖추어 손에 쥐는 물건, 임금의 명을 받을 때 여기에 기록함.

서니 문지기들이 방게·새우·자라의 갑옷을 입고 창을 들고 주르
르 늘어서 있었다. 그들은 눈자위가 한 치나 되었다. 한생을 보더
니 모두 머리를 숙여 절하고는 자리를 내 놓고 앉아 쉬기를 청했
다. 미리 기다리고 있던 듯했다.

두 사람이 재빨리 안으로 들어가서 보고했다. 얼마 후 푸른 옷
을 입은 두 동자가 나와 손을 마주잡고 한생을 인도했다. 그는
조용히 걸어 나아가다가 궁문을 쳐다보았다. 현관에 함인지문(含
仁之門)이라 씌어 있었다.

그가 문 안에 들어서자 용왕(龍王)은 절운관(切雲冠)을 쓰고
칼을 차고, 손에 홀(笏)을 쥐고 뜰 아래로 내려와서 맞이했다. 그
를 이끌고 다시 뜰 위로 해서 궁전으로 올라가더니 앉기를 청 하
였다. 그것은 수정궁 안에 있는 백옥 걸상이었다. 한생은 엎드려
굳이 사양하며 말했다.

"어리석은 백성은 초목과 함께 썩을 몸이온데, 어찌 감히 거룩
하신 임금님께 외람히 융숭한 대접을 받을 수 있겠습니까?"

용왕은 말했다.

"오랫동안 선생의 명성을 들어왔습니다만 오늘에야 모시게 되
었습니다. 의아하게 생각하지 마십시오."

그리고는 마침내 손을 잡고 앉기를 청했다. 한생은 세 번 사양
한 후 자리에 앉았다. 용왕은 남쪽을 향해 칠보(七寶)로 만든 자
리에 걸터앉았고 한생은 서쪽을 향해 앉았다. 자리에 앉기 전에
문지기가 와서 말씀을 전했다.

"손님이 또 오십니다."

용왕은 또 문 밖으로 나가서 맞이하여 들였다. 세 사람이 붉은
도포를 입고 채색 수레를 타고 나타났다. 위의(威儀)와 종자들로
보아 임금님과 비슷했다.

용왕은 또 그들을 궁전 위로 인도했다. 한생은 들창 밑으로 몸

을 비꼈으나 그들이 자리에 앉은 후에 인사를 청해야겠다고 생각 했다.

용왕은 그들 세 사람에게 동쪽을 향해 앉게 하고는 말했다.

"마침 인간 세상에 계신 문사 한 분을 모셔왔습니다. 여러분은 서로 의아하게 생각하지 마십시오."

옆 사람에게 명하여 한생을 모셔오게 했다. 그가 재빨리 나아 가서 인사를 하니 그들도 모두 머리를 숙이고 답례를 했다. 한생 은 윗자리에 앉기를 사양하면서 말했다.

"여러 신께서는 귀중하신 몸이오나 저는 비천한 선비올시다. 감히 높은 자리에 오를 수 있겠습니까? 사양하겠습니다."

윗자리를 굳이 사양하니 그들은 말했다.

"선생님은 인간 세상에 사시고 우리는 저 세상에 사니 통제할 권리는 없습니다만, 용왕님은 위엄이 있을 뿐 아니라 사람을 보 는 안식도 밝으십니다. 선생은 틀림없이 인간 세계의 문장대가이 실 것입니다. 용왕님의 영이시니 거절하지 마십시오."

용왕은 말했다.

"어서 앉으십시오."

세 사람은 한꺼번에 자리에 앉았고, 한생은 몸을 굽혀 올라가 서 가장자리에 꿇어앉았다. 용왕은 말했다.

"편히 앉으십시오."

자리에 앉자 찻잔을 돌린 후에 용왕이 말했다.

"내 슬하에는 오직 딸이 하나 있을 뿐입니다. 벌써 결혼할 시 기가 되어서 곧 시집을 보내려 합니다. 그러나 거처가 누추해서 사위를 맞이할 집도 화촉을 밝힐 만한 방도 없습니다. 그래서 따 로 누각을 하나 지을까 하며, 집 이름을 가회각(佳會閣)[1]이라 하

---

1) 좋은 인연이 모이는 집.

기로 했습니다. 장인(匠人)도 벌써 모았고 목재·석재도 다 준비
됐습니다. 다만 없는 것이 상량문(上樑文)[1]입니다. 풍문에 들으
니, 선생께서는 문명이 삼한(三韓)에 나타났고 재주가 백가(百
家)에 으뜸 간다고 하므로, 특별히 부하들을 먼 곳까지 보내어
모셔오게 한 것입니다. 나를 위해 상량문을 하나 지어주시면 감
사하겠습니다."

그 말이 채 끝나기도 전에 두 아이가 들어왔다. 하나는 푸른
옥돌 벼루와, 상강(湘江)의 반죽(斑竹)[2]으로 만든 붓을 받들고,
다른 한 명은 얼음같이 흰 명주 한 폭을 받들어 꿇어앉아서 한생
앞에 놓았다.

한생은 고개를 숙이고 엎드렸다가 일어나더니, 붓에 먹을 찍어
곧 상량문을 써내려 갔다. 그 글씨는 구름과 연기가 서로 얽히는
듯했다. 그 내용은 이러했다.

생각컨대, 천지 안에는 이미 용신이 만물을 윤택하게 하신 공
을 마련해 두셨으니, 어찌 복을 받을 터전이 없겠는가. '시경(詩
經)'의 관저장(關雎章)에서 얌전한 숙녀는 의 좋은 배필이라 했
는데, 이는 조화의 시초를 나타낸 것이다. '역학(易學)'의 건괘
(乾卦)에 서인이 임금 자리에 있고 덕이 높은 사람을 만난다는
것도 신령스러운 변화의 자취를 나타낸 것이다.

이에 새로 큰 궁궐을 지어 아름다운 이름을 높이 게시했는데,
이무기를 불러 힘을 내게 하고, 보배를 모아 재목을 삼으며, 수정
과 산호로 기둥을 세우고, 용뼈와 낭간으로 들보를 걸며, 구슬발
을 걸으면 산에는 놀이 푸르러 있고, 백옥 들창을 열면 골짜기에

---

1) 들보를 올릴 때 이를 축하하는 글.
2) 중국의 강가에 난다는 대나무.

구름이 둘러 있다. 가족은 화합하여 복록을 만년토록 누릴 것이
요, 부부가 화락하여 귀한 자손이 길이 억대에 번성하리라.

풍운의 변화를 돕고 영원히 조화의 공덕을 나타내어 높은 하늘
에 오를 때나 깊은 못에 있을 때나 백성의 갈망을 구제하고, 상
제의 어진 마음을 도와서 기세가 천지에 떨치며 위엄과 덕망이
원근 지방에 흡족하리라. 검은 거북과 붉은 잉어는 기뻐 뛰면서
소리를 지르고, 산괴물과 산도깨비도 차례대로 와서 축하한다. 마
땅히 짧은 노래를 지어 곱게 조각한 들보 위에 높이 걸어야겠다.

들보 동쪽으로 눈을 돌려보니,
드높은 푸른 산은 저 하늘에 솟았구나.
어느 날 밤 우레소리 시냇가에 진동하니,
만 길 푸른 벼랑에 구슬소리 울리구나.

들보 서쪽으로 눈을 돌려보니,
바위 밑 그윽한 길에 산새들은 노래하네.
깊고 깊은 저 용추(龍湫)는 몇 길이나 되겠는가,
한결같은 봄 물결이 수정처럼 맑아졌네.

들보 남쪽으로 눈을 돌려보니,
십리 송림 우거진 곳 푸른 기운 서려 있네.
굉장한 이 신궁(神宮)을 그 누가 알 것인가.
푸른 유리 밑바닥에 그림자만 잠겨 있네.

들보 북쪽으로 눈을 돌려보니,
막 오른 아침 햇살에 못물이 거울 같네.
흰 비단 삼천 자가 저 하늘에 깔려 있어,

하늘 위 은하수가 이곳에 떨어졌네.

들보 위로 눈을 돌려보니,
푸른 하늘 흰 무지개를 손을 뻗어 잡겠구나.
동해 부상(扶桑)[1]이 천만 리나 되지마는,
인간 세상 돌아보니 손바닥과 같구나.

들보 아래로 눈을 돌려보니,
가련한 봄 들판에 아지랭이 이는구나.
신령스런 물 한 방울 이곳에 가져와서,
온 누리에 단 비를 뿌려 주소서.

원컨대 이 집을 지어 첫날밤을 치른 뒤에 온갖 만복이 찾아오고, 상서가 모두 모여들어 요궁(瑤宮) 옥전(玉殿)에는 상서로운 구름이 찬란하고, 봉황 베개와 원앙 이불에는 즐거움이 비할 데 없으리라. 그 덕이 굳이 나타나지 않으나 신령스러움을 빛내주소서.

한생은 그 글을 쓰기를 마치자 곧 용왕에게 바치었다. 용왕은 크게 기뻐하며 세 신에게 이 글을 차례로 보이니 모두 감탄하고 칭찬하였다.

이에 용왕은 한생을 대접하기 위하여 잔치를 열게 하니 한생은 꿇어 앉아서 물었다.

"높은 신들이 이 자리에 다 모였으나 존함을 아직 모릅니다."

용왕은 말했다.

"선생은 인간 세상에 계시므로 모르실 것입니다. 이 세 분 중

---

1) 동쪽 바다에 있는 해돋는 곳.

첫째 분은 조강(祖江)¹⁾의 신이요, 둘째 분은 낙하(洛河)의 신이
며, 셋째 분은 벽란(壁瀾)의 신입니다. 우리 오늘 다같이 놀까해
서 이렇게 초대한 것입니다."

　술자리가 끝나려 하자 풍악이 시작되었다. 아름다운 여인 십여
명이 푸른 소매를 흔들며 머리 위에 구슬꽃을 꽂고 앞으로 나아
왔다가 뒤로 물러갔다 춤을 추면서 벽담곡(壁潭曲) 한 곡조를 불
렀다. 그 곡조는 이러했다.

　　　푸른 저 빛은 새파랗고 푸른 저 물은 넓고도 깊네.
　　　우렁차게 솟는 샘물 은하수에 닿은 듯하고
　　　저 가운데 임이 계신데 패옥소리 쟁쟁하구나.
　　　빛나는 위풍이요, 걸출하신 얼굴이네,
　　　좋은 시절 좋은 날에 봉황새가 울음 울 제
　　　나는 듯한 좋은 집에 상서가 다 모이네,
　　　문사 모셔 글짓고 들보 위에 노래 걸고
　　　술 부어 잔 돌리고 제비처럼 봄날을 즐기네,
　　　향로엔 향내 뿜고 돌솥엔 미음 끓네.
　　　북소리는 두렁두렁 피리 불어 행진하네.
　　　높이 앉은 신이시여! 지극한 덕 못 잊겠네.

　춤이 끝나자 이번에는 총각 십여 명이 왼손에는 피리를 쥐고
오른손에는 새깃 일산(日傘)을 들고 서로 돌아보면서 회풍곡(回
風曲)을 불렀다. 그 노래는 이러했다.

　　　산기슭에 계신 임은 온갖 향초 옷을 입었네.

───────────────

1) 한강과 임진강이 통진(通津) 북쪽에 이르러 합쳐진 강.

저문 날 저 물결은 비단결 고운 무늬.
쌀쌀한 바람에 귀밑 머리 헝클어지고
피어오른 구름 속엔 옷자락이 너울 너울,
빙빙 돌며 춤추면서 예쁜 웃음 마주치네.
나의 홑옷은 여울 위에 던져 주고,
나의 가락지는 모래밭에 풀었다네.
금잔디에 이슬 젖고 높은 산에 연기 가득.
높고 낮은 저 산 봉우리 멀리서 바라보니,
저 강 위의 푸른 소라와 비슷하네.
울려오는 징소리에 취한 춤이 비틀비틀.
강물처럼 넘치는 술에 언덕처럼 쌓인 고기.
손님은 이미 취하셨네 새 곡조를 불러보세.
몸을 잡고 서로 끌며 손뼉 치며 웃음 웃네.
옥 술병을 두드리며 남김 없이 마셨으니,
맑은 흥취 다해지자 슬픈 마음 복받친다.

춤이 끝나자 용왕은 기뻐하며 술잔을 씻고 다시 술을 부어 한
생 앞에 권했다. 그리고 스스로 옥피리를 불면서 수룡음(水龍吟)
한 곡을 노래하며 즐거운 정을 다하게 하였다. 그 가사는 이러했
다.

풍악 소리 울리는 속에 술잔 돌리니,
기린 무늬 향로에서 용뇌(龍賂)향기 뿜어내네.
처량한 피리 소리에 천상 구름 흔적 없네.
물결은 출렁이고 풍월이 반복되네.
경치는 한가하고 인생은 늙어가니,
애닲은 이 세월은 화살같이 빠르구나.

풍류가 좋다마는 꿈결처럼 지나가니,
즐거움도 잠시라 번뇌를 어이하리.
서산에 끼인 안개 초저녁에 없어지고,
동산에 둥근 달이 기쁘게도 솟아오네.
술잔 높이 들어 저 달에게 물어보자.
인간의 온갖 것을 몇 번이나 보아왔소.
금술잔에 술을 두고 님은 벌써 취해 있네.
옥산이 무너진들 좋은 손님 위하여
십 년 동안 쌓인 근심 완전히 벗어나서,
푸른 하늘 높은 곳에 유쾌하게 놀아보세.

용왕은 노래를 마치자 옆 사람을 돌아보면서 말하였다.

"이 장소의 놀음은 인간 세상과 같지 않으니, 그대들은 귀한 손님을 위하여 각기 재주를 보여라."

이에 한 사람이 자칭 곽개사(郭介士)[1]라며 옆으로 걸어서 앞으로 나와 말하였다.

"저는 바위 틈에 숨은 선비요, 모래구멍에 사는 한가한 사람입니다. 팔월에 바람이 맑으면 동해에 가서 뱃속의 뼈까라기를 쏟아 내고, 하늘에 구름이 흩어질 때는 남정성(南井星)[2]의 곁에서 광채를 토합니다. 속은 누르고 겉은 둥글며 갑옷으로 몸을 싸고 예리한 병기를 가졌습니다. 늘 손발이 잘려서 솥에 들어가게 되며, 비록 정수리를 갈더라도 사람을 이롭게 했습니다. 멋스러운 맛은 장사의 얼굴빛을 기쁘게 하고 조동(躁動)하는 꼴은 마침내 부인들의 웃음거리가 되었습니다.

---

1) 곽은 성이고, 개사는 이름임. 바다의 게를 일컬음.
2) 남쪽 하늘에 있는 별.

조(趙)나라 왕륜은 물속에서 만나더라도 저를 미워했으나, 송나라 전곤(錢昆)은 지방에 나가 있으면서까지 저를 생각했습니다. 죽어서는 진(晉)나라 필이부(畢吏部)의 손에 들어갔으나 초상은 당나라 한진공(韓晉公)의 화필에 의탁되었습니다. 또한 장소를 만나 놀음을 하게 되니 마땅히 다리를 들어 춤을 추겠습니다."

곽개사는 곧 그 앞에서 갑옷을 입고 창을 쥐고 침을 내뿜었다. 눈을 똑바로 뜨고 동자를 돌리더니 사지를 흔들면서 재빨리 앞으로 갔다가 뒤로 물러나면서 팔풍무(八風舞)를 추었다. 그의 동료 몇 십 명이 고개를 숙여 엎드려 돌면서 절차에 맞추어 춤을 추었다. 곽개사는 곧 노래를 지어 불렀다.

강과 바다에 의지하여 구멍 속에 살지언정,
기운을 뽐낸다면 범과 함께 다투리다.
이 몸이 아홉 자라 조공에 넉넉하고,
친족은 열 가지니 이름도 많구나.
거룩하신 용왕님의 기쁜 잔치에 참가하여,
발을 구르면서 모로 걸어가네.
깊은 못 속에 홀로 잠겨 있었더니,
강가 개펄의 등불에 놀랐다네.
은혜를 갚기 위해 인어 구슬 낸 것인가,
원수를 갚기 위해 창을 뽑아 든 것인가.
물에 사는 거족(巨族)들은 못난 나를
무장공자(無腸公子)라 비웃지만,
쌓인 덕이 군자에게 비할 이 몸.
뱃속에 덕이 차니 내장이 노랗고,
속이 아름다워 사지에 통달하니.

엄지발 살쪄서 옥같이 불통하네,
오늘밤 특별하여 선경 잔치 참석했네.
용왕이 노래하니 손님도 취하셨네.
황금 전각(殿閣) 백옥상(白玉狀)에 술잔 돌려 음악하니,
앞뒷산을 울려주는 악기의 묘한 소리.
선거(仙居)의 주발에는 좋은 음료 가득 찼네.
산귀 와서 춤을 추고 물고기는 뛰놀구나.
모든 신하들이 제 자리를 얻었으니,
그리운 우리 임을 잊을 수 있을 건가.

그 춤추는 모습이 왼쪽으로 돌다가 오른쪽으로 굽으며 뒤로 물러갔다가 앞으로 달아나기도 하니, 온 좌석에 있던 이들이 모두 몸을 뒹굴면서 웃음을 참지 못하였다.

이 춤이 끝나자 또 한 사람이 자칭 현선생(玄先生)[1]이라며 나섰다. 목을 빼고 눈을 뚫어지게 보면서 앞으로 나왔다.

"저는 시초(蓍草) 떨기에 숨은 자요, 연잎 밑에 노는 사람입니다. 낙수(洛水)에서 글을 등에 지고 나왔으니 이미 하(夏)나라 우왕(禹王)의 공로를 나타내었습니다. 맑은 강에서 그물에 잡혔으나 일찌기 송나라 원군(元君)의 계책을 이룩했습니다. 비록 배를 갈라 사람을 이롭게 할지언정, 껍질 벗기는 것은 참 어렵습니다. 껍질은 노(魯)나라 장공(藏公)이 소중히 여겼으며 진(秦)나라 노오(盧敖)는 나를 바다위에서 걸터 앉았으며, 진(晋)나라 모보(毛寶)는 나쁘게 하는 보배가 되고 죽어서는 도리를 예언하는 보물이 되었습니다. 마땅히 입을 벌려 노래를 불러 천 년 동안 속에 쌓였던 회포를 풀어보겠습니다."

---

1) 거북이.

현선생은 곧 그 앞에서 기운을 토하며 실오리처럼 나부끼어 그 길이가 백여 척이나 되었다. 이를 길게 빼어 머리를 흔들기도 하더니 구공(九功)의 춤[1]을 추면서 홀로 앞으로 나왔다가 뒤로 물러갔다 하더니 이에 노래를 지어 불렀다.

산과 못을 의지하여 나홀로 사는데,
다만 호흡만으로 오래오래 살고 있네.
천 년을 살면서 오색을 갖추고,
꼬리는 열인데 가장 흔들어 멋있네.
내 비록 긴 꼬리를 진흙 속에 끌지라도,
묘당(廟堂)에 간직함은 내 소원이 아니도다.
단약(丹藥) 없이도 오래 살 수 있으며,
학식을 안 배워도 지혜가 영장이라.
천만에 성군 만나 온갖 상서 나타내며,
수국의 어른 되어 숨은 이치 연구하고,
문자 그려 등에 지고 길흉화복 점을 친다.
지혜가 많다 해도 곤액이야 어이하고,
재능이 많다 해도 못 미칠 일 어찌하리,
물고기와 벗을 삼아,
목을 빼고 발을 들어 잔치에 참석하여
술 취하고 풍악하니 즐거움이 한이 없네.
북 치고 퉁소 부니 숨은 교룡 춤을 추니
산도깨비 모여들고 물신령들 모여드네.
온교(溫嶠)는 서각(犀角) 태워 수중 요물 다 보았고,
우왕이 귓것을 알려 수중 괴물 못 숨었네.

---

1) 음란하고 추악한 태도를 갖춘 춤.

앞뜰에서 서로 만나 춤추어 뛰놀고,
어떤 이는 껄껄 웃고 어떤 이는 손뼉 친다.
날 저물자 바람 이니 고기 뛰고 물결 센데,
좋은 때 언제나 있을까 내 마음 슬프구나.

곡은 끝났으나 그래도 발을 들고 춤을 추니 그 태도는 형용할 수 없어 구경하던 이들은 웃음을 참지 못하였다.

연이어 숲 속의 도깨비와 산 속의 괴물들이 각기 그 기능을 자랑했다. 어떤 것은 휘파람을 불고, 어떤 것은 노래를 부르고, 어떤 것은 춤을 추고, 어떤 것은 피리를 불었다. 또 어떤 것은 그냥 기뻐하고, 어떤 것은 뛰놀았다. 그들의 노는 꼴은 각기 달랐으나 소리는 비슷하였다. 그들이 부른 노래는 이러했다.

신령한 용왕님이 못에 있지만,
어느 때 하늘에 오르셔서,
천만 년 긴 세월 복락을 누리소서.
귀한 손님 모두가 신선 같네.
새로 지은 새 곡조는 주옥을 꿰맨 듯,
옥돌에다 이를 새겨 천 년 동안 전하리라.
임께서 돌아갈 제 이 잔치를 벌였구나.
채련곡을 노래하고 황홀한 춤 너울대네.
둥둥 북소리는 거문고에 조화되고,
배 저어라 한 소리에 고래처럼 술 마시나,
예절 모두 갖추니 즐거움이 끝이 없네.

노래가 끝나자, 이번에는 강(江)의 군장(君長)이 꿇어앉아 시를 지어 드렸다. 그 첫째인 조강(祖江) 신의 시(詩)는 이러했다.

　　　푸른 바다로 흐르는 물 그 기세 쉼이 없네.
　　　밤낮으로 닫는 물결 가벼운 배 되었구나.
　　　구름이 흩어진 뒤 밝은 달 물에 잠겨,
　　　밀물이 일려 할 때 서슬바람 섬에 가득
　　　날씨가 따뜻하니 물고기는 한가롭고,
　　　물 맑으니 해오라기 오락가락
　　　해마다 험한 파도 슬픈 일이 많았는데,
　　　오늘 저녁 즐거움에 온갖 근심 풀어졌네.

　둘째인 낙하(洛河) 신의 시는 이러했다.

　　　오색 찬란한 꽃 그림자는 이 자리에 뒤덮고,
　　　대그릇과 악기는 질서 있게 차려 있네.
　　　운모 위장 두른 곳엔 노랫소리 흘러나고,
　　　수정 주렴 드리운 속엔 춤맵시가 어여뻐라.
　　　성스러운 용왕님은 항상 이곳 계시올까.
　　　문사는 그전부터 덕만 있는 몸이라네.
　　　어찌하면 긴 끈으로 지는 해를 잡아매어,
　　　이 좋은 봄날에 흠뻑 취해 보겠는가.

　셋째인 벽란(壁瀾) 신의 시는 이러했다.

　　　용왕님이 이 술에 취해 금평상에 기대니,
　　　산비 안개는 자욱하고 해는 벌써 석양이네.
　　　고운 가락 고운 춤에 비단소매 나부끼고,
　　　맑은 노래 가늘어져 대들보에 울려지네.

몇 해 동안 묵은 원한 온 섬을 뒤쳤으나,
오늘에야 기쁘게도 백옥잔을 함께 드네.
흘러가는 이 세월은 그 누가 알겠는가,
예나 지금이나 세상 일은 속절없이 바쁘구나.

용왕은 웃으면서 이 시를 보고 난 후에 사람을 시켜 한생에게
주었다. 생은 이 시를 받아 꿇어앉아, 세 번이나 거듭 읽고 곧 그
자리에서 장편시 이십 운(韻)을 지어 훌륭한 일을 기록했다. 그
가사는 이러했다.

높이 솟은 천마산 공중에 나는 폭포,
바로 내려 숲을 뚫고 급히 흘러 시내를 이루구나.
못 가운데 달이 잠기고 못 밑엔 용궁이라.
풍운 변화 자취 남고 하늘 올라 공을 세워,
가는 안개 피어 오르고 상서로운 바람 일어,
하늘에서 명령 받아 푸른 나라에 다스릴 제,
구름 타고 조회받고 말 달려 비 내리네.
금대궐(金大闕)에 잔치 열고 옥계(玉階) 앞에 풍악 울려,
찻잔에 운기(雲氣) 뜨고 연잎엔 이슬 젖네.
위의가 정중하고 예절도 성대하며,
의관문채 찬란하고 패옥소리 영롱하네.
물고기가 조하(朝賀)하고 물신령도 모였도다.
조화 어찌 황홀하냐 숨은 덕 더욱 깊고,
북소리에 꽃 더 피고 술병 속에 무지개 떴네.
천녀(天女)는 옥저 불고 서왕모(西王母)는 거문고를 타고
백배하여 술잔 올려 만수무강 삼창한다.
눈빛 같은 과실이요 수정 같은 채소이라.

온갖 진미 배부르고 깊은 은혜 뼈에 스며,
신선 기운 마신 듯이 봉래산에 구경 온 듯,
즐거운 뒤 이별이라 풍류도 꿈인 것을.

이에 온 좌석에 있던 이들은 모두 탄복하고 칭찬하지 않는 이가 없었다. 용왕이 감사하면서 말하였다.

"마땅히 금석(金石)에 새겨 제 집의 보배로 삼겠습니다."

한생은 절하고 사례한 후에 나아가 용왕에게 말하였다.

"용궁의 좋은 일들을 이미 다 보았습니다만 그 위에 또한 궁실의 웅장함과 강토의 광대함도 두루 구경할 수 있겠습니까?"

용왕은 말하였다.

"좋습니다."

한생은 허가를 얻어 문 밖에 나와서 눈을 크게 뜨고 보니 오색 구름이 주위에 둘러 있어 동서를 분별할 수가 없었다.

용왕은 구름을 불어 없애는 신하에게 구름을 걷게 하였다. 한 사람이 대궐 뜰에서 입을 오므리면서 한 번 불어버리니, 하늘이 환하게 밝아져서 산과 바위벼랑도 없어졌다. 넓은 세계가 구십리나 되었는데 바둑판과 흡사하고 수십 리나 되었다.

아름다운 꽃과 나무가 그 안에 벌여 심어져 있고, 바닥엔 금모래가 깔려 있고 둘레는 금성(金城)으로 쌓아졌으며 그 행랑과 뜰에는 모두 푸른 유리벽돌을 펴고 깔아서 광채와 그림자가 서로 비치었다.

용왕이 두 사자에게 명하여 한생을 인도하여 관람시켰다. 한곳에 이르니 누각 한 채가 있었는데, 그 이름은 조원지루(朝元之樓)라 하였다. 이 누각은 전체가 파려로 만들어져 있었다. 구슬과 옥으로 장식하고 누르고 푸른 빛으로 아로새겼는데, 그 위에 오르니 마치 허공에 오른 것 같았다. 한생이 그 위 층계까지 다 오르려 하니 사자는 말하였다.

"여기는 용왕님께서 신력으로 혼자만 오르실 뿐이고 저희들도 관람하지 못했습니다."

대체 이 누각의 위층은 구름 위에 솟아 있으므로 보통 사람으로서는 도저히 오를 수 없는 곳이었다. 한생은 칠층까지 올라갔다가 내려와서 다시 한 누각에 도착했다. 그 누각 이름은 능허지각(凌虛之閣)이라 하였다. 한생은 물었다.

"이 누각은 무엇에 소용됩니까?"

사자는 대답하였다.

"이 누각은 용왕님께서 하늘에 조회하실 때 그 의장(儀仗)을 정돈하고 그 의관을 치장하는 곳입니다."

한생은 다시 청하였다.

"그 의장을 보여주십시오."

사자는 한생을 인도하여 한 곳에 이르니 마치 둥근 거울과 같은 것이 번쩍번쩍 광채를 내었다. 눈이 아찔하여 똑똑히 볼 수가 없었다.

한생은 물었다.

"이것은 무슨 물건입니까?"

"번개를 맡은 전모(電母)의 거울입니다."

또 북이 있는데 크고 작은 것이 서로 맞았다. 한생이 이를 쳐보려고 하니 사자는 말리면서 말하였다.

"만약 한번 친다면 온갖 물건이 모두 진동하게 되니, 이것은 곧 우레를 맡은 뇌공(雷公)의 북입니다."

또 한 물건이 있는데 풀무[1]와 같았다. 한생이 흔들어 보려고 하니 사자는 다시 말리면서 말했다.

"만약 한번 흔들면 산의 바위가 다 무너지고 큰 나무가 뽑혀지

---

1) 불을 피울때 바람을 일으키는 기구.

게 됩니다. 곧 바람을 일게 하는 풀무입니다."

또 한 물건은 모양이 청소하는 비와 같고, 그 옆에는 물독이 있었다. 한생이 물을 뿌려 보려고 하니 사자가 또 말리면서 말하였다.

"만약 한번 물을 뿌리면 큰 물이 져서 산과 언덕이 물로 둘러싸이게 될 것입니다."

한생은 말하였다.

"우기를 맡은 뇌공, 번개를 맡은 전모(電母), 바람을 맡은 풍백(風伯), 비를 맡은 우사(雨師)는 어디 있습니까?"

"이들은 천제(天帝)께서 깊숙한 곳에 가두어 두었다가 용왕님께서 나오셔서 집합시킵니다."

그 나머지 기구도 많았으나 일일이 다 알 수가 없었다. 또 긴 행랑이 삼사 리나 연해 뻗어 있었는데 문에는 용의 형상을 새긴 자물쇠로 잠겨 있었다. 한생은 물었다.

"여기는 무엇하는 곳입니까?"

사자는 대답하였다.

"이곳은 신왕께서 칠보(七寶)를 간수한 곳입니다."

한생은 한 시간 동안 구경하였으나 다 볼 수 없었다. 한생은 말하였다.

"그만 돌아가고자 합니다."

사자는 말하였다.

"예, 좋습니다."

한생이 돌아오려고 하니 그 문들이 첩첩이 가로막아 갈 길을 알 수 없었다. 사자에게 앞에서 인도하게 하였다. 한생은 본디 있던 자리에 도착하자 용왕님께 감사하다는 뜻을 표하였다.

"대왕의 은덕으로 좋은 경치를 두루 구경하였습니다."

두 번 절하고 작별하니 용왕은 산호반 위에 야광주(夜光株) 두

개와 빙초 두 필을 담아서 전별의 노자로 주고 문밖까지 나와서 전송하였다. 세 신도 한꺼번에 하직하고는 수레를 타고 곧 돌아 갔다. 용왕은 다시 두 사자에게 명하여 산을 뚫고 물을 헤치는 서각(犀角)을 가지고 인도하게 하였다. 사자 한 사람이 한생에게 말하였다.

"선생께선 내 등에 올라타고 반나절에 눈을 감고 계십시오."

한생은 그 말대로 하였다. 사자의 한 사람은 서각을 휘두르면 서 앞에서 인도하니, 마치 공중으로 올라 날아가는 것 같았다. 다 만 바람소리와 물소리가 잠깐 동안이라도 끊어지지 않았을 뿐이 었다. 이윽고 소리가 그치어 한생이 눈을 떠보니 다만 자기 몸은 거처하는 방안에 누워 있을 뿐이었다.

한생이 문 밖에 나와서 보니 하늘의 별은 드문드문 하고 동방 은 밝아오고 있었으며 닭은 세 홰를 쳤다. 빨리 그 품속의 물건 을 찾아서 보니 야광주와 빙초가 있었다. 한생은 이 물건을 상자 속에 깊이 간직하여 소중한 보물로 삼고 남에게는 잘 보이지도 않았다.

그 후에 한생은 세상의 명예와 이익에는 생각을 두지 않고 명 산에 들어갔는데, 그가 어디서 세상을 마쳤는지 알 수 없었다.

취유부벽정기(醉遊浮碧亭記)

김시습(金時習)

평양은 옛 조선의 서울이었다. 주(周)나라의 무왕(武王)이 은(殷)을 정복하고 기자(箕子)를 방문하여 정치하는 법을 물었다. 기자는 천하를 다스리는 아홉 가지 법을 말하였다. 이에 무왕은 기자를 조선왕에 봉하여 특별히 우대하고 신하로 여기지는 아니하였다.

이곳의 명승지로는 금수산(錦繡山), 봉황대(鳳凰臺), 능라도(綾羅島), 기린굴(麒麟窟), 조천석(朝天石), 추남허(秋南墟) 등의 고적이 있는데, 영명사(永明寺)의 부벽정(浮碧亭)도 그 중의 하나이다.

영명사는 곧 고구려 창시자인 동명성왕의 구제궁(九梯宮)이었다. 성 밖 동북쪽으로 이십 리쯤 되는 곳인데, 대동강과 백리 평야를 바라볼 수 있어, 일망 무제한 경치는 참으로 제일 강산이 아닐 수 없었다. 그림 같은 상선(商船)들은 저문 날이면 대동문(大同門)밖 버들숲이 우거진 곳에 닿아 이곳을 마음대로 구경할 수 있었다.

부벽정 남쪽에는 돌로 쌓은 사닥다리가 있는데, 왼편은 청운제(靑雲梯)라 하고, 오른쪽은 백운제(白雲梯)라 한다. 돌에 글자를 새기고 화주대(華柱臺)를 세워 구경꾼의 흥미를 돋구었다.

정축년(丁丑年)에 개성에 사는 부잣집 아들 홍생(洪生)은 나이가 젊고 얼굴이 아름다우며 글을 썩 잘하였다. 팔월 한가윗날을 맞이하여 친구들과 함께 포백과 면사를 평양 시장에다 팔려고 배에 싣고 강가에 대었다. 성중에서 구경 나온 기생들은 홍생을 보고 아양을 떨며 농짓을 하였다. 그때 성중에는 이생(李生)이란 친구가 있어 홍생을 위하여 크게 술자리를 벌였다. 술이 얼근히 취한 홍생은 배로 되돌아 갔으나 밤의 날씨가 대단히 서늘하여 잠들 수가 없었다.

그때 문득 옛날의 당나라 시인 장계(張繼)가 지은 풍교야박(楓橋夜泊)의 시가 떠올라 흥취를 진정할 수 없었다. 그는 조그만 배를 잡아 타고 노를 저으며 대동강 물을 따라 거슬러 올라가니, 이내 부벽정 아래에 당도하였다. 배를 갈대밭에 매어 두고 사닥다리를 밟으며 올라가 난간을 비겨 낭랑히 시를 읊었다.

이때 달빛은 휘황하여 흐르는 빛이 마치 큰 바다와 같았다. 물결은 흰 비단처럼 곱고, 기러기는 모래사장에서 울고, 두루미는 솔밭길에서 우는데, 그 기상이 옥황상제 계신 곳에 오른 듯한 느낌이었다. 그리하여 옛도읍을 돌아다보니 안개 낀 외로운 성에 물결만 찰싹거릴 뿐이라. 고국의 흥망을 탄식하여 시 여섯 수를 지어 잇달아 읊었다.

부벽정에 높이 올라 시를 읊으니
구슬픈 강물 소리는 흐느끼어 우는 듯하여라.
고국은 어디메오 영웅 호걸 자취 없고
거친 성터 아직 봉황의 모습 그대로구나.

모래밭에 달빛은 찬데 돌아가는 기러기 슬피 울고
풀 속에 연기 걷히어 반딧불이 날고 있다.
세상 일은 변하고 풍경도 쓸쓸한데
영명사 깊은 곳에 은은히 종소리만 들려오네.

임 계시던 구중 궁궐 가을 풀만 쓸쓸한데
갈수록 아득하다 높은 돌층계 길.
청루는 어디 가고 자취 없이 쓸쓸하구나.
담 너머 남은 달에 까마귀만 우짖고
풍류는 간 곳 없고 진토만 남았구나.
적막하고 외로운 성에 가시덤불 무성하고
물결 소리만이 옛날처럼 흘러 내려
밤낮으로 쉬임 없이 바다로만 향하구나.

대동강 푸른 물은 쪽빛보다 더 푸른데
천 년의 흥망성쇠 한탄한들 무엇하랴.
우물에 물 마르고 담장이만 둘러쳤네.
돌담엔 이끼 끼고 능수버들 드리웠고
타향의 좋은 풍경 수없이 시심(詩心)에 담아
고국의 정든 회포가 술만 더욱 취하게 하네.
난간 위에 달은 밝은데 잠 못드는 이 한밤
깊은 밤 계수나무 그림자만 늘어지는구나.

오늘이 한가위라 달빛은 휘황하고
외로운 옛 성터를 볼수록 슬프구나.
기자묘 옛 무덤에 큰 나무 해묵었고
단군 모신 사당 벽에 담장이 얽혀 있네.

영웅 호걸 자취 없다 어디로 갔는가?
초목만 듬성듬성 몇몇 해나 되었는지.
아하, 그 옛날의 둥근 달이
맑은 빛만 흘러 내려 손이나 옷깃에 비쳐 주네.

동산에 달 떠 오니 까마귀 흩어져 날고
밤 깊어 차가운 이슬 나의 옷을 적시구나.
천 년의 문화는 그 모습 간 데 없고
산천은 벽해되고 성 자취 변하였네.
하늘에 오르신 동명성왕 어이 안 오시나
인간에 끼친 이야기 뉘와 함께 의논하리.
금수레 기린 말의 가신 흔적 없어졌고
풀 우거진 옛길에 노승 홀로 돌아가네.

찬 이슬 내렸으니 산천 초목 시들겠다.
왼편은 청운교요 오른쪽은 백운교라.
수나라 병졸들의 넋이 여울에서 울고있네
동명성왕 남은 영혼 가을 매미 되었던가.
그 임 다니던 길 자취마저 없어졌네.
소나무 우거진 행궁에 저녁종만 처량하구나.
높은 다락 올라서서 뉘와 함께 시를 읊나.
맑은 바람 밝은 달에 마음만 들뜨는구나.

　　홍생은 시를 읊고 난 후 손바닥을 치면서 춤을 추기 시작하였
다. 매양 한 수를 읊고는 슬픔을 이기지 못하여 소리 내어 탄식
하였다. 비록 퉁소와 노래의 유창한 화답은 없다 하더라도, 그 마
음 속의 감개는 깊은 골짜기의 용을 춤추게 할 만하고, 외로운

배 위에 홀로 앉은 여인의 간장을 울릴 만하였다. 이윽고 읊기를 다 마치고 돌아오려 할 때는 밤은 이미 깊어 삼경이었다.

그때 문득 가벼운 발자국 소리가 서쪽으로부터 들려왔다.

홍생은

"내 시 읊는 소리를 듣고 절의 스님이 찾아오는가보다."

하고 예사로이 앉아서 기다렸다. 그런데 가만히 바라보니 아름다운 여인이 나타나는 것이었다. 여인을 모신 아이가 좌우로 따르는데, 그 중 한 아이는 옥으로 만든 파리채를 가지고 있었고, 다른 아이는 비단 부채를 가지고 있었다. 여인의 몸가짐이 단정하고 엄숙하고 귀갓집 처녀같았다.

홍생은 뜰 아래로 내려가 담 틈으로 그들의 행동을 살펴보았다. 그때 아가씨가 남쪽 난간에 의지하여 흰 달을 쳐다보면서 가만히 시를 읊는데, 그 풍류의 몸가짐이 엄연하여 조금도 문란하지가 않았다. 그때 시녀가 비단 방석을 펴 드리니, 여인은 다시금 명랑한 음성으로 말하였다.

"여기서 방금 시를 읊는 소리가 나더니 어디로 가시었나. 나는 무슨 요물 따위도 아니요, 연꽃 위를 거니는 미희도 아니다. 다만 아름다운 저녁을 맞이하여 구름 없는 넓은 하늘에 달이 솟고 은하수 맑은 물에 백옥류 차가운데, 계수 그림자 비껴 있다. 이때 한 잔 술에 한 수의 시를 읊어서 그윽한 정회를 풀어볼까 했는데 이런 좋은 밤을 어떻게 보내는 것이 좋을까요?"

홍생은 그 말을 듣고 한편 두려운 생각도 있고 기쁘기도 하여 어찌할까 주저주저하다가 가벼운 기침소리를 내었다. 여인은 시녀를 시키어 홍생에게 말을 전했다.

"아가씨의 명을 받들어 모시고자 합니다."

홍생이 시녀의 뒤를 따르니 시녀는 나아가 절하고 꿇어앉았다. 그런데 아가씨는 공손한 태도도 없이 말했다.

"그대도 이리 오르시오."

하고는, 시녀를 시켜 낮은 병풍으로 앞을 가리게 하여 얼굴을 반쯤 볼 수 있게 하였다. 여인이 조용히 말했다.

"그대가 지금 읊는 시는 무슨 시인가요. 나를 위하여 한 번 읊어 주실 수 없겠소?"

홍생이 일일이 외워 읊으니, 여인은 웃으며 말했다.

"그대와 더불어 가히 시를 의논할 수 있을 것 같습니다."

그리고는 시녀를 시켜 술을 드리게 하니, 그 산해 진미가 인간 세계의 것이 아니었다. 먹으려 하나 너무 딱딱하여 먹을 수가 없으며, 술맛도 써서 마실 수가 없었다.

여인이 빙긋이 웃으며 말했다.

"속세의 선비가 어찌 선계의 음식을 알 수 있으리오. 애야, 빨리 신호사(神護寺)에 가서 절밥을 좀 얻어 가지고 오너라."

시녀가 명을 받아 가더니, 잠시 후에 절밥을 얻어 가지고 돌아왔다. 반찬이 없으므로 또한 시녀에 명하여 주암(酒巖)에 가서 반찬을 얻어 오라 하니, 시녀가 간 지 잠깐 후에 잉어적을 갖고 왔다. 홍생이 그것을 먹는 사이에 여인은 이미 홍생의 시를 화답하여 향기로운 종이에 써서 시녀를 시켜 홍생에게 주었다. 그 시는 이러했다.

부벽정 오늘 밤에 명월도 더욱 밝고
그대의 맑은 이야기 감회가 일어난다.
푸른 나무 푸른 잎새 일산 편 듯하고
흐르는 강물결은 비단처럼 둘렸고
세월은 나는 새와 같이 빨리 흘러
세상 일 허무하여 흐르는 물과 같구나.
이날 밤의 쌓인 정한 그 누가 알아 주랴.

깊은 숲에 종소리만 은은히 울려 오네.

옛성에 올라 보니 대동강이 여기 있네.
푸른 물 맑은 모래 기러기 떼 울고 간다.
임 타신 수레는 자취도 없고
퉁소 소리 끊어지고 흙 무덤만 남았구나.
개인 산에 비 오려는데 내 시는 다 지어졌네.
외로운 절간 고요한데 술에 반만 취해 있어
초야 버려진 옛 모습은 차마 보기 어렵구나.
천 년 흥망성쇠 뜬 구름 되었구나.

풀뿌리 차가운데 쓰르라미 슬피 울고
높은 다락 올라보니 임 생각 아득하다.
그친 비 남은 구름 지난 일이 슬프도다.
떨어진 꽃 흐르는 물
옛 세월이 느껴진다.
가을이라 물 소리 더욱 쓸쓸하고
물에 잠긴 저 다락엔 달빛마저 처량하네.
아서라, 이곳이 그 옛날의 문화 중심지
거친 성터 늙은 나무가 남의 간장 녹이구나.
금수산 언덕 밑에 강물은 흐르는데
강가의 단풍잎은 옛 성터 비치는데
가을 밤 다듬이 소리 유난히도 크구나.
어기어차 한 가락에 고깃배 돌아오네.
바위에 비낀 고목에 담장이 얽혀 있고
숲속에 누운 비석 푸른 이끼 끼었구나.
말 없이 난간에 기대 옛일 돌아보니

달빛도 물소리도 모두 다 처량해라.

성긴 별 몇몇 개가 하늘에 박혔는데
은하수 맑은 밤에 달은 정녕 밝구나.
아아, 그 옛일이 한바탕 꿈이려니
저승을 기약하랴 이승에서 만나보세.
술 한 잔 가득 부어 취해본들 어떠하리.
난세에 삼 척 칼을 마음에 어이 두랴.
만고의 영웅 호걸 한 줌의 진흙인걸
세상에 남긴 것은 헛된 이름뿐이구나.

이 밤이 어이 됐나 밤은 이미 깊었구나.
담장 위에 걸린 저 달 오늘 밤도 둥글건만
그대는 지금부터 세속 인연 끊었으니
한 없는 즐거움을 나와 함께 누려보세.
강 위에 사람들은 다락에서 흩어졌고
섬돌 아래 나무엔 찬 이슬이 내리구나.
이후 어느 때에 님을 만날 기약 있나.
봉래산 복숭아 익어 벽해가 마른다네.

홍생은 그 시를 보고 무한히 기뻤으나, 그녀가 되돌아갈까 염려되어 이야기로써 만류코자 하였다.

"죄송합니다만 그대의 성명과 가문을 알려 주실 수 없습니까?"

아가씨가 탄식조로 말하였다.

"아아, 저는 그 옛날 은왕(殷王)의 후예요, 기자의 딸입니다. 우리 선조는 이곳의 왕이 되고 모든 예법과 정치를 성탕(成湯)님의 유훈을 따라 행하였습니다. 팔조(八條)의 금법을 세워 문화의 빛이 천여 년 뻗혔으나, 하루 아침에 멸망하기 시작하였습니다. 재앙과 환난이 겹치어 아버지는 필부의 손에 죽고, 위만(衛滿)이 그 틈을 타서 임금의 지위를 도적질하였습니다. 저와 같은 연약한 몸으로도 이 때에 절개를 잃지 않으려고 죽기를 맹세했습니다. 때마침 한 거룩한 선인이 나타나 나를 어루만지시며 하시는 말씀이

'내 몸이 이 나라의 시조로서 부귀를 누린 뒤에 바다 섬에 들어가 선인이 된 지 이미 수천 년이 되었다. 그대는 곧 나를 따라 상계(上界)에 올라 즐거이 노는 것이 어떠하냐' 하시기에 저는 곧 그 말을 따랐습니다. 그분은 나를 이끌어 자신이 살고 있는 곳에 가서 별당을 지어 나를 대접하고, 저에게 삼신산(三神山)의 불사약(不死藥)을 주었습니다. 그 약을 먹은 뒤 여러 달만에 몸이 가벼워지며 기운이 샘솟아 공중에 높이 떠서 우주를 굽어보며 세계의 명승지를 빠짐없이 유람하게 되었습니다.

어느 날 가을 하늘이 깨끗하고 달빛은 유달리 밝아 홀연 어디 멀리 가고 싶은 생각이 나서 달나라에 올라 광한루와 청허의 집을 구경하고 수정궁(水晶宮) 안에 항아(姮娥)를 방문하였습니다. 항아는 내 절개가 곧고 글월에 능하다고 칭찬하며 이르기를

인간 세상에도 명승 경치가 없는 것은 아니다. 그러나 풍진이 어려우니 하늘 나라에서 흰 난새를 타고 계수나무 아래에서 맑은 향내를 받으며 옥경에 어정대고 은하에 목욕하는 것 같을 수 있느냐' 하고, 곧 향안(香案)의 시녀로 삼아 옥황상제를 좌우에 모시게 하니 그 즐거움을 무엇으로 형용하겠습니까? 문득 오늘밤에 고국 생각이 간절하여 하계의 인간을 굽어보니, 산천은 예 같으나 인물은 자취없고 명월은 내를 덮고 찬이슬로 세상의 티끌을 씻은 게 보였습니다. 그래서 간직하고 가만히 내려와서 조상의 무덤에 성묘하고, 부벽정에 거듭 올라 시름을 보낼까 하여 이리

로 왔습니다. 마침 그대를 만나 한없이 기쁜 한편 또 부끄럽기도 합니다. 더욱 그대의 뛰어난 글에 저의 우둔한 재주로 시를 화답하였으나 시라 일컫기 곤란하고 대강 품은 뜻을 폈을 따름입니다."

홍생은 두 번 절하고 머리를 조아려 말하였다.

"인간의 선비가 우매하여 초목과 함께 썩는 것이 마땅합니다. 갸륵하신 선녀님과 시부를 응수할 수 있을 줄이야 꿈엔들 생각했겠습니까? 인간 세계 모든 것을 청산치 못한 이 사람은 주시는 주식도 먹지 못합니다. 그러나 대강 글자를 알 정도이므로 선녀님께서 내리신 시를 보고 다시금 강정추야완월(江亭秋夜玩月)로써 제목을 삼아 사십운(四十韻)을 지어 제게 가르쳐 주심이 어떠합니까."

여인은 허락하고 붓을 내어 쓰는 것이 마치 구름과 연기가 한데 어울리듯 막힘이 없었다.

부벽정 달 밝은 밤에 높은 하늘에 고운 이슬 내려
맑은 빛 흐르는 듯 은하수에 잠겼구나.
희고 맑은 삼천리에 아름다운 십이루(十二樓)를
가는 구름 한 점 없고 맑은 하늘 눈에 닿네.
흐르는 강물 위에 배는 홀로 떠 가고
갈꽃은 물가에 짝지어 찾아오네.
예상곡(霓裳曲)이 들리는 듯 옥도끼 소리 귀에 쟁쟁,
금조개로 지은 탑 그림자 물속에 잠겼구나.
지미(知微)와 구경할까 공원(公園)과도 놀아보자.
까막까치 놀래 날고 한소조차 헐떡이네.
은은한 곳 청산이요 둥글둥글 창해 위에
님과 함께 문을 열고 주렴 고리 높이 걸곤

이태백은 술잔 멈춰 옥도끼로 계수나무 깎네.
찬란한 비단 병풍 수놓은 휘장 치고
보배 거울 걸어 놓고 얼음 바위 구르는데
금물결은 묵묵하고 은하수도 유유하네.
요사한 금두꺼비는 칼로 쳐서 없애고
교활한 옥토끼는 그물로 사냥하세.
먼 하늘 활짝 개고 인간에는 연기 그치네.
숲에 솟은 나무 깊은 못물 굽어보고
먼 길에서 갈 길을 잃은 고향 친구 만났어라.
좋은 시절 좋은 때에 좋은 술잔 주고받아
광음을 아껴 가며 이 세월에 취해보세.
화로 속에 숯불 튀고 솥안에는 국이 끓고
용비봉탕 향기로운 잔마다 가득하구나.
외로운 소나무엔 학이 울고 사방에는 귀뚜라미 소리.
높은 상에 말 끝나자 먼 물가에 노닐 것을
거친 성은 희미하고 우는 잎도 쓸쓸하고
푸른 단풍 누른 갈대 황량키도 그지없네.
선경은 영원한데 인간 세상 세월 빨라
벼 익은 옛 궁터요 고목 우거진 들
사당에 남은 자취 비석뿐인가?
저기 나는 저 백구야 흥망 성쇠 물어 보자.
달은 기울었다 차는데 인생은 하루살이
옛님 살던 높은 궁전 절터로 바뀌고
고운 님 찾을 길 없어
깊은 숲 가린 휘장 반딧불만 번득인다.
옛일이 슬프다만 오늘 수심 어이할고
목멱산은 단풍 터요 평양성은 기자 서울

굴 속에 무엇 있나 기린 자취 분명하구나
들판에서 주운 물건 숙신씨(肅愼氏)의 화살이라.
직녀는 용을 타고 선비는 붓을 멈춰
고운 님 가시려나 곡조 끝나 흩어지네.
바람은 고요한데 눗소리만 쓸쓸하구나.

여인은 쓰기를 마친 뒤에 붓을 던지고 공중에 높이 솟아 간곳이 없었다. 다만 그녀의 시녀를 시켜 홍생에게 말을 전하였다.
"옥황상제님의 명령이 지엄하시어 나는 곧 노새를 타고 돌아가니, 다만 그대와 더불어 청담(淸談)을 더 하지 못하여 못내 섭섭합니다."
얼마 되지 아니하여 갑자기 돌개바람이 일더니, 홍생의 앉은 자리를 걷어 갔다. 그리고 여인이 쓴 시도 날려 버려 간 곳이 없게 하였다. 이러한 일은 그들이 인간 세상에 자기들의 이상한 일을 널리 퍼뜨리기 싫어하기 때문이다. 홍생은 얼이 빠진 듯이 우두커니 서서 가만히 생각해 보니 꿈도 생시도 아닌 괴이한 일이었다.
난간에 의지하여 지나간 일을 떠올리며, 그녀가 남기고 간 말을 더듬어 다시 생각하여 보았다. 기이한 인연이라 아니할 수 없으나 정회를 다하지 못하여 이에 못다한 회포를 들어 시를 읊었다.

부벽정에서 만난 일 단지 허망한 꿈인가?
어느 해 어느 날에 가신 님 다시 만날고,
대동강 푸른 물결 무정하다 말 말아라.
님 여윈 저 곳으로 슬피 우며 가는구나.

시를 읊고 나서 사상을 살펴보니 절간의 종이 울고 여러 마을의 닭이 노래하였다. 달은 서녁 하늘에 걸려 있고 샛별은 반짝이며 뜰 아래는 쥐소리가, 땅 밑에는 벌레소리가 들려올 뿐이었다. 홍생은 초연히 슬픈 생각을 금할 수 없어 빨리 배로 돌아갔다. 그의 친구들은 서로 다투어 묻는 것이었다.

"어제 밤은 어디서 자고 오나."

홍생은 아무렇지도 않았다는 듯이 대답하였다.

"엊저녁 낚시대를 가지고 달빛을 따라 장경문(長慶門) 밖의 조천석까지 가서 고기를 낚으려 하였으나 밤이 서늘하고 물결이 차가운 까닭인지 붕어 한 마리 물리지 아니하였소.

그 말에 벗들은 의심하지 아니하였다.

그 뒤 홍생은 그 아가씨를 생각하다가 상사병에 걸려 병상에 누웠다. 병이 난 지 오래 되었으나 정신 착란이 낫지 않았다. 어느날 소복한 여인이 와서 홍생에게 말하였다.

"우리 아씨께서 옥황상제께 그대의 재주를 아뢰어서 견우성(牽牛星)의 부하로 삼게 하였습니다. 벼슬을 제수하려 하니 빨리가야 합니다."

홍생이 놀라 깨어보니 꿈이었다.

하인을 시켜 목욕 재계한 뒤 향을 피우고 집안을 깨끗이 한 후, 뜰에 자리를 깔았다. 턱을 고이고 앉아 잠깐 누웠다가 세상을 떠났는데 이 때가 구월 보름날이었다. 빈소에 안치한 지 며칠이 지난 뒤에도 얼굴 빛이 산 사람과 조금도 다름없었다. 사람들이 모두,

"신선을 만나 죽음에서 해탈하여 신선이 되었기 때문이다."라고 말했다.

남염부주지(南炎浮洲志)

김시습(金時習)

　　세조 십년경 경주(慶州)에 박생(朴生)이란 사람이 살고 있었다. 박생은 일찍기 유학(儒學)에 뜻을 두어 대성할 것을 기약하고 힘쓰던 중 태학관(太學舘)에 보결생으로 천거되었다. 그러나 시험에 합격하지 못하여 항상 우울하였다. 그는 뜻이 매우 높아 웬만한 세력에는 따르지 않을 뿐 아니라 굽히지도 아니하였다. 그러한 그의 성격을 보고 남들은 거만한 사람이라고 비웃었으나, 그를 아는 사람들은 태도가 대단히 온순하고 후하다는 칭송을 했다.

　　그는 일찍이 불교, 무당, 귀신 등 모든 것에 대하여 의심을 품었다. 거기다가 중용(中庸)과 주역(周易)을 읽은 뒤 더욱 자신을 얻게 되었다. 그의 성격이 유순하였으므로 불교 신자들과 친밀히 지내고 있었다.

　　어느 날 그는 절간의 스님과 불교에 대한 논의를 전개하던 중 한 스님이 다음과 같이 물었다.

"천당과 지옥이란 것에 대하여 그대는 어떻게 생각하시오?"

박생이

"그야 천지는 한 음양(陰陽)일 것인데 어찌 천지 밖에 또 그런 세계가 있을 것이요?"

라고 말했다. 스님도 또한 결단하여 말하지 못하다가 말하기를,

"명확히 말하기는 어렵습니다만, 화복(禍福)의 갚음이야 없지 아니하겠지요."

그러나 박생은 그 말을 믿지 않고 '일리론(一里論)'이라는 책을 만들었다. 스스로 경책을 삼아 불교의 이단적(異端的)인 데에 빠지지 않으려고 하였다. 그가 저술한 책의 내용은 대개 이러하였다.

"일찌기 옛말을 들으면 천하의 이치는 오직 한 가지가 있을 뿐이라 하였다. 한 가지라 함은 둘은 아니라는 말이요, 이치란 것은 천성을 말함이요, 천성이란 것은 하늘의 명함을 말함이다. 하늘이 음양과 오행으로 만물을 낳을때 기운(氣運)이 형상을 이룩하고 이(理)도 첨가된 것이다.

이치란 것은 일용(日用)과 사물(事物)의 사이에 각각 조리(條理)가 있다. 부자(父子)간에는 친함을 다할 것이며, 군신(君臣)간에는 의(義)를 다할 것이고, 부부와 장유(長幼)간에도 마땅히 행할 길이 있을 것이다. 이것이 이른바 도(道)라는 것으로 이 이치가 우리의 마음에 갖추어져 있는 것이다.

그 이치는 좇으면 어디로 가나 합당하여 편안치 아니함이 없고, 그 이치를 거스리면 성품을 떨치는 것이 되리니, 곧 재앙이 미칠 것이다. 이치를 궁구하고 성품을 연찬하는 것이 곧 이것을 궁구함이다.

어떤 사물이라도 꾸준히 연구하여 자신의 지식을 넓힐 것이다. 대개 인간으로 태어나서 이 마음 없는 이가 드물다. 또한 이 성

품을 갖추지 않은 이가 없을 것이다. 또한 천하의 미물도 이치가 있는 것이니, 그것을 좇는 것이 사물에 파고들어 이치를 궁구하는 것이다.

사물의 근원을 추궁하고 그리하여 그의 궁극의 길을 탐구하는 데 이르는 것이 곧 세상의 이치이다. 이것이 사물에는 나타나 있으며 이치에 지극한 자가 방촌(方寸)의 안에 들게 된다. 이로써 추측컨대 천하의 국가를 포괄하고 여러 하늘에 나아가 위반함이 없다. 그러므로 귀신을 만나도 미혹되지 않고 고금의 역사를 따르는 것이 유가(儒家)의 일일 따름이다. 천하에 어찌 두 가지 이치가 있겠는가. 스님들의 허무적멸(虛無寂滅)을 위주로 한 이단(異端)의 이야기를 나는 믿을 수 없다.”

박생이 책을 저술한 뒤에 하루는 자기 방에 앉아서 등불을 돋우고 책을 읽다가 베개를 베고 잠깐 잠이 들었다. 꿈에 한 나라에 이르니 창망한 바다 가운데의 한 섬이었다. 그곳에는 초목도 모래도 없고 밟히는 것이 구리가 아니면 쇠였다. 대낮에는 불길이 하늘을 뚫을 지경이어서 대지가 다 녹아 없어지는 듯하고 밤이면 처참한 바람이 서쪽에서 불어 와서 사람의 살과 뼈를 에는 듯하였다. 또한 쇠로 된 벼랑이 성벽처럼 해변에 이어졌다. 다만 철문(鐵門) 하나가 있었는데 그 자물쇠가 어마어마하게 컸다. 수문장은 그 꼴이 영악하기 그지 없었다. 창과 철퇴로 외적을 방어하고 그 안에 사는 백성들은 쇠집에서 사는데 낮이면 더위 죽을 지경이고 밤이면 얼어 죽을 정도였다. 오직 아침 저녁에는 별로 고통이 없는 듯하였다.

박생은 크게 놀라 머뭇거리고 있는데 수문장이 부르는지라 당황하면서 앞으로 나아갔다. 수문장은 창을 세우고 박생에게 물었다.

“그대는 어떤 사람인가?”

박생이 두려움에 떨면서 대답했다.

"아무 나라 아무 땅에 사는 유생(儒生)인데 영관(靈官)께서는 널리 용서하여 주십시오."

엎드려 절하며 두 번 세 번 빌자 수문장이 말했다.

"유생이란 본시 위엄 앞에서도 마땅히 굴하지 않는 것인데, 그대 어찌하여 굽힘이 이와 같은가? 우리가 이치를 아는 유생을 만나고자 한 지 오래되었다. 우리의 임금께서도 그대와 같은 사람을 만나 할 말을 동방에 전하고자 하던 터였다. 조금만 기다리면 임금께 일러 뵙도록 해 주겠다."

말이 끝나자 어디로 들어갔다. 얼마 후에 나와서 말하기를,

"임금께서 당신을 편전에서 맞이하려 하니 당신은 위엄에 공포를 느끼지 말고 정직한 말로 대답하되 이 나라 백성으로 하여금 옳은 길을 걷도록 하여 주기 바라오."

말이 끝나자 검은 옷과 흰 옷을 입은 두 동자가 손에 두 권의 문권을 가지고 왔다. 한 책에는 흰 종이에 푸른 글자를 썼고 한 책에는 흰 종이에 붉은 글자로 쓴 것이었다. 동자가 그 책을 박생의 좌우에 펴놓아 보이는데 그의 성명은 붉은 글자로 씌어 있었다.

'현재 아무 나라의 박 아무개는 전생에 죄가 없으므로, 나라의 백성이 되기에 마땅치 않다.'

박생이 글을 읽고 동자에게 물었다.

"나에게 이 문권을 보이는 것은 어떠한 이유인가?"

동자가 대답하였다.

"검은 문권은 악인의 명부이고 흰 문권은 선인의 명부입니다. 좋은 명부에 실린 분은 임금께서 예법으로 맞이하시고, 악한 명부에 실린 이는 노예로서 대우합니다. 이러한 내용을 당신께 알려 드리니 임금께서 만일 알현을 허가할 때에는 마땅히 예로써

진퇴에 어그러짐이 없도록 하십시오."

하는 말을 마치고 안으로 들어가 버리는 것이었다. 잠깐 사이에 보배수레 위에 연좌를 설치하고 어여쁜 아이들은 파리채와 일산(日傘)을 가지고, 무사와 나졸들은 창을 휘두르며 왔다.

박생이 머리를 들고 바라보니 앞에 철성(鐵城)이 세 겹으로 된 궁궐이 드높기 한이 없었다. 금산(金山)의 아래에 있는데 불꽃이 충천하여 무섭게 타오르고 있었다.

길 옆에 다니는 사람들을 살펴보니 그 불꽃속에서 구리와 쇠를 밟고 다니는 데 마치 진흙을 딛고 다니는 것과 흡사하였다. 그러나 박생의 앞 수십 보쯤 되는 곳에 평탄한 길이 있어 인간세상이나 다름없었다. 아마 신력(神力)으로 이루어진 것 같았다.

그 나라의 궁궐에 이르니 네 문이 활짝 열려 있고 못과 다락과 대(臺)가 한결같이 인간 세계와 조금도 다를 것 없었다. 아름다운 두 아가씨가 나와 절하며 손을 맞잡아 인도하여 들어가니 왕이 통천관(通天冠)을 쓰고 문옥대(文玉帶)를 두르고 뜰 아래에 내려와 맞이하였다. 박생은 황급히 엎드리는 바람에 임금을 쳐다보지도 못하였다.

왕이 말하되.

"땅이 달라 서로 통성치 못하는 터에 이치를 아는 선비를 어찌 위력으로 굴복시키랴."

하고는 박생의 소매를 잡아 궁궐에 오르게 했다. 편전 위에 따로 자리를 마련하니 곧 옥으로 난간을 만든 금상(金床)이었다.

자리에 앉으니 임금은 시종에게 명하여 차를 드리게 하였다. 구리와 같고 과실은 철환(鐵丸)과 다름이 없었다. 박생은 한편 놀랍고도 두려워하나 피할 곳이 없어서 그들이 하는 짓을 보고 있을 따름이었다. 다과가 들어오자 향내가 온 방에 퍼지고 차 마시기를 마친다음 임금이 박생에게 말했다.

"선비는 여기가 어딘지 모르실 것입니다. 이곳은 속세에서 말하는 염부주(閻浮州)요. 궁궐 북쪽산의 이름은 옥초산(玉焦山)인데 이 땅의 남쪽에 있으므로 이름하여 남염부주라 합니다. 염부(炎浮)라는 이름은 염화(炎火)가 혁혁 하여 항상 공중에 떠 있는 관계로 그렇게 칭하게 되었습니다.

나의 이름은 염마(焰摩)라고 부르니 불꽃이 나의 육신을 마찰하는 까닭입니다. 내가 이곳의 왕이 된 지 이미 만 일 년이 된지라 내 스스로 영험스러워 신통변화를 부리고 모든 일을 뜻대로 할 수 있습니다. 창힐이 글자를 만들 때 나의 백성을 보내어 울게 하였고, 구담(瞿曇)이 부처가 될 때 나의 부하를 보내어 보호해 주었습니다. 삼황(三皇)과 오제(五帝)와 주공(周公)과 공자(公子)에 이르러서는 곧 스스로 의도를 지키니 내 어찌 할 수 없어 아무런 관계도 없었던 것입니다."

박생은 물었다.

"주공, 구담은 어떠한 인물입니까?"

왕이 대답하기를,

"주공(周公)은 중화문물(中華文物)의 성인이요, 구담은 서역(西域) 간흉(姦凶) 가운데서의 성인입니다. 문물에 밝으나 성품이 박잡하고도 순수하여 주공 공자께서 이것을 통솔하였습니다. 간흉한 민족이 비록 몽매하기는 하나 기운이 이둔(利鈍)함이 있어 구담이 이를 경책하셨고, 주공의 가르침은 바르므로 사(邪)를 버리게 합니다. 또 석가의 법은 사도(邪道)로써 사도를 물리쳤으므로 그 말이 황탄(荒誕)하나 정직하므로 군자가 좇는 것이고 황탄하므로 소인이 믿는 것입니다. 이것이 양가의 극치라 할 것입니다. 곧 군자 소인으로 하여금 마침내 바른 이치에 돌아가게 하는 것이니 후세에 이도(異道)를 제창하고 세상을 속이고 하는 것이 아닌 줄로 압니다."

박생은 다시 물었다.

"귀신이란 어떤 것입니까?"

임금이 말하기를,

"귀란 음(陰)의 영(靈)이고 신(神)이란 양(陽)의 영인데 살았을 때는 사람이라 하고 죽으면 귀신이라 하니 그 이치야 다를 것이 없습니다."

"세상에서는 귀신에게 제사하는 예가 있는데 제사의 귀신과 사람속에 함께 있는 귀신과는 어떻게 다른 것입니까?"

임금이 말하기를,

"다를 것이 없는데 선비는 어찌 보지 못하였습니까? 선유(先儒)가 말하기를 귀신이란 형상도 없고 소리도 없으며 물건의 모양에 따라 변합니다. 또 천지에 제사하는 것은 음양의 조화를 존경하는 것이고, 산천에 제사하는 것은 기화(氣化)의 오르내림에 보답하는 것이며, 조상께 제사하는 것은 근본에 보답하려는 것이며, 육신(六神)에 제사하는 것은 화를 면코자 함입니다. 다 사람으로 하여금 그 공경함을 다하게 하고자 하는 것입니다. 다만 사람들은 귀신이 있다고 생각하는 것 뿐입니다. 그러므로 공자께서는 귀신을 멀리 하라 하였으니 아마 이런 이치를 말함일 것입니다."

박생이 말했다.

"그렇다면 세상에서 사귀(邪鬼)의 요물이 실지로 사람을 해친다고 하는데 이것 역시 귀신이라고 이름하는 그것일까요?"

"귀(鬼)란 것은 굴(屈)을 의미하고 신(伸)이란 것은 펴는 것을 말합니다. 굴하여 펴는 것은 조화의 신이고 굴(屈)하고 펴지 못하는 것은 요귀(妖鬼)를 말합니다. 산에 있는 것은 초라 하고, 물에 있는 것은 역이라 합니다. 수석(水石)의 요귀는 용망상(龍罔象)이요, 목석(木石)의 요귀는 기망양이요, 물건을 해치는 요귀는 여(廬)라 하고, 남을 괴롭게 하는 것은 마(魔)라 하며 물건에 있는 요귀를 요(妖)라 하고, 물건을 혹(惑)하게 하는 것은 매(魅)라 합니다. 이를 모두 귀(鬼)라 합니다.

한편 신(神)이란 음양의 헤아릴 수 없음을 말하는 것이니 묘용(妙用)을 지칭하는 것이요, 하늘과 사람이 같은 이치이고 현상계나 본체계가 간격이 없으니 근본으로 돌아가는 것을 정(靜)이라 하고, 천명을 회복하는 것을 상(常)이라 하며 조화의 종시를 같이 하면서도 조화의 자취를 알 수 없는 것을 도(道)라 하는 까닭에 중용에서 귀신의 덕이 크다고 한 것입니다."

박생이 또 다시 묻기를,

"스님들이 말하기를 하늘 위에 천당이란 낙원이 있고 지하에는 고초를 당하는 지옥이 있어서 죄인을 다스린다 하는데 이것이 사실입니까? 사람이 죽은 지 칠일 후에 부처님께 제를 올리어 그 영혼을 하늘로 인도하고 대왕께 지전(紙錢)을 바치어 그 죄악을 청산한다 하는데, 간악한 인간이라도 대왕께서는 그를 용서할 수 있을까요?"

임금이 크게 놀라며 말하기를,

"그게 무슨 말이오. 금시 초문입니다. 어찌 하늘과 땅 밖에 다시금 하늘과 땅이 있으며, 천지 밖에 또 다른 천지가 있겠습니까? 세상이 무지하여 인간의 실정은 이야기 하지 않고 신도(神道)만 엄숙하다 하니 어찌 한 개의 지역 안에 왕이라 일컬음이 이리 많을 것이겠소. 그대는 어찌 듣지 못하였습니까? 하늘에는 두 해가 없고 나라에 두 왕이 없을 것이라 하였습니다. 재를 지내 영혼을 천도한다든지, 지전을 살라 제사 지내는 일을 알 수가 없습니다. 그대는 아는 대로 얘기해 주십시오."

박생이 자리에 물러가 옷깃을 펴며 말하기를,

"세상에는 부모가 가신 지 사십구일만에 양반이든 상인이든 오로지 영혼천도를 합니다. 돈 많은 이는 부의(賻儀)를 많이 내어 큰 재를 올리고 가난한 이도 논밭과 집을 팔아 전곡을 마련합니다. 여러 스님들을 불러 복전(福田)을 닦고 불상을 모셔 주문을 외우는데 마치 새와 쥐들이 지저귀는 것처럼 아무 뜻이 없습니다. 또 상주가 아내와 자녀, 친척들을 불러오므로 남녀가 혼잡하여 낭자한 대소변이 극락정토를 더럽히고 있습니다. 또 시왕(十王)를 초대한다 하여 주찬을 갖추어 제사 지내고 있는데, 만일 진정으로 시왕이 있다 하면 예의를 돌보지 아니하고 탐욕만을 내어 이것을 받겠습니까? 또는 불법에 따라 중벌에 처하겠습니까? 이것에 대하여 저는 매우 못마땅하게 생각합니다.”

왕이 말했다.

“슬프구나. 인간이 이 세상에 날 때 천명으로써 성(性)을 삼고, 땅이 곡식을 길러 주시며, 임금은 법으로써 다스려 주시고, 스승은 도(道)로써 가르쳐 주시며, 어버이는 은혜로써 키워주십니다. 이로써 오전(五典)이 문란치 않으니 이를 좇으면 상서롭고 이를 거슬리면 재앙이 있습니다. 그것은 사람이 만드는 것입니다.

사람이 죽으면 정신과 기운이 이미 흩어져 근본으로 돌아갈 뿐인데 어찌 다시금 캄캄한 속에 멈춰 있겠습니까? 다만 일종의 원통한 혼백과 비명(非命)에 쓰러진 원귀들이 억울한 죽음으로 기운을 펴지 못하여 혹은 쓸쓸한 싸움의 벌판에 울기도 하고, 혹은 원한에 맺힌 가정에 나타나기도 합니다. 또는 무당에 의탁하여 뜻을 발표하며 혹은 사람에 의지하여 슬픔을 하소연하는 것은, 비록 정신은 흩어지지 않더라도 결국 아무것도 없는 것에 귀일(歸一)하는 것입니다. 어찌 형체를 저승에 빌려서 지옥의 고통을 받겠습니까?

이것은 물리를 연구하는 학자로서 짐작할 바입니다. 부처에 재 들이고 시왕에 제사함은 더욱 황탄할 일이요, 또 제를 지낸다 함은 정결함을 뜻함이니 제사 지내고 제사 지내지 아니함은 그 정성에 있음이지 별 뜻이 없습니다. 부처란 청정(淸淨)하다는 곳이요, 왕이란 존엄하다는 뜻인데 어찌 세속의 공양을 맛보며 왕의 존엄함으로 죄인의 뇌물을 받을 수 있으며 명멸(冥滅)의 귀(鬼)로서 세상의 형벌을 용서할 수 있겠습니까? 이것이 또한 이치를 궁구하는 선비로서 마땅히 생각할 바 아니겠습니까?"

"그러면 윤회설(輪廻說)에 대하여는 어떻게 보아야 하겠습니까?"

"정신이 흩어지지 않았을 때 마치 윤회의 길이 있을 듯하나 오래 되면 소멸되고 마는 것이겠지요."

박생이 또 물었다.

"임금께서는 어떤 연고로 이런 세상에 살고 계시며 임금이 되셨습니까?"

"내가 세상에 있을 때에 왕께 충성을 다하여 도적을 없애고 맹세하기를 죽어서라도 여귀(厲鬼)가 되어 도적을 죽이리라 하였습니다. 그 나머지 원을 이루지 못하고 충성이 없어지지 아니한 까닭으로 이 나쁜 나라에서 군장이 되었습니다.

여기에 사는 사람들은 다 전세(前世)에서 흉악한 자로서 여기에 다시 태어나 나의 통제를 받게 된 것입니다. 고치고자 하는 것이므로 사리사욕을 청산하지 못하고는, 아무도 이 땅의 군주가 되지 못할 것이요, 내 일찍 들으니 선생의 정직 불굴하는 성격은 천고의 달인(達人)입니다. 그러나 선생의 높은 뜻을 세상에 편 바 없으니 어찌 아깝지 않겠습니까? 내 이제 시운이 다하여 이 자리를 떠나야 할 판이오. 선생도 명수(命數)가 끝난 것 같으니 이 나라의 백성을 맡아 주실 분은 선생이 아니고 누구라 하겠소."

염마는 말을 마치자 크게 잔치를 베풀어 즐기면서 삼한 흥망

(三韓興亡)의 잔치를 열기도 하였다. 박생이 일일이 얘기하다가 고려의 건국 얘기에 미치자 염마는 수차 감탄하였다. 그러면서 다시 말하기를,

나라를 맡은 이는 폭력으로써 백성을 다스리지 못할 것이며, 덕이 없이 자위를 차지할 수 없을 것입니다. 하늘이 비록 묵묵하여 영원히 말을 하지 않을지라도 그 명령은 엄한 것이요, 그리고 대체 국가는 백성의 것이요, 명이란 하늘이 정하는 것입니다. 그러므로 천명이 가 버리고 민심이 떠나면 비록 몸을 보전코저 한들 어찌 될 수 있겠소."

박생은 다시 역대 제왕이 이도(異道)를 믿다가 재앙을 입은 얘기를 하자 염왕은 문득 이맛살을 찌푸리면서,

"수재와 한재가 이르는 것은 하늘이 임금으로 하여금 일에 삼가할 것을 암시함이요, 백성이 원망하는 데도 상서가 나타나는 것은 임금으로 하여금 더욱 교만하게 방종케 함입니다. 역대 제왕이 재앙을 입을 때 그 인민들은 안락하였소? 원망하였소?"

"그것은 간신이 벌떼처럼 봉기하여 큰 난리가 일어나도 임금은 백성을 눌러 정치를 하니 백성이 어찌 안락할 수가 있겠습니까?"

"아마 선생의 말씀이 옳소이다."

문답이 끝난 뒤 염마는 잔치를 거두고 박생에게 왕위를 전하고자 하여 곧 손수 선위문(禪位文)을 지어 박생에게 내려 주었다.

그 선위문에,

'염주(炎洲)의 땅은 실로 야만의 나라이다. 옛날의 하우(夏禹)의 발자취가 이르지 못하였고 주목왕(周穆王)의 말굽이 미친 적이 없었다. 붉은 구름이 햇빛을 덮고 추한 안개가 공중을 막아 목이 마를 때는 녹은 구리물을 마시며 배가 주리면 뜨거운 쇠끝을 먹는다. 야차(夜叉)와 나찰(羅刹)이 아니면 그 발 붙일 곳이 없고 온갖 도깨비 귀신이 아니면 그 기운을 펼 수가 없는 곳이다.

화성(火城)이 천리요, 철산(鐵山)이 만첩(萬疊)이라, 민속이 한악(悍惡)하며 그 간사함을 판단할 수 없고 지세(地勢)가 험악하다.

신성한 위엄이 없으면 그 조화를 베풀기 어렵도다. 이제 동국(東國)에 사는 박 아무개로 말하면 정직무사하고 강인하며 결단력이 있다. 문장에 대한 재질이 크고 발몽의 재조가 있어 모든 인민의 기대에 어그러짐이 없을 것이다. 경(卿)은 마땅히 도덕과 예법으로써 백성을 지도할 것이며 온누리를 태평하게 해주시오. 내 이제 하늘의 뜻을 받들어 요순(堯舜)의 옛일을 본받아 이 자리를 사양하노니, 경은 삼가 이 자리를 받을지어다.'

박생은 선위문을 받들어 예식을 마치고 두 번 절하고 물러나오니 염마는 다시금 신하들에게 명령하여 축하를 드리게 하였다. 박생을 고국으로 잠깐 돌려 보내면서 거듭 칙령을 내리기를,

"머지 않아 이곳에 돌아올 것이니 나와 함께 문답한 말을 인간에 퍼뜨려 황당한 전설을 남게 하지 마시오."

박생이 또한 다시 절하며 치사하여 말하기를,

"감히 명령을 어길 길이 있겠습니까?"

하고, 궁궐 문을 나와서 수레에 탔다. 말굽이 진흙에 붙어 수레가 넘어지는 바람에 박생이 깜짝 놀라 잠을 깨니 그것은 한갓 허무한 꿈이었다. 눈을 뜨고 주위를 보니 책들은 상에 그대로 놓여 있고 등불은 깜박거리고 있었다. 박생은 마음이 산란하여 스스로 생각하기를,

'이제 죽을 날이 멀지 않았다.'

하고 날로 집안 일을 처리할 것이 걱정이었다. 몇 달 후에 병이 들어 누웠는데,

'이제는 다시 일어나지 못하지!'

생각이 들자 의원과 무당들을 다 물리치고 고요히 죽어갔다.

그가 죽던 날 저녁 꿈에 신인(神人)이 이웃에 고하여 말하기를,

"그대 이웃의 아무개가 장차 염라왕이 될 것이다."

하였다.

박지원(朴趾源)의

한문소설

- 양반전
- 호질
- 광문자전
- 예덕선생전
- 민옹전
- 마장전

양반전(兩班傳)

박지원(朴趾源)

박지원의 단편소설 중 가장 정채(精彩)가 있는 작품이다. 몰락하는 양반과 신흥 부자를 대조시켜 양반을 풍자하고 있다. 또한 생산적 활동을 중시하는 가치관의 변혁에 대한 주장이 담겨 있다.

양반이란 사족(士族)을 높여 부르는 말이다. 강원도 정선(旌善)고을에 한 양반이 살고 있었다. 그는 성품이 무척 어질고 글 읽기를 매우 좋아했다. 그래서 이 고을에 새로 부임해 오는 군수(郡守)는 반드시 이 양반의 집에 찾아가 인사하는 것이 통례로 되어 있었다. 그러나 그는 워낙 집이 가난해서 관곡(官穀)을 꾸어 먹었는데 그것이 여러 해 동안 쌓여 천 석이나 되었다.

어느 해 관찰사(觀察使)가 그 고을을 순행하게 되었다. 관곡을 조사해 보고 난 관찰사는 크게 노했다.

"어느 양반 놈이 군량에 쓸 곡식을 축냈단 말이야."

이렇게 호통을 치고 그 양반이란 자를 잡아 가두라고 했다. 명령을 받은 군수는 그 양반을 무척 불쌍히 여겼다. 하지만 어쩔 도리가 없었다. 잡아다가 가둘 수도 없고 상관의 명령을 복종하지 않을 수도 없어 일은 매우 딱하게 되었다.

　일이 그 지경이 되어도 양반은 밤낮으로 울기만 할 뿐, 아무런 대책을 세울 수 없었다. 그 아내가 남편을 꾸짖어 말했다.

　"당신은 평생 앉아서 글만 읽더니 이제 관곡을 갚을 방도도 없이 되었구료. 양반, 양반 하더니 그 양반이란 것이 한푼 값어치도 못되는 것이구료."

　그런데 그 마을에는 부자 한 사람이 살고 있었다. 양반이 봉변을 당하게 된 내력을 듣고 집안끼리 의논을 하였다.

　"양반이란 아무리 가난해도 항상 존귀하고 영화스러운 것이다. 그러나 나는 아무리 돈이 많아도 항상 비천하다. 기가 죽어 허리를 굽혀 걸어가고, 뜰에 엎드려 절을 하며, 코가 땅에 닿도록 머리를 숙이고, 무릎으로 기다시피 한다. 우리는 항상 이런 모욕을 당하고 있다. 그런데 지금 양반이 가난하여 관곡을 갚지 못하여 어려움을 당하게 되었으니, 이제는 그 양반을 지탱할 수가 없을 것이다. 그러니 우리가 그 양반을 사서 행세하는 게 어떻겠는가?"

　하고 부자는 즉시 양반의 집에 이르러 자기가 관곡을 갚겠노라고 자청했다. 양반이 크게 기뻐하고 허락했다. 이에 부자가 관곡을 모두 갚아 주었다.

　군수는 영문을 모르고 깜짝 놀라 양반을 찾아 위로하고 관곡을 갚게 된 까닭을 물었다. 양반은 벙거지를 쓰고 잠방이 바람으로 땅에 엎드려 '소인', '소인' 하고 자기를 낮추고 군수를 감히 쳐다보지도 못했다. 군수는 더욱 놀라서 양반을 붙들어 일으키면서 말했다.

　"어째 스스로 낮추어 욕되게 합니까?"

　그러나 양반은 더욱 황송해 하면서 머리를 조아리고 엎드려 하는 말이,

"황송합니다. 소인이 감히 스스로 욕되게 하는 것이 아니라 이미 그 양반을 팔아서 관곡을 갚은 것입니다. 그러므로 이제부터 저 건너 부자가 양반입니다. 소인이 다시 어찌 옛 모양으로 거만을 부려 스스로 높일 수가 있겠습니까?"

듣고 난 군수는 탄식하였다.

"부자야말로 군자로다. 부자이며 양반이로다. 부자여, 부자이면서도 인색하지 않으니 이것은 의리가 있는 것이요, 남의 어려운 일을 도와주었으니 이것은 어진 것이요, 낮은 것을 미워하고 높은 것을 사모하니 이는 지혜로운 것이다. 이 사람이야말로 참으로 양반이다. 그러나 사사로이 두 사람이 양반을 서로 바꾸고 아무런 증서도 만들지 않았으니 후일에 화근이 될지도 모른다. 그러니 내가 당신과 더불어 모든 사람들이 신용토록 할 것이오. 군수인 내가 도장을 찍으리라."

군수는 돌아가 고을 안에 사는 모든 양반들을 불렀다. 그밖의 농사꾼·공장이·장사아치까지 모두 뜰에 모이게 했다. 부자는 오른 편 높직한 자리에 앉고 양반은 아전(胥吏)의 아래에 세웠다. 그리고는 증서를 만들면서 말했다.

"건륭(乾隆) 10년 9월 모일에 이 증서를 만드는 이유는 다음과 같다. 양반을 팔아서 관곡을 갚았는데, 그 값이 천석이나 된다. 원래 양반은 여러 가지 일이 있다. 글만 읽는 이를 선비라하고, 정치에 종사하면 대부라 하고, 덕이 있는 자는 군자라고 한다. 무관의 계급은 서쪽에 자리하고 문관의 차례는 동쪽에 자리한다. 그래서 이를 양반이라 한다.

이 중에서 너는 맘대로 골라라. 양반이 되면 절대로 비루한 일은 버리고, 옛 사람을 본받아 그 뜻을 숭상해야 한다. 새벽 오경이면 일어나서 촛불을 켜고 앉아서 눈으로 코끝을 내려다보고 무릎을 꿇어 발꿈치로 궁둥이를 받친다. 동래박이(東萊博議)를 마치 얼음 위에 표주박을 굴리듯이 술술 외워야 하고 배가 고픈 것을 참고 추운 것도 견디어내며 입으로 가난하다는 말을 하지 말아야 한다. 이를 딱딱거리면서 뒤통수를 주먹으로 두드리고, 가는 기침에 가래침을 씹어 삼키고, 소맷자락으로 털관을 쓸어서 터는데, 먼지 터는 소맷자락이 마치 물결이 이는 듯이 해야 한다.

손을 씻을 때도 주먹으로 문지르지 않고, 양치질을 하되 지나치지 않아야 한다. 긴 목소리로 종을 부르고, 느린 걸음걸이로 신을 끌어야 한다. 고문진보(古文珍寶)나 당시품휘(唐詩品彙)를 베끼는데, 깨알처럼 글씨를 잘게 써서 한 줄에 100자씩 써야 한다. 손으로 돈을 만지지 않고, 쌀값을 묻지 않는 법이다.

아무리 더워도 버선을 벗지 않고, 밥을 먹을 때 맨상투 바람으로 먹지 않아야 한다. 밥 먹을 때는 먼저 국부터 마시지 말고, 넘어가는 소리를 내지 않아야 한다. 젓가락을 방아찧듯이 자주 놀리지 않고 날파를 먹지 않아야 한다.

술을 마실 때 수염을 빨지 않고 담배를 피울 때 볼이 불러지도록 연기를 들이마시지 않아야 한다. 아무리 화가 나도 아내를 때리지 않고, 노여운 일이 있다고 해도 그릇을 던지지 않아야 한다. 주먹으로 아이를 때리지 않고, 종놈을 '죽일 놈'이라고 꾸짖지 않아야 한다. 소나 말을 나무랄 때에 욕하지 않고 병이 있어도 무당은 부르지 않고, 제사 지낼 때 중을 불러서 제를 올리지 않아야 한다.

화로에 손을 쬐지 않고, 말할 때 침이 튀지 않게 해야 한다. 소를 잡아 먹지 않고, 돈을 놓고 노름을 하지 않는다. 이러한 100가지 행동이 만일 양반과 틀림이 있을 때에는 이 문서를 관청에 가지고 가면 관청에서 고쳐 줄 것이다."

이렇게 쓰고 성주 정선 군수가 결재를 하고 좌수와 별감도 모두 서명을 했다. 이것이 끝나자 통인(通仁)이 도장을 내다가 여기저기 찍는데, 그 소리는 큰 북을 치는 소리와 같았고, 찍어 놓은 모양은 북두성이 벌여 있는 것 같았다. 이것을 호장(戶長)이 다 읽고 나자 부자는 슬픈 표정으로 한참 생각하다가 말했다.

"양반이 겨우 이것뿐입니까? 내가 듣기에 양반은 신선과 같다던데, 겨우 이것뿐이라면 너무 억울하니 고쳐서 좋게 해주십시오."

이에 군수는 문서를 다시 만들며 말했다.

"하늘이 백성을 낼 때, 네 종류의 백성을 만들었다. 이 네 백성 중에 가장 귀한 것이 선비다. 이를 양반이라 하는데 이보다 더 좋은 것은 없다. 농사도 짓지 않고 장사도 하지 않는다. 글만 조금 하면, 크게는 문과로 나가게 되고 작아도 진사는 된다.

문과의 홍패(紅牌)라는 것은 크기가 두 자도 못 되지만, 여기에는 100가지 물건이 갖추어져 있어 이것은 돈자루나 다름없다. 진사는 나이 40에 첫 벼슬을 해도 오히려 이름이 나고 권세 있는 남인(南人)을 잘 섬기면 귓머리는 양산 바람에 희어지고, 배는 종놈들의 '예!' 대답하는 소리에 불러진다.

방에서는 놀이개로 기생을 다스리고, 마당의 곡식에는 학이 깃든다. 궁한 선비가 시골가서 살아도 오히려 자기 맘대로 할 수가 있으니, 이웃집 소를 가져다가 자기 밭을 먼저 갈고, 마을 사람을 불러다가 자기 밭을 먼저 김 매게 해도 어느 누구나 욕하지 못한다. 만약에 누가 말을 듣지 아니할 적에는 잡아다가 잿물을 코에 들어붓고 상투를 잡아 매고 수염을 자르는 등 갖은 벌을 준대도 감히 원망을 못한다."

부자는 그 증서가 반쯤 되었을 때 혀를 빼고 말했다.

"그만 두시오. 그만 두시오. 맹랑하도다. 장차 나를 도둑놈으로 만들 작정이시오?"

말하고 부자는 머리를 절레절레 저으면서 가버렸다. 그뒤로는 죽을 때까지 다시는 '양반'이란 말을 입밖에 내지도 않았다.

- **박지원**(朴趾源, 1737~1805) 호는 연암(嚥巖). 어려서 아버지를 여의고 16세에 결혼했다. 30세에 실학자 홍대용에게 지구의 자전설을 비롯한 서양 학문을 배웠다. 1780년 청나라의 이용후생하는 생활을 보고 실학에 뜻을 두었다. 그때 성경·북경·열하 등지를 다니면서 보고들은 것을 바탕으로 하여 그 뒤에 '열하일기(熱河日記)'를 썼다.

호질(虎叱)

박지원(朴趾源)

도학자인 북곽 선생(北郭 先生)과 수절 과부인 동리자(東里子)사이의 추행을 통해 그 당시 일부 선비들의 위선적인 내면 생활을 폭로, 풍자하고 있다. 특히 동물을 의인화하여 호랑이가 인간의 비행을 나무란다는 것은 기발한 착상이라고 할 수 있다.

범은 슬기롭고 성스러우며 문무(文武)를 겸비하였다. 또한 자상하고 효성스러우며, 지혜가 있고 용맹스러워 천하에 대적할 자가 없다.

그러나 비위라는 짐승은 범을 잡아먹고, 죽우(竹牛)도 범을 잡아먹으며 박(駁)도 범을 잡아먹는다. 오색 사자는 큰 나무가 있는 산에서 범을 잡아먹고, 자백도 범을 잡아먹고, 표견(豹犬)은 호표(虎豹)를 날아서 잡아 먹으며, 황요(黃要)는 호표의 심장을 취해서 먹는다.

한편 활무골(猾無骨)은 호표에게 먹힌 뒤 뱃속에서 호표의 간을 먹는다. 또 추이(酋耳)는 범을 만나면 찢어서 씹고, 범은 사나운 용이라는 짐승을 만나면 눈을 감고 감히 쳐다보지도 못한다. 그런데 사람들은 사나운 용을 두려워 하지 않고 범만 두려워 하니 범의 위엄은 엄청난 것이다.

범이 개를 먹으면 취(醉)하고, 사람을 먹으면 조화를 부리게 된다. 범이 한번 사람을 먹으면, 그 귀신이 굴각(屈閣)이 되어 범의 겨드랑이에 붙어서 범으로 하여금 남의 집 부엌으로 들어가 그 솥을 핥게 한다. 그러면 그 집 주인은 배고픈 생각이 나서 밤에라도 아내에게 밥을 짓게 한다. 그러면 범이 다시 들어와 사람을 잡아먹는다.

범이 두 번 째 사람을 먹으면, 그 귀신이 이올이 되어 범의 광대뼈에 자리잡고 높은 곳에 올라가 아래를 내려다보다가, 만일 골짜기에 사냥꾼이 쳐 놓은 함정이나 쇠뇌가 있으면 먼저 가서 그것을 치워 버린다.

범이 세 번 째 사람을 먹으면, 그 귀신은 죽혼이 되어 범의 턱에 붙어 살며 그가 아는 벗들의 이름을 불러댄다.

하루는 범이 여러 귀신을 불러 놓고 말했다.

"장차 해가 저무는데 어디 가면 먹을 것을 구할 수 있겠느냐?"

굴각이 말했다.

"내가 얼마 전에 점을 쳐보니 뿔도 없고 날개도 없는 짐승 같은 것의 발자국이 눈속에 있는데, 조금 걷다가 쉬는 서투른 발걸음이고 꼬리가 뒤통수에 붙어 있어서 그 꽁무니를 감추지 못하는 놈입니다."

이올이 말했다.

"동쪽 문에 먹을 것이 있는데 그 이름은 의원입니다. 입으로 온갖 약초를 다 먹어 살에서 향기가 납니다. 또 서쪽 문에 먹을 것이 있는데 그 이름은 무당이라고 합니다. 백 가지 신에게 예쁘게 보이려고 날마다 목욕하여 살이 깨끗합니다. 의원과 계집 중에서 골라서 잡수시길 바랍니다."

그러나 범은 수염을 뻗치면서 노해서 말했다.

"도대체 의원이란 무엇인가? 의(醫)란 의(疑)라는 말로써 의심투성이란 말이 포함되어 있다. 자기가 의심스러운 것을 남에게 시험하여 해마다 사람을 죽이는데, 그 수가 항상 수만 명에 이른다. 또 무당이라는 것은 속이는 자다. 신을 속이고 백성들을 유혹하여 해마다 사람을 죽이는데 그 수가 수만 명에 이른다. 이리하여 여러 사람의 노염이 뼈에 들어가서 금잠(金蠶)이란 벌레가 되었으니 독이 있어 먹을 수가 없었다."

이에 죽혼이 말했다.

"어떤 고기가 숲속에 있는데, 어진 간과 의리가 있는 담(膽)을 가졌습니다. 충성스런 마음을 안고 깨끗한 마음을 품었습니다. 음악을 익히고 예의를 행합니다. 입으로 백가(百家)의 말을 외우고 마음은 만물의 이치를 통하고 있습니다. 이를 이름하여 석덕지유(碩德之儒)라 하는데 등이 화락하고 몸도 화락해서 다섯가지 맛을 모두 겸비하고 있습니다."

이때 범이 눈썹을 치켜세우고 침을 흘리며 하늘을 우러러 웃으면서 말했다.

"내가 자세한 것을 듣고자 하노라."

귀신들은 다투어 범에게 천거했다.

"하나의 음(陰)과 하나의 양(陽)을 도(道)라 이르는데 선비는 이것을 관통(貫通)했습니다. 오행(五行)이 서로 낳고(相生) 육기(六氣)가 서로 베풀어지는데 선비는 이것을 인도하니 먹기에 아름답고 이보다 더 좋은 것이 없습니다."

그러나 이때 범은 얼굴빛을 슬프게 고치고 기뻐하지 않은 어조로 말했다.

"아니야, 음양이라는 것은 한 기운의 생성과 소멸에 불과한데 이 두가지를 겸비했으면 그 고기가 잡될 것이다. 또 오행(五行)은 원래 제 자리를 정하고 있어 서로 낳는 것이 아닌데 이제 억지로 자모(字母)가 되어 짜고 신맛을 분배했으니 그 맛이 순수하지 못할 것이다. 또 육기(六氣)는 스스로 행해지는 것이요, 베풀고 인도하는 것을 기다리지 않는 것인데 이제 망령되어 재상(財相)이라고 일컬어 사사로이 자기의 공을 나타내고 있으니 그 먹을 것이라는 것이 딱딱하고 체하고 거슬려서 소화되지 않는 게 아니겠느냐.”

이에 여러 귀신들은 감히 대답을 할 수가 없었다.

마침 정읍(鄭邑)이라는 고을에 벼슬에 욕심을 내지 않는 선비가 있었는데 그를 북곽 선생(北郭 先生)이라고 불렀다. 나이 40에 손수 교서(敎書)한 것이 일만 권이요, 구경(九徑)의 뜻을 부연하여 다시 저서한 것이 일만 오천 권이나 되었다. 이에 천자(天子)가 그 뜻을 가상히 여기고 제후들이 그 이름을 사모했다.

한편 그 고을 동쪽에 얼굴이 아름답고 일찍 과부가 된 자가 있었는데 그를 동리자(東里子)라고 불렀다. 천자가 그 절개를 가상히 여기고 제후들이 그 어짊을 사모하여 그 고을 둘레 몇 리(里)를 봉(封)하여 ‘동리 과부의 마을’이라고 했다.

동리자가 수절을 잘 했으나, 자식이 다섯 있었고 각각 그 성(姓)이 달랐다.

어느 날 다섯 아들은 서로 떠들다가 문득 한 녀석이 안방 쪽에 귀를 기울이다가,

“문 북쪽에서는 닭이 울고 문 남쪽에서는 별이 밝은데 방안에서 웬 남자 소리가 나는데 어찌 그리 북곽 선생과 똑같은가?”

하고는 문 틈으로 번갈아 동정을 엿보았다. 안방에는 동리자와 북곽 선생이 마주 앉아 있었다.

이때 동리자가 북곽 선생에게 청했다.

“오랫동안 선생의 덕(德)을 사모해 왔는데 오늘밤에는 원컨대 선생의 글읽는 소리를 듣고 싶습니다.”

북곽 선생은 옷깃을 정제하고 무릎을 꿇고 앉아 시전(詩傳)을 외웠다.

"원앙새는 병풍에 있고 흐르는 반딧불은 밝기도 해라. 가마솥과 세발솥은 무엇을 본떠 만들었는가. 기쁘구나."

그 모습을 본 다섯 아들이 서로 이르기를,

"예법에 과부의 문에는 들어가지 않는 법인데, 북곽 선생처럼 어진 사람이 이런 이치가 있는가. 내 들으니 정읍(鄭邑)의 성이 무너져서 여우의 구멍이 있다 하고, 또 들으니 여우가 천 년을 묵으면 능히 사람의 모양으로 변한다고 했는데 이것은 그 여우가 북곽 선생으로 둔갑한 것이 아닌가."

하고 상의했다.

"내가 들으니 여우의 갓을 얻는 자는 천금(千金)의 부자(富者)가 되고 여우의 신을 얻는 자는 능히 대낮에도 모습을 감출 수가 있으며, 여우의 꼬리를 얻는 자는 남에게 잘 보여 사람들이 기뻐한다고 하니 우리 이 여우를 죽여서 나누어 갖도록 하자."

이에 다섯 아들이 함께 어미의 방을 포위하고 치자 북곽 선생은 크게 놀라서 달아 났다. 그러나 남이 자기를 알아볼까 두려워 팔을 목에 감고 귀신처럼 춤을 추고 웃으면서 문을 나서다가 자빠져서 들판의 웅덩이에 빠져 더러운 것이 몸에 가득했다.

여기에서 억지로 헤쳐 나와서 머리를 들고 쳐다보니, 이때 범이 바로 앞에 다가와 있었다.

범은 얼굴을 찡그리고 구역질을 하면서 코를 가리고 머리를 옆으로 틀고 탄식하며 말했다.

"선비한테서 구린내가 나는구나."

북곽 선생은 머리를 조아리고 기어서 앞으로 나아가 세번 절하고 나서 무릎을 꿇고 올려다보며 말했다.

"범의 덕은 지극하십니다. 어른들은 그 변하는 것을 본받고, 제왕은 그 걸음걸이를 배우며 사람의 자식은 그 효성을 본받고, 장수들은 그 위엄을 취하고자 합니다. 이름이 신룡(神龍)과 함께 하나의 바람이요, 하나의 구름이니 하토(下土)의 천한 백성은 감히 그 아래에 있습니다."

그러나 범은 꾸짖었다.

"나에게 가까이 오지 마라. 전에 내가 들으니 선비는 아첨한다 하더니 과연 그러하구나. 네가 평소에 천하의 악한 이름을 다 모아서 나에게 붙여주더니 지금은 일이 급해지자 눈앞에서 아첨을 하지만 장차 누가 믿겠느냐.

대체로 천하의 이치는 하나인 것이니 범의 성품이 악하다면 사람의 성품 또한 악한 것이요, 사람의 성품이 착하다면 범의 성품이 또한 착한 것이다. 너의 천 가지 만 가지 말이 오상(五常)에 있다.

그러나 서울이나 고을 사이에는 그러한 흔적은 없다. 글을 아는 체하고 다니는 자는 모두 공손하지 못한 오품(五品)의 사람이다. 그러나 좋은 먹과 도끼의 톱을 날마다 주어도 능히 그 악한 것을 그치게 하지 못한다.

범의 집에는 본래 이러한 형벌이 없으니 이것으로 범의 성품은 또한 사람보다 착한 것이 아니겠느냐. 또 범은 초목을 먹지 않고 충어(蟲魚)를 먹지 않으며, 누룩이나 술과 같은 패란(悖亂)한 물건을 좋아하지 않고 자질구레한 물건을 복종시키지 않는다. 산에 들어가서 사슴을 사냥하고 들에 가서 말과 소를 사냥하지만 구복(口腹)의 누(累)나 음식으로 인한 송사가 없었으니 범의 도(道)가 어찌 광명정대(光明正大)한 것이 아니겠느냐.

너희는 범이 사슴을 잡아 먹어도 범을 미워하지 않지만 범이 말이나 소를 잡아 먹으면 원수로 안다. 이는 사슴은 사람에게 은혜가 없고 말과 소는 너희들에게 공이 있어서 그러한 것이 아니겠느냐.

그러나 그것을 타고 부리는 수고로움이나 충성함을 다 저버리고 날마다 잡아서 푸줏간과 부엌에 채우고 뿔이나 갈기조차도 남기지 않는다. 그러면서 오히려 내가 사슴을 먹는 것까지도 침해하여 산과 들에도 먹이가 없게 한다. 하늘로 하여금 그 정치를 공평하게 한다면 내가 너희들을 잡아 먹는 데에 있겠느냐. 놓아 주는 데에 있겠느냐.

대체로 제 것이 아닌 것을 취하는 것을 도(盜)라 하고 살아 있는 것을 괴롭히고 물건을 해치는 것을 적(賊)이라 한다. 너희는 밤낮으로 어깨를 걷어붙이고 눈을 부릅뜨고서 바쁘게 빼앗으면서도 부끄러워 하지 않고, 심한 자는 돈을 형이라고 부르고 장수가 되기 위하여 아내를 죽이니 인륜을 다시 논할 수 없을 것이다. 입을 것을 누에한테서 빼앗으며,·벌을 죽이고 단 것을 먹는다. 더 심한 자는 육장(肉醬)의 개미 새끼로 젖을 담아 그 할아비의 제사를 지내니 그 어떤 잔인하고 야박한 행동이 너희보다 더 심하겠느냐.

너는 이치를 말하고 성품을 논하면서 움직이기만 하면 선과 악을 일컫는데, 하늘에서 명령하는 것으로써 본다면 범과 사람은 같은 동물이요, 천지가 물건을 나게 하는 어진 것으로 말한다면 범과 황충, 누에, 벌, 개미 그리고 사람이 함께 살면서 서로 거스르지 말아야 한다. 진실로 착하고 악한 것을 가지고 판단한다면 벌이나 개미가 사는 집을 부수는 놈은 천하의 큰 도둑이 아니겠느냐? 또 맘대로 황충이나 누에의 먹이를 빼앗는 것은 홀로 인의(仁義)의 큰 적이 아니겠느냐.

범이 사슴은 잡아 먹어도 같은 종류의 표범은 잡아 먹지 않으며, 범이 말과 소를 잡아먹어도 사람이 말과 소를 먹는 것보다는 많지 않다. 또 범이 사람을 먹는 것을 따지면 사람들끼리 서로 먹는 것보다는 많지 않다. 지난 해 큰 가뭄에 백성들이 서로 먹은 것이 수만 명이며, 산동(山東)의 큰 물에 백성들이 서로 먹은 것이 수만 명이었다.

그것을 춘추 때와 비교하면 어떠한가. 춘추 때에는 덕을 심은 싸움이 열일곱 번이요, 원수를 갚은 싸움이 서른 번이었다. 피가 천리에 걸쳐 흐르고 시체가 백 만이나 쌓였다. 그러나 범의 집은 홍수나 가뭄을 모르기 때문에 하늘을 원망하지 않고, 원수나 덕을 모두 잊기 때문에 남을 미워하지 않는다. 운명을 알고 순하게 몸을 갖기 때문에 무당이나 의원의 간사함에 혹하지 않고, 형체를 밟고 성품을 다하기 때문에 세속의 이로움을 탓하지 않는다. 이것은 범이 지혜롭고 성스러운 까닭이다.

그 중에서 한 가지만 엿보더라도 족히 천하에 문(文)을 나타내건만 한 자 한 치의 병기(兵器)도 지니지 않고 오로지 발톱과 어금니의 날카로움만 가지고도 천하에 무(武)를 빛낼 수 있다.

또한 옛부터 솥과 술잔에 범과 원숭이를 그려 넣은 것은 천하에 효성을 펼치기 때문이다.

하루에 한 번 움직여서 까마귀와 소리개, 개미에게 먹이를 함께 나누어 주니 어진 것을 이루 다 말할 수 없고, 아첨하는 자를 먹지 않고 병이 있는 자를 먹지 않으며 상복(喪服) 입은 자를 먹지 않으니 그 의리를 다 말할 수가 없다.

그런데 너희들이 먹는 것을 보면 함정을 파는 것도 부족해서 그물을 친다. 창, 통발, 토끼 잡는 그물, 새 그물, 고기 그물을 쓰고 있으니 처음에 그물을 만든 자는 먼저 천하의 화를 받아야 할 것이다.

그 밖에 바늘, 몽둥이, 세모진 창, 큰 창이 있다. 또 포(砲)를 한 번 쏘면 소리가 산을 울리고 불은 음양(陰陽)을 다 토해내어 천둥보다 더 사나운데 그래도 그 사나운 마음을 다 풀지는 못한다. 이에 부드러운 터럭을 입으로 빨아 아교를 합쳐서 붓을 만들어 마치 대추씨의 길이만한 것이 조그만 종지에도 차지 못한다.

그런데 이것에 오징어 거품 같은 것을 찍고 가로세로 찔러서 굽은 것은 창과 같고, 날카로운 것은 칼과 같고, 예리한 것은 큰 칼과 같고, 갈고리가 있는 것은 창과 같고, 곧은 것은 화살과 같고, 굽은 것은 활과 같아 이 병장기가 한번 움직이면 모든 귀신이 밤에 우니, 그 서로 먹는 것의 혹독함이 어찌 너보다 더하겠느냐."

북곽 선생은 자리를 떠나 엎드려서 주춤거리다가 두 번 절하고 머리를 조아리면서 말했다.

"시전(詩傳)에 말하기를, '비록 악한 사람은 있더라도 제계(齋戒)하면 가히 상제(上帝)를 섬길 수 있다' 했으니 하토(下土)의 천한 백성은 감히 범님의 밑에 있기를 원합니다."

그리고 나서 장황하게 아첨하는 말을 하고 나서 숨을 죽이고 범의 처분을 기다리고 있었으나 범은 오래도록 말이 없었다. 이에 진실로 황송하고 진실로 두려워서 손을 마주 잡고 머리를 조아렸다. 얼마만에 겨우 머리를 들어보니 동방이 밝았고 범은 이미 가버리고 없었다.

이때 농부가 아침에 김을 매러 나왔다가 물었다.

"선생님은 어찌 이렇게 일찍 들에 나오셔서 절하십니까?"

북곽 선생은 말했다.

"내가 들은 바로는, '하늘이 아무리 높다고 하더라도 감히 엎드리지 않을 수 없으며 땅이 아무리 두텁다 하더라도 두려워 그래서 절을 하고 있는 것이다'고 했느니라."

광문자전(廣文者傳)

박지원(朴趾源)

신분이 비천한 거지인 광문의 순진성과 거짓없는 인격을
보여 줌으로써 서민이나 양반이 다를 바 없음을 강조하고,
권모술수가 발호하던 당시 사회를 은근히 풍자한 작품이다.

광문(廣文)은 밥을 빌어 먹으며 근근히 살아가는 거지였다.
광문은 오랫동안 종로거리를 오르내리면서 구걸한 덕분에 여러
거지 아이들이 그를 모셔다 저희들 두목으로 추대하였다. 그리고
자기들이 살고 있는 굴이나 가만히 앉아서 지키면서 편안히 살게
하였다. 그때부터 광문은 다른 거지 아이처럼 구걸하지 않아도
다른 거지 아이들이 벌어다 바치는 좋은 음식을 먹을 수 있었다.
하루는 눈비가 쏟아지는 몹시 추운 날인데 거지 아이들은 모두
구걸하러 나갔다, 그런데 한 아이는 병으로 따라가지 못하고 움
막속에 누워 있었다. 그는 춥고 아파서 끙끙거리며 슬프게 울었
다. 광문은 퍽 불쌍히 여겨 나가서 밥을 얻어다가 그 아이에게
먹이려고 직접 거리로 나갔다. 그러나 돌아와 보니 이미 숨겨 있
었다.
밥을 빌러 나갔던 여러 거지 아이들은 집에 들어와 보고 광문

이 죽인 것으로 의심하였다. 그래서 광문을 마구 때려서 내쫓아 버렸다. 그는 캄캄한 어두운 밤에 허둥지둥 기어서 마을 어느 여염집을 찾아 뛰어 들어갔다. 그러자 그 집 개가 놀라서 덤비며 마구짖는 것이었다. 집주인이 개짖는 소리를 듣고 달려나오니 순식간에,

"나는 원수를 피해 나온 사람이지 도적은 아닙니다. 주인님께서 믿지 못하시면 내일 아침에 거리에 가서 알아 보십시오."

라고 말했다. 말하는 품이 퍽 순박해 보이자 집주인은 속으로 광문이 도적이 아님을 짐작하고 새벽에 놓아 주었다. 광문은 사례를 하고 거적대기를 하나 얻어 가지고 가 버렸다. 집 주인은 괴상하게 여겨 그 뒤를 몰래 따라가 보았다.

여러 거지 아이들이 한 시체를 끌고 수표교까지 오더니 그 다리 밑에다 시체를 버리는 것이었다. 광문은 다리 밑에 숨었다가 거적대기로 둘둘 싸서 등에다 걸머지고 서대문 밖 공동묘지에다 묻어 주었다. 그리고는 슬피 울면서 무엇인가 중얼거렸다. 이것을 숨어서 보고 있던 집 주인은 달려 들어 광문을 붙들고 물었다.

"어찌된 일이냐?"

광문은 이때에 전후 사정 이야기를 남김없이 다했다.

이것을 듣고 집주인은 감탄한 나머지 광문을 데리고 자기 집으로 돌아와서 옷을 주는 등 후대하였다. 며칠 뒤 광문을 어느 약을 파는 부잣집에 천거하여 주었다.

그 집에서 고용살이를 한 지 오래된 어느 날 그 집 주인은 문밖으로 나가며 힐끔힐끔 되돌아보고 다시 방으로 들어와 살폈다. 다시 나가면서도 무엇인가 마음에 못마땅한 눈치였다. 볼일을 다 보고 돌아온 주인은 방안을 살펴보고 깜짝 놀라며 광문을 노려보고 무엇인가 말하려다가 얼굴빛을 고치고는 말이 없었다.

광문은 무슨 영문인지도 모르고 다만 묵묵히 일할 뿐 주인 눈

치가 불쾌하다고 해서 무단히 그 집을 떠날 수도 없는 노릇이었다. 며칠이 지난 뒤 그 집의 처조카 되는 사람이 돈을 가지고 와서 부자를 보고 하는 말이,

"저번에 제가 아저씨한테 돈을 좀 빌리려고 찾아 왔는데 마침 안 계셔서 방에 들어가서 돈을 가져 갔습니다. 아마 아저씨는 모르셨을 것입니다."

하는 것이었다. 이 말을 들은 부자는 크게 후회하며 광문에게 사과를 하였다.

"나는 옹졸한 사람이오. 공연히 그대의 마음을 상하게 해서 이제부터는 그대를 대할 면목조차 없소."

하며 아는 사람이나 친구인 부자나 또는 큰 장삿꾼 그리고 종실(宗室)과 높은 벼슬을 하는 사람에게까지 광문을 행실이 옳고 바른 사람으로 소개하고 칭찬하였다.

그래서 모든 사람들이 모여 앉기만 하면, 으레 광문을 칭송하는 이야기로 꽃을 피웠다. 어느덧 두서너 달 사이에 사대부들까지도 광문을 옛날 어진 사람처럼 인식하게 되었다.

당시에 서울 장안에서는 모두들 광문을 후하게 대우하고 그를 천거해 준 사람을 어진 사람으로 보았다. 또한 약을 파는 부자 역시 훌륭한 인물이라고 칭찬하였다.

돈놀이하는 사람이 전당포(典當鋪)를 하는데 목걸이, 옷, 그릇, 그림집, 토지, 종문서 등의 물품을 담보로 영업을 하는 것이 당연한 일이었다. 광문은 신임이 두터워 아무런 전당을 잡히지 않고도 천금을 대부받을 수 있었다.

그러나 광문은 지극히 얼굴이 못났었다. 말솜씨도 없어서 사람을 움직일 만한 능력이 없고 입은 커서 주먹 둘이 한꺼번에 들어갈 수 있을 정도였다. 게다가 아주 심한 장난꾸러기여서 별별 짓을 다 하였다. 그래서 어린애들은 상대방을 서로 헐뜯어서,

"네 형이 달문이지."

하고 말했다. 못난 것을 상징하므로 큰 욕이 되는 것이었다. 그것은 달문이 광문의 별명이었던 까닭이었다.

광문은 싸우는 사람을 만나면 웃통을 벗어 젖히고 덤벼 들었다. 그리고 벙어리 흉내를 내며 엎드려서 땅에다 금을 긋고 잘잘못을 가리는 시늉을 하는 것이었다. 이것을 본 온 장터 사람들은 모두 웃고 싸우던 사람도 또한 웃으며 헤어져 버렸다.

광문은 나이 사십이 넘도록 머리를 땋은 총각이었다. 사람들이 장가들기를 권하면,

"예쁜 여자의 얼굴은 누구나 다 좋아하는 법입니다. 그러나 이것은 남자에만 국한된 것이 아닙니다. 여자도 또한 잘생긴 남자를 원합니다. 이렇게 못생긴 얼굴인데 어찌 여자가 시집을 오겠습니까?"

또 어떤 사람이 집을 장만하라고 권하면,

"나는 부모 형제 처자가 없는데 집을 장만해서 무엇합니까? 아침에 일어나 노래를 부르고, 시내에 들어가 밥을 얻어 먹으면 됩니다. 해가 저물면 부잣집 문턱에서 잔대도 장안 호수가 팔만이니 날마다 그 장소를 옮겨도 내 생전에 다 끝나지 못할 것입니다."

이렇게 대답하는 것이었다.

얼굴이 어여쁘고 노래와 춤을 잘해 장안에 이름난 기생이라도 광문의 입에서 칭찬이 나오지 않으면 그 기생은 단 한푼도 만져 볼 수 없었다. 어느 날 궁궐 안의 별감(別監), 부마(駙馬), 또 그 아래서 일하는 사람들이 이름난 기생을 찾아 갔다. 운심은 가희로 이름 높은 기생이었다. 벼슬아치들은 술상을 차려 놓은 가운데 장고, 거문고 등에 맞추어 춤추기를 부탁했다. 그러나 운심은 자꾸 미루면서 춤출 생각을 하지 않는 것이었다.

마침 광문은 밤에 이 집에 왔다가 왁자지껄 떠드는 소리를 듣게 되었다. 그는 잠시 머뭇거리다가 방에 들어가 상좌에 앉았다. 광문은 비록 다 떨어진 옷을 입었지만 아무 거리낌없이 당당한 태도였다. 눈가에 눈꼽이 더덕더덕하고 상투는 풀어서 머리는 산발하고 있었다. 술 취한 목소리로 중얼거렸다. 술 좌석에 앉았던 사람들은 크게 놀라서 서로 눈짓을 하며 광문을 몰아내 쫓아 버리려 하였다.

그러나 광문은 더욱 다가앉으면서 무릎을 치고 콧노래를 부르면서 장단을 맞추는 것이었다. 운심은 일어서더니 옷을 고쳐 입고 광문을 위하여 칼춤을 추기 시작하였다. 좌석은 흥이 나기 시작했다. 이제까지 칙칙한 분위기는 사라지고 마침내 광문과 친구를 맺고 헤어졌다.

예덕선생전(穢德先生傳)

박지원(朴趾源)

인분(人糞)을 나르는 예덕(穢德)의 마음이 곧고 덕이 높음을 나타내어 도의가 있는 사교를 주장하고 양반들의 비행을 공박한 작품이다.

선귤자(蟬橘子)의 친구 중에 예덕 선생(穢德 先生)이란 사람이 있었다. 그는 종본탑(宗本塔) 동편에 살고 있었는데, 날마다 동네로 돌아다니면서 똥을 쳐나르는 것을 업으로 삼았다. 그래서 동네 사람들은 그를 '엄항수(嚴行首)'라고 불렀다. '항수'란 막일하는 사람들 중에서도 늙은 사람을 일컫는 말이었고, '엄'은 그의 성이었다. 어느 날, 자목(子牧)이란 제자가 선귤자에게 여쭈었다.

"앞서 제가 선생님께 들으니 '벗이란 함께 살지 않는 아내요, 동기(同氣) 아닌 아우다.' 하였으니, 벗이란 이다지도 소중한 것이 아니옵니까? 요즘 나라 사대부(士大夫)들이 선생님의 뒤를 좇아 하풍(下風)에 놀기를 원하는 이가 많건마는, 선생님께선 어느 누구도 받아들이지 않았습니다. 그런데 저 엄항수는 일개 시골의 천한 늙은 이로서 하류층에 속하여 야비하고 욕된 일을 합니다. 그럼에도 불구하고 선생님께선 그를 자꾸만 선생이라 부르고, 벗

으로 청하시려 하니, 제자인 저로선 이 일을 몹시 부끄럽게 생각
하여, 선생님 문하를 떠나겠습니다.”

선귤자는,

“허허, 좀 있거라. 내 너에게 벗에 대한 이야기를 해보겠다.
‘의원이 제 병 못 고치고, 무당이 제 춤 못 춘다’ 하지 않던가. 사
람마다 자기가 좋아하는 취미가 있는데 딱하게도 자꾸만 남의 허
물을 찾아내려고 애쓰는 경우가 있다. 부질없이 그를 칭송하면
이는 아첨에 가깝고, 그를 헐뜯기만 한다면 마치 그릇됨을 찾아
내는 듯해서 인정이 아니다. 그의 좋지 않은 점들에 들어가도 깊
이 빠져들진 않으면 되는 법이지.

그러면 비록 그를 크게 책하더라도, 그는 결코 화를 내지 않을
것이야. 왜냐하면, 아직까지 그가 가장 꺼리는 곳을 꼬집지 못한
까닭이야. 그러다가 그가 우연히 좋아하는 것을 발견하면, 마음
속의 느낌이 마치 가려운 곳을 긁는 듯이 된단 말야. 그리고 가
려운 곳을 긁는 데에도 방법이 있을 거야. 한마디로 말한다면, 슬
쩍 어루만지되 그 겨드랑이에까진 이르지 말 것이며, 가슴팍을
만지더라도 그의 목덜미까지는 침범하지 말 것이야. 그리하여, 조
금도 중요치 않는데서 이야기가 그친다면, 그 모든 아름다움이
저절로 내게 돌아올 것이니, 그제야 그는 기뻐서 내게 말하기를,
‘진짜 나를 아는 벗이여!’ 할 것이야. 벗이란 그렇게 사귀면 그만
이야.”

하고는 껄껄 웃는다. 이 설명을 들은 지목은 귀를 막고 뒷걸음
질치며 말했다.

“선생님께서는 저에게 저 시정배(市井輩)나 머슴놈들의 행실
을 가르치시는 것뿐입니다.”

선귤자는,

“그럼, 자네의 부끄러움은 과연 이런 것에 있고, 저런 것에 있

음은 아니로세. 도대체 시정배를 사귀는 것은 이익을 목적으로 하고, 얼굴로서 사귀는 것은 아첨하는 법이야. 그러므로 아무리 친한 사이일지라도 세 번만 거듭 요구한다면 틈이 벌어지지 않는 사람이 없다. 또 아무리 원수진 일이 있더라도 세 번만 거듭 물건을 선사한다면 풀리지 않는 이가 없을 것이다. 그러므로 이익을 위하여 사귐은 계속되기가 어렵고, 아첨의 사귐은 오래가지 못하는 법이야. 대체로 크나큰 사귐은 얼굴빛에 있는 것이 아니고, 지극히 가까운 벗은 지나친 친절은 필요없는 법이다.

이에는 오로지 마음과 덕으로 사귀어야 한다. 이것이 이른바 도의(道義)의 사귐일 것이다. 그리하여 위로선 천고(千古)의 사람을 벗할지라도 멀지 않을 것이며, 만 리의 머나먼 거리에 있더라도 섬기지 않는 법이야. 저 엄항수란 사람은 일찍이 내게 앎을 요구치 않았으니, 나는 항상 그를 칭찬하고자 하는 마음이 간절하다. 그의 손가락은 굵직굵직하고, 그의 걸음세는 어기적 어기적하고, 그의 졸음은 정신이 혼혼(昏昏)하다. 아침엔 부석거리며 일어나서 흙 삼태기를 메고 동네에 들어가서 뒷간을 쳐 나른다. 구월이 되어 비·서리가 내리고, 말똥·쇠동 또는 횃대 밑의 닭·개·거위 따위의 똥이나 또는 입희령·좌반룡·완월사·백정향 따위를 취하기를 마치 주옥(珠玉)처럼 소중히 여긴다.

그러나 이는 그 사람의 청렴한 인격엔 아무런 손상을 가져 오지 않는다. 혼자 그 이익을 차지했으나, 아무런 정의에도 해로울 것이 없으며, 아무리 탐하여 많이 얻기를 힘쓴다 하더라도, 남들은 그에게 사양할 줄 모른다고 책하지 않는 거야.

그리하여 그는 때로는 손바닥에 침을 타악 뱉고서 가래를 휘두르는데, 그 경쇠처럼 굽은 허리야말로 마치 날새의 부리처럼 생겼다. 그는 비록 어떤 찬란한 문장이라도 뜻에 맞지 않을 것이며, 아무리 아름다운 종고(鐘鼓)라도 돌보지 않는다. 도대체 부귀(富

貴)란 누구나 원하는 바이지만 그리워 해서 얻을 것은 아니므로, 그는 부러워하지도 않는다.

그는 다른 사람들이 자기를 칭찬하더라도 더 영광스럽게 여기지 않고, 헐뜯는다 할지라도 더 욕되게 여기지도 않는다. 석교(石郊)의 가지·오이·수박·호박·연희궁(延禧宮)의 고추·마늘·부추·파·염교, 청파의 물미나리, 이태인(利泰仁)의 토란 따위를 심는 밭들은 모두 그중에서 제일 좋은 것을 잡되, 그들은 모두 엄씨(嚴氏)의 분회를 써서 기름지고, 살찌고, 풍부해져, 매년 육천 냥이나 되는 많은 돈을 번다.

그러나 엄항수는 항상 아침이 되어 밥 한그릇 먹고도 만족한 기분을 가지고, 저녁이 되어 집에 들어가 밥 한그릇에 쓰러져 버린다. 다른 사람이 고기 먹기를 권하면 그는, '허허, 목구멍에만 내리고 나면 나물이나 고기가 마찬가지로 배부르면 그만이지, 하필 값 비싸고 맛 좋은 것을 먹을 것이 무엇이란 말이요' 하고 사양한다. 또 새옷 입기를 권하면, '저 넓디넓은 소매가 몸에 맞지 않고, 새옷을 갈아 입는다면 다시 길가에 똥을 지고 다니지 못할 것이 아니오' 하고 사양한다. 매년 정월 초하룻날이 되어야 그는 비로소 아침 일찍 일어나서 갓을 쓰고, 띠 두르고, 새옷을 갈아입고, 새신을 바꿔 신고는 이웃 동네 어른들에게 골고루 돌아가며 세배를 올린다. 곧 돌아와서 헌 옷을 찾아 입곤 다시금 흙 삼태기를 메고 동네 한복판으로 들어 간다.

엄항수야말로 자기의 모든 덕행을 저 더러운 똥 속에 커다랗게 파묻어 이 세상에 참된 은사의 노릇을 하는 사람이 아니겠는가. 옛글에 이르기를, '본래 부귀를 타고난 사람은 부귀를 행하고, 빈천을 타고 난 사람은 빈천을 행해야 한다.'는 말이 있다. 이른바 본래란 것은 하늘이 정해준 분수를 말함이다. 또 시경(詩經)에 이르기를, '아침 일찍부터 밤 늦게까지 관가 일을 보시니, 타고

난 운명이 그와 나완 다르네요' 하고 읊었으니, 이 명(命)이란 곧 분수가 있으니, 그 누구를 원망하리오.

세상 인정이란 새우젓을 먹을 땐 달걀이 생각나고, 굵은 갈옷을 입고 나면 가는 모시를 그리워하는 것이 일쑤이다. 그리하여 온 천하가 이로부터 크게 어지러워, 농민이 토지를 빼앗기면 전장이 저절로 황폐해진다. 저 옛날 진승·오광·항적의 무리를 말한다 할지라도, 그의 뜻을 어찌 저 호미나 죽쟁이 따위에 두고 편안히 있겠는가.

주역(周易)에 이르기를, '짊어진 사람이 수레를 탄다면 도적에게 빼앗길 것이다.' 하였는데, 이를 이른 것이다. 그러므로 진실로 정의가 아니라면 비록 만종(萬鍾)의 녹(祿)이라 하더라도 조촐하지 않을 것이다. 쉽게 재산을 이룩한 사람은 비록 재산이 소봉(素封)과 어깨를 겨룬다 하더라도, 그의 이름은 더럽게 생각하는 사람이 있는 법이다. 그러므로 사람이 죽으면 구슬과 옥을 입에 넣는 것과 그의 깨끗함을 밝히는 게 아니다.

대체 엄항수는 똥과 거름을 져 날라서 자신이 먹을 것을 마련하는 방법은 향기롭기 이를 데 없다. 그의 몸가짐은 이루 말할 수 없이 더러우나, 그가 바른 것을 지키는 것은 지극히 높아서 그의 뜻을 따져 볼진 데 비록 만종의 녹을 준다 하더라도 바꾸지 않을 것이다.

이런 것으로 살펴본다면 세상엔, 초출하다는 자가 초출하지 못한 사람이 있고, 더럽다는 사람이라도 더럽지 않은 이가 있다. 그러므로 나는 음식을 먹을 때마다, 그 차린 것이 너무나 먹을 수 없을 때 반드시 이 세상엔 나보다 더 못 사는 가난뱅이가 있음을 생각했네, 그려.

그러나 이제 저 엄항수의 경지에 이른다면, 무엇이라도 견디지 못할 것이 없을 것이다. 그러므로 누구를 막론하고 그 마음에 도적질할 뜻이 없다면, 엄항수의 행위를 갸륵하게 여기지 않을 사람이 없을 것이다. 그리고 그 마음을 미루어서 크게 한다면 성인(聖人)의 경지에 이를 수도 있을 것이다. 그러므로 대체 선비는 가난한 기색이 나타나게 되면 이는 부끄러운 일일것이요, 또 뜻을 얻어서 영달했다손치고 그 교만이 온 몸에 넘친다면 역시 부끄러운 일이다. 그들로 하여금 저 엄항수에게 비교해 본다면 부끄럽지 않은 사람이 드물 것이다. 그러므로 나는 엄항수에 대하여 감히 이름조차 부르지 못하고 그의 호를 지어 바쳐 '예덕 선생'이라 하였다."

하며 긴 설명을 마쳤다.

민옹전(閔翁傳)

박지원(朴趾源)

민유신(閔有信)이란 늙은이의 일화를 중심으로 평범하고
풍자적인 말로써 양반을 비웃고 세인의 행위를 훈계한 작품
이다.

민영감은 남양(南陽)에 살았다. 무신년(戊申年) 민란(民亂) 때
관군(官軍)을 따라 토벌에 참여하였다고 그 공으로 벼슬에 올랐
다. 그후 벼슬을 그만 두고 돌아와서 다시는 벼슬하지 않기로 했
다.

민영감은 어릴 때부터 매우 영리하고 말주변이 뛰어나기로 이
름이 났다. 그는 옛 사람의 굳은 절개나 거룩한 역사를 높이 받
들었다. 그리고 그들의 전기(傳記)를 읽을 때마다, 한숨을 짓거
나 눈물을 흘렸다. 그는 일곱 살이 되었을 때,

"향락이는 이 나이에 남의 스승이 되었다."

라고 커다랗게 벽에 썼다. 열두 살에는

"감라는 이 나이에 장수가 되었다."

라고 썼다. 열세 살에는

"외항아는 이 나이에 유세(遊說)를 했다."

라고 썼다. 열여덟 살에는

"곽거병은 이 나이에 기련에 싸우러 나갔다."

라고 썼다. 스무네 살에는

"항적은 이 나이에 오강을 건넜다."

라고 썼다.

그러는 사이에 어느덧 마흔 살이 되었다. 그러나 그는 아무것도 이루지 못했다. 그러면서 그는 또,

"맹자는 이 나이에 마음을 움직이지 않았다."

라고 더욱 커다랗게 썼다. 그는 그 후로도 해가 바뀔 때마다 이런 것들을 쓰는 것은 게을리하지 않았다. 그의 벽은 한 곳도 빈틈 없이 검은 글씨로 가득찼다. 그는 벌써 일흔 살이 되었다. 그의 아내는,

"영감, 올해는 까마귀를 그리지 않으십니까?"

하고 농담을 붙였다. 민영감은 기쁜 말투로,

"그래, 당신은 어서 먹을 갈아 주시오. 범증은 이 나이에 기이한 꾀를 좋아 했다."

라고 더욱 커다랗게 썼다. 그의 아내는 벌컥 화를 내었다.

"꾀가 아무리 기이하다 하지만 앞으로 어느 때에 쓰려 하십니까?"

했다 민영감은 태연하게 웃으며 나무랐다.

"옛날에 여상은 여든 살에 장수가 되어 용맹을 떨쳤소. 이제 나는 여상에 비한다면 오히려 어린 아우뻘밖에 안 되오."

지난 계유·갑술년을 지나며 내 나이는 열여덟 살이 되었다. 오랫동안 병에 시달려 음악·서화 혹은 칼·거문고·골동 등 모든 잡물을 제법 좋아하게 되었다. 그리고 지나는 길손을 모아 놓고 익살스럽고 우스꽝스러운 옛 이야기로써 마음을 위안시켰다. 하지만 마음속 깊숙이 들어 있는 우울증은 어떻게 할 수 없었다. 어

떤 이가 말했다.

"민영감은 참으로 기이한 사람이오. 그는 노래를 잘 부르고 언변이 좋기로 유명하죠. 그의 이야기는 활발하고, 괴이해요, 그래서 그의 이야기를 듣는 사람은 누구나 마음이 상쾌해지지요."

했다. 나는 그 말에 몹시 기뻤다 그에게 같이 놀러 오기를 부탁했다. 그리하여, 민영감은 나에게 왔다. 때마침 나는 친구들과 음악을 즐겼다. 민영감은 서로 인사를 나누기도 전에 퉁소 부는 사람을 가만히 들여다 보더니 갑자기 그의 뺨을 때리며,

"야, 이녀석아! 주인은 모처럼 즐겁게 놀려고 하는데, 너는 잔뜩 성난 얼굴로 와 있어?"

하고 크게 꾸짖었다. 나는 깜짝 놀라 그에게 그 까닭을 물었다. 민영감은,

"저놈의 꼬락서니를 좀 보시오. 눈알이 잔뜩 튀어나오도록 사나운 기운을 품고 있잖아요? 그러니 성낸 꼴이 아니고 무엇이겠소."

나는 껄껄 웃었다. 민영감은 다시 말했다.

"비단 퉁소 부는 놈만이 아니오. 저 피릴 부는 놈은 얼굴을 돌리고 우는 듯이, 장고를 치는 놈은 이마를 찌푸린 채 무슨 근심을 자아내는 듯 하오. 그러니까 온 좌석이 물을 끼얹은 듯하고, 마치 큰 일이나 난 듯이 앉았소. 아이와 종놈들까지도 찌푸린 채 말도 못하니, 무슨 음악이라 하겠소. 이런 것들로 어찌 기쁨을 살 수 있겠소."

한다. 나는 즉시 그들을 내 보내고, 민영감을 맞이하여 앉히었다. 그는 비록 키가 작고 작은 몸뚱이었지만, 흰 눈썹이 눈을 덮었다. 그는,

"저의 이름은 유신이요. 일흔세 살이오."

하고 자신을 소개했다. 그리고 그는 나에게

"당신은 무슨 병이 들었소. 머리가 아프오?"

하고 물었다. 나는,

"아니오."

하고 답했다. 그는 또,

"그러면 배가 아프오?"

했다. 나는 또,

"아니오."

라고 대답했다."

"그렇다면 당신은 병이 있는 게 아니오."

하고 그는 즉시 들창을 열었다. 바람이 우수수 들어 왔다. 나의 마음은 차차 시원해지며 지난 날과 달라지는 것을 확실히 느낄 수 있었다. 그제야 나는 민영감에게

"나는 식사를 싫어하고 밤에 잠을 못 이루는 게 병이 되었나 보군요."

하였다. 민영감은 곧 몸을 일으켜 나에게 치하했다.

나는 놀라서,

"영감님, 무엇을 치하하신단 말이오?"

했다. 그는,

"당신 집이 가난한데 다행히 음식을 싫어하니, 살림살이에 도움이 되지 않겠소. 그리고 잠이 없다니, 이는 밤낮을 갑절로 사시는 게 아니오. 살림살이가 늘고 세상을 두 배로 사신다면, 그야말로 수(壽)와 부(富)를 함께 누리는 게 아니오."

하였다. 얼마 후에 밥상이 들어 왔다. 나는 이내 얼굴이 찌푸려졌다. 숟가락을 들기 전에 이것 저것 골라 냄새를 맡았다. 민영감은 갑자기 대로하여 일어나려고 했다. 나는 놀라서,

"영감님, 왜 노하십니까? 어디로 떠나시렵니까?"

했다. 민영감은,

"당신은 손님을 청했으니 당연히 손님에게 먼저 음식을 권해야지요? 어찌 혼자 드시려고 하오. 이 처사는 나를 대접하는 예의가 아니오."

한다. 나는 즉시 그에게 사과하며 옷 소매를 잡고 만류했다. 그리고 한편으로는 속히 밥상을 올리게 했다. 민영감은 사양함도 없이 팔뚝을 훌훌 걷어 붙였다. 숟가락과 젓가락에 오른 음식이 매우 풍성했다. 나도 모르는 사이에 입에 침이 고이고, 마음이 시원하고, 코밑이 트이는 것 같았다. 그러다가 밤이 되자, 민영감은 눈을 감은 채 꼿꼿이 앉아 있었다. 나는 그에게 이야기를 걸었으나 그는 못들은 체 입을 굳게 닫았다. 나는 매우 심심하였다.

"내가 나이가 젊었을 때엔 아무리 어려운 글이라도 눈으로 훑어 본 뒤에 외웠소. 당신과 내가 만약 한 글자라도 잘못 욀 때엔 벌을 받기로 하는 내기를 합시다."

하고 그가 말했다. 나는 그가 나이가 많기 때문에,

"그러시오."

하고는, 즉시 시렁위에 꽂힌 책을 뽑았다. 민영감은 고공(考工)을 뽑았고, 나는 춘관(春官)을 뽑았다. 잠시 후 민영감은,

"나는 벌써 외웠소."

하고 나를 일깨운다. 나는 그 동안 한번도 읽지 못했다. 깜짝 놀라서 그에게 조금 더 기다리기를 청했다 그는 계속 재촉하여 나를 곤경에 빠뜨렸다. 그럴수록 나는 더욱 외우지 못했다. 그러는 사이에 졸음이 퍼붓는 듯 싶었다. 나는 곧 마음 놓고 자버렸다. 그 이튿날이었다. 해는 이미 떴다. 나는 민영감에게,

"어제 외운 글을 지금도 기억하시오?"

하고 물었다 민영감은,

"나는 처음부터 외우질 않았소."

하고, 껄껄 웃기만 했다.

　나는 어느 날 저녁에 민영감과 이야기를 주고 받았다. 민영감은 함께 앉은 손님들에게 농도 걸고, 높은 목소리로 나무라기도 했지만, 아무도 어떻게 하지 못했다. 그 가운데 어느 한 손님이 민영감의 말을 꺾어 보려고, 그에게 말을 붙였다.

　"영감님은 귀신도 보았겠지요?"

　"그럼, 보았지요."

　"그러면, 귀신은 어디 있지요?"

민영감은 눈을 부릅뜬 채 방안을 가만히 둘러보았다. 한 손님이 거울 뒤에 앉아 있었다. 그를 향하여 소리쳤다.

　"귀신이 저기 있지 않소."

그 손님은 성을 내며 민영감에게 따졌다. 민영감은,

　"도대체 밝으면 사람이요, 어두우면 귀신이 되는 법이요. 당신은 어둔 곳에서 밝은 곳을 살펴보니, 얼굴을 숨긴 채 사람을 몰래 보았으니 어찌 귀신이 아니라면 그럴수가 있겠소?"

　하자, 모두들 웃었다. 손님은 또,

　"영감님은 신선도 보았겠지요?"

　하고 빈정거린다. 민영감은,

　"그도 보았지요."

　"그럼, 신선이 어디 있지요?"

　"별것 아니오. 집 나간 사람이 신선이라오. 부자들은 항상 속세를 그리워하지만 가난한 사람은 항상 속세를 싫어하는 법이오. 속세를 좋아하지 않는 게 신선이 아니고 무엇이오."

　"그러면, 영감님은 오래 산 사람을 보셨지요?"

　"보았지요. 내 오늘 아침에 우연히 숲속에 들어갔는데, 두꺼비와 토끼가 각각 나이가 많다고 싸우고 있었소. 토끼가 두꺼비에게, '내 나이는 옛날 팽조(彭祖)와 같으니까 너야말로 나중에 태어났어.' 하더군요. 그 말을 들은 두꺼비는 머리를 숙이고 훌쩍훌

쩍 울기만 하였소. 토끼가 놀라서 '왜 이리 슬퍼하는지 말을 해라.'하고, 그 까닭을 물었소.

두꺼비는, '나는 저 동쪽 이웃집 어린이와 나이가 같아, 그 아이는 다섯살 때 벌써 글 읽을 줄 알았고, 옛날 천황씨(天皇氏)때에 태어나 인년(印年)에서 역사를 기록하기 시작하였어. 그리하여 수없이 많은 왕과 제(帝)를 거치면서 주에 이르러 왕통(王統)이 끊어졌지. 그래서 책력(冊曆)하나가 만들어졌네.

진(秦)에서 윤달이 들었고, 한·당나라를 거쳐 아침엔 송나라 저녁엔 명나라가 되었어. 모든 사변을 당하고 기쁘고 놀랄 일, 죽은 사람을 슬퍼하고, 가는 사람을 보내는 일 등을 보며 지리한 세월이 오늘에 이른 것이야.

그러나 도리어 귀와 눈이 총명하고, 이와 털이 날로 자라난단 말이야. 그리고 보니, 나이 많이 든 사람으로선 저 어린이에 비할 사람이 없으리라 생각되네. 그런데 팽조야말로 겨우 800살을 살고 일찍 사라졌으니, 그는 정말 세상을 겪은 게 적으며, 일을 경험한 지도 오래지 않으니 그를 슬퍼할 따름이야 하더군요. 토끼는 그제야 정신없이 절하고 뒷걸음 치며, '너는 나에게 할아버지이다 하더군요. 이를 보면, 글 많이 읽은 사람이 가장 목숨이 긴 사람이 아니겠소?"

"그럼, 영감은 가장 맛있는 것도 보셨지요?"

"그야 보았지요. 달이 스무 날이 지나서 썰물이 되면 바닷가의 흙을 모아 염전을 삼지요? 그 갯벌을 구워서 더러운 것은 수정염(水晶鹽)을 만들고, 고운 것은 소금을 만들면, 백미(百味)가 이루어지는데, 어느것이고 소금이 없이 이룩되는 것이 있겠소."

그들은 모두들,

"좋습니다. 그러나 불사약(不死藥)이야말로 영감님이 결코 못 보셨겠지요?"

했다. 민영감은,

"이거야말로 내가 아침 저녁으로 항시 먹는 것이니 어찌 못보았겠소. 저 큰 구멍에, 서리서리 굽은 솔에, 달콤한 그 이슬이 떨어져 땅 속으로 스며든지 천 년만에 복령(茯苓)이 되었소. 인삼이 많지만 신라의 토산품이 세상에서 으뜸이요, 그 모양은 단정하고 그 빛깔은 붉은 데다가, 사체(四體)가 있으며, 두 갈래로 땋은 머리는 아이처럼 생겼소. 구기(拘杞)는 일천 년이 되면 사람을 보고 짖는다오.

그러나 그 세가지 약을 먹고 나서, 다시 음식을 안 먹은 지 100일만에 숨결이 가빠지고 죽게 되었을 때였소. 이웃집 할미가 와서, '그대의 병은 허기에서 난 것이오. 옛날 신농씨(神農氏)가 여러 가지 풀을 다 맛보고 나서 비로소 오곡(五穀)을 뿌렸소. 대체로 병을 다스리는 데는 약을 쓰고, 허기를 고치는 데는 밥이 으뜸이니, 이병은 오곡이 아니고선 치료하긴 어렵소' 하며 탄식을 거듭하였소. 나는 그제야 기름진 쌀로써 밥을 지어 먹고는 죽기를 면했으니, 이로써 볼 때, 불사약으로는 밥만한 것이 전혀 없음을 알고, 나는 아침에 한 그릇, 저녁이면 또 한 그릇 먹고선 이젠 이미 70살 남짓 살았소."

하고는 껄껄 웃었다. 민영감은 언제나 말을 지리하게 늘어놓긴 하나, 마지막엔 이치에 맞지 않는 것이 없었다. 거기에다가 속속들이 풍자를 담았으니, 그는 대체로 변사(辯士)라 아니 할 수 없었다. 그제야 그 손님은 물을 말이 막혀서 더 계속하지 못했다.

그는 화를 벌컥 내며,

"그러면 영감님은 두려운 것이 무엇이오."

했다. 민영감은 잠자코 한 동안을 있다가 갑자기 언성을 높여,

"가장 두려운 것은 나 자신보다 더한 것이 없다고 할 수 있소. 나의 오른 쪽 눈은 용이요, 왼쪽 눈은 범이라오. 혀밑엔 도끼를

간직했고, 굽은 팔은 활처럼 생기지 않았소. 내 마음가짐을 잘하면 어린아이처럼 착할 것이고, 자칫 잘못하면 오랑캐도 될 수 있소. 내 술도 삼가지 못하게 되면 장차 나를 물고 뜯고 망칠 수도 있는 것이오. 그러므로 옛 성인(聖人)의 말씀에도 '자신의 사사로운 욕심을 극복하고 예법에 돌린다.' 느니, '사심을 막고 참된 마음을 갖는다.' 느니 하였소. 그들도 두려움이 없었던 것은 아니오."

했다. 민영감은 한꺼번에 여남은 가지의 질문을 받았으나 그의 답변은 메아리처럼 빨라서 마침내 그에겐 어찌할 도리가 없었다. 그는 자화자찬하기도 하고, 생각나는 대로 곁에 앉은 손님을 희롱하기도 했다. 그들은 모두들 허리를 잡고 웃었다. 그러나 민영감은 안색하나 변치 않았다. 어떤 손님이,

"해서(海西) 지방에선 지금 누리 벌레가 생겨 관가에서 백성을 동원 시켜 잡는답니다."

했다. 민영감은,

"누리벌레 잡아서 뭘 한다오?"

하고 묻는다. 그는,

"이 벌레는 누에보다 작은데 알록달록한 털이 돋쳤고 날면 마디 벌레가 되고, 붙으면 모가 되어 곡식을 거의 전멸시키다시피 하기 때문에 잡아서 흙에 묻습니다."

했다. 민영감은 또,

"그런 자그만 벌레 때문에 걱정을 하다니, 내가 보기엔 저 종루(鐘樓) 네거리에 가득 오가는 것들이 모두 누리 벌레라오. 키는 일곱자가 넘고, 머리는 검고, 눈은 반들반들 빛이 납니다. 입은 주먹이 드나들만큼 크고, 무슨 소리를 지껄여 대며 다니지요. 발굽이 서로 닿고, 궁둥이가 잇달리어 농사를 해치고 곡식을 짓밟음이 이 무리보다 더한 것은 없소. 내가 그 놈들을 잡으려 하

나, 큰 독처럼 생긴 박덩이가 없어서 잡지 못하니 한스럽소.”

했다. 모든 사람들은 그 말을 곧이 듣고, 마치 정말 그런 벌레가 있는가 하여 크게 두려워했다. 어느날, 민영감이 멀리서 오기에 나는 그를 바라보며. 은어(隱語)로 ‘춘첩자 방제’라고 했다. 영감은,

“ ‘춘첩자’란 문에다 붙이는 만큼, 이는 나의 성 민(閔)을 가리키는 것이요. ‘방’이란 늙은 개이니 이는 나를 욕하는 말이요, ‘제’는 곧 나의 이빨이 빠져서 말소리가 시원찮아 듣기 싫다는 것이지요. 그러나 당신이 만일 ‘방’이 두렵다면, ‘견’을 버리는 것보다 못할 것이요. ‘제’가 듣기 싫다면 그 ‘구’를 막아버릴 것이 아니오. 그러면 대체로 ‘제’란 것은 조화(造化)를 가리킴이요, ‘방’이란 큰 물건을 가리키는 것이었소. 그러므로 ‘제’에다 ‘방’을 덧붙이면, 그 뜻은 ‘크다’가 되는 동시에 그 글자는 ‘방’이 되지 않겠소? 그렇다면, 이는 당신이 나를 모욕한 게 아니고 도리어 나를 칭찬하는 것이 된다오.”

하고, 웃음을 지었다. 그 이듬 해에 민영감이 세상을 떠났다.

‘민영감은 지나치게 넓고, 기이하고, 얽매이지 않고 호탕하였다. 그의 성격은 곧고, 평화롭고 어질며 주역(周易)에 밝았다. 또 노자(老子)의 글을 좋아했고, 글에선 대체로 모르는 것이 없었다’고 한다. 그의 두아들은 모두 무과(武科)에 올랐으나, 아직 벼슬은 하지 못했다.

올 가을에 나의 병이 재발했다. 그러나 민영감을 다시 만나볼 수는 없게 되었다. 드디어, 나는 그와 함께 나눈 은어·풍자 등을 모아서 이 〈민옹전〉을 쓴다. 때는 곧 정축년(丁丑年) 가을이다. 나는 일찍이 시를 지어서 민영감을 슬퍼하였다.

    아아, 민영감님이시여,

당신은 괴이하고 놀랍고 호탕하고
기쁘고 노엽고 또한 얄밉습니다.
저 벽 위의 까마귀는, 끝까지 새매가 되지는 못했습니다.
영감님은 대체로 큰 뜻을 지닌 선비지만 마침내 늙어 죽도록
그 뜻을 쓰이지 못했습니다.
내가 이제 이 전을 지으니,
아아, 당신은 오히려 돌아가시지 않았습니다.

마장전(馬駔傳)

박지원(朴趾源)

　　광교 다리의 말거간꾼의 입을 빌어, 친구 사귀기가 어려움
을 말하고, 위선의 탈을 쓴 군자들의 친구 사귐을 풍자했다.
즉 당시의 문인·학자들이 친구 사귀는 것이 지극히 부패하여
한낱 말거간꾼들보다 못함을 통탄한 것이다. 마장(馬駔)이란
말거간꾼이란 뜻이다.

　　'말 거간꾼과 집 중도위 따위들이 서로 손을 잡고 옛날 관중
(管仲)·소진(蘇秦)을 흉내내며 닭·개·말·소 등의 피를 마시고
맹세한다'더니 과연 그러하다. 대체로 이별(離別)할 때가 되었다
는 말을 들으면 반지를 집어 던지고 수건을 찢어 버리며 등불을
등지고 바람벽을 향하여 고개를 숙이고 슬픈 목소리로 말할 이가
믿음성 없는 첩(妾)이다. 간을 토할 듯이, 쓸개를 녹일 듯이 손목
을 잡고 마음을 맹세하는 이가 믿음직한 벗이다.
　　그러나 콧마루에다가 부채를 가리고 양쪽 눈을 껌벅이는 것은
장승의 요술이다. 위험한 말로 움직여 보기도 하고, 아름다운 말
로 끌어 들이기도 한다. 그가 꺼리는 것을 꼬집어 내기도 하고,
강한 놈을 위협하고, 약한 놈을 억압한다. 모인 놈은 흩어지고 흩

어진 놈이 합치는 것은 패자(霸者)나 변사(辯士)들의 임기응변이었다.

옛날에 심장을 앓은 한 사람이 있었다. 그는 아내에게 약을 달이게 했다. 약이 많았다 적었다 하며 그 분량이 일정하지 않았다. 그는 화를 내며, 애첩에게 약을 달이게 했다. 애첩이 달인 약은 분량이 한결 같았다. 그는 첩의 정성을 기특히 여기며 창구멍을 뚫고 엿보았다. 첩은 약물이 많으면 땅에 버리고, 적으면 물을 더 타곤 했다. 이것이 바로 약의 분량을 일정하게 하는 방법이었다.

귀에 입을 대고 속삭이는 말은 절친한 말이 아니고, '비밀을 남에게 말하지 말라'고 당부하는 것은 깊은 사귐이 아니다. 정의 얕고 깊음을 나타내려고 애쓰는 것은 참다운 벗이 아니다.

송옥·조탑타·장덕홍 세사람이 광통교 위에서 서로 친구 사귀는 방법에 대해 논하였다. 탑타는,

"내가 아침에 바가지를 두드리면서 밥을 빌러 가다가 어느 점포에 들렀어. 그때 점포 2층에서 포목을 흥정하는 사람이 있더군. 그는 포목을 골라 혀로 핥고는 햇빛에 비춰서 그 두께를 따졌어. 그러나 그 값에 대해 서로 먼저 말하기를 사양하더군. 얼마 후 그 두 사람은 포목에 대한 일은 잊어 버렸어. 점포 주인은 갑자기 먼 산을 바라 보며 노래를 부르더군. 뒷짐을 지고 왔다갔다 하며 벽 위에 걸린 그림을 보곤했어."

했다. 송옥은,

"네가 벗 사귀는 태도(態度)는 그럴 듯하나, 참된 벗은 그런 것이 아니야."

했다. 덕홍은,

"비록 허수아비라도 베로 만든 옷을 드리울 수 있다. 그것은 당기는 노끈이 있는 까닭이야."

했다. 송옥은 또,

"너는 얼굴로 사귀는 것만 알았지 그 참된 방법을 알지 못했어. 대체로 군자(君子)가 벗을 사귀는 방법은 다섯 가지야. 그 가운데서 나는 나이가 서른이 된 지금까지 한 가지도 익숙하지 못했으니, 지금에도 참된 벗이 하나도 없어. 그러나 벗을 사귀는 참된 방법은 들은 지 이미 오래 되었네. 팔이 밖으로 뻗지 않는 것은 무슨 까닭인가? 술잔을 잡기에 가장 편리하려고 그렇다지?"

했다. 덕홍은,

"그렇고 말고, 옛 시(詩)에 보면, '저 숲 속에서 학이 울 때, 그 새끼가 따라 운다. 벼슬이 아름다우니 너와 함께 하세' 하였는데, 이를 두고 하는 말이야."

했다. 송옥은,

"자네야말로 비로소 벗을 논할 수 있겠구나. 내 조금 전 그 가운데 하나를 가르쳤더니, 너는 벌써 그 둘을 아는구나. 대체 온 천하 사람들이 추구하는 것은 오로지 힘이요, 서로 다투며 얻으려는 것은 명성과 이익이다. 그러니까, 팔이 저절로 굽어드는 것은 자연스런 힘이기 때문이요. 저 학이 소리를 맞추어 우는 것은 이름을 위해서가 아니겠는가.

대체로 아름다운 벼슬이란 역시 이를 말하는 것이다. 그러나 쫓아오는 사람이 많으면 힘이 갈라지고, 얻으려는 자가 많으면 명성과 이익도 공짜가 없는 법이다. 그래서 군자는 힘, 명성, 이익의 세 가지에 대하여 말하는 것을 싫어한 지가 오래 되었다. 그래서 은어(隱語)로 너에게 가르쳤는데, 너는 곧바로 이해하는구나.

너는 남들과 사귈 때 앞으로 더 잘할 것을 칭송하지 않고 앞서 잘한 것만 칭송한다면, 그는 아무런 아름다움을 느끼지 못할 거야. 그리고 그가 미처 생각하지 못한 일을 깨우치지 말아야 한다. 왜냐하면, 그가 앞으로 그 일을 행하여 한다면 그는 필시 무색할 수 있기 때문이야. 또 여러 친구들이나 많은 대중들이 모인 자리에서 어떤 한 사람을 제일 가는 인물이라고 칭송하지 말아야 하네. 왜냐하면 제일이란 그보다 위가 없음을 이르는 것이니 한자리에 가득 찬 사람들이 모두 기분이 상하는 법이야.

벗을 사귀는 다섯 가지의 방법은 이렇다네. 장차 그를 기리고자 하려면 잘못을 드러내어서 책망할 것. 장차 기쁨을 보여 주려면 먼저 노여움으로써 밝혀야 할 것, 장차 친절히 지내기로 한다면, 먼저 내 뜻을 꼿꼿이 세우고 몸을 수줍은 듯이 가질 것. 남으로 하여금 나를 믿게 하려면 짐짓 의심스럽더라도 기다릴 것이다. 대체로 열사(烈士)는 슬픔이 많고, 미인은 눈물이 많다. 영웅(英雄)이 잘 우는 것은 남의 마음을 움직이려는 것이다. 대체 이 다섯가지의 방법은 군자의 비밀 계획인 동시에 처세(處世)하는 데 아름다운 방법인 것이야."

했다. 탑타는 그 말을 듣고 나서 덕홍에게,

"대체, 송군이 하는 말은 그 뜻이 너무나 어려워, 이는 은어인 만큼 나는 이해하지 못하겠네."

하고 말했다. 덕홍은,

"네가 어찌 이걸 알겠느냐. 그가 잘하는데도 공연히 그 반대로 책망하면, 그의 명예(名譽)는 이보다 더 높을 수 없다. 또 노여움은 사랑에서 나고, 인정은 나무람에서 나는 법이니, 한 집안 사람끼리는 아무리 종알거려도 싫어하지 않는 법이다. 그리고 더 친할 나위 없이 가깝더라도, 더욱 먼 듯이 한다면 그 친근함은 이에서 더 할 수 없다. 술은 취하고 밤은 깊었으며 다른 사람들은 모두 쓰러져 자는데 친한 벗 두 사람만이 말없이 마주 앉아서 흥에 겨워 강개한 빛을 띠고 있으면, 그 누가 감동하지 않을 사람이 있겠는가. 그러므로 벗을 사귀는 데 있어서 서로 그 마음을 알아 주는 것보다 더 고귀한 것이 없다. 또 기쁠 때 서로 그 마음을 알아 주는 것보다 더 지극한 것이 없는 거야. 그리고 성급한 자가 그의 노여움을 풀 수 있고, 사나운 자가 그의 원망을 푸는 데는 울음보다 더 빠른 것이 없다. 그러므로 나는 남과 사귈 때에는 가끔 울고 싶지만, 울려고 해도 눈물이 나오지 않는다. 그런 까닭에 지금까지 나라 안을 돌아 다닌 지 서른 한 해가 되어도 아직 참된 친구가 한 사람도 없어."

했다. 탑타는,

"그럼, 내 정성으로 벗을 사귀고 정의로 벗을 정한다면 어떻겠어?"

했다. 덕홍은 그 말을 듣자 마자 침을 뱉으며,

"에이, 더럽다. 너는 그것을 말이라고 하느냐? 너는 잠자코 내 말을 들어라. 가난한 사람은 무엇이든지 바라는 것이 많다. 그래서 제각기 정의(正義)를 한없이 그리워해서 저 하늘을 쳐다본다. 그는 도리어 곡식이 쏟아져 내릴 것을 생각하며, 남의 기침 소리만 들려도 목을 석 자나 뽑곤 한다. 그러나 재산을 치부하는 사람은 인색하거든. 이는 남이 나에게 무엇을 바라는 생각조차 못하게 하는 거야. 또 친한 사람은 아무것도 아낄 것이 없으니 그의 충성은 아무리 어려운 일이라도 사양하지 않는 법이야. 왜 그런가 하면, 물을 건널 때 옷을 걷지 않는 것은 떨어진 홑바지를 입은 까닭이요, 수레를 타면서 가죽신 위에 덧버선을 신는 것은 진흙이 스며들까 꺼려함이야. 가죽신 밑창까지 아끼는데, 하물며 제 몸뚱이야 오죽하겠느냐, 그런 까닭에 충(忠)이니 의(義)니 하고 부르짖음은 가난하고 천한 자의 상투적인 말에 지나지 않는 일이요, 저 부귀를 누리는 자에겐 논할 바가 못되는 거야.

하고, 소리높이 꾸짖었다. 그제야 탑타는 얼굴을 붉히며,

"나는 한 평생 친구 하나를 사귀지 못할망정, 자네 말과 같은 군자의 사귐은 할 수 없어."

하였다. 그리고 세 사람은 갓과 옷을 모두 찢어 버리고 때묻은 얼굴, 흩어진 머리카락, 새끼를 허리에 졸라메고 온 시장을 돌아다니며 노래를 불렀다. 골계 선생(滑稽 先生)이 이 일을 듣고, 우정론(友情論)이란 글을 지었다. 그 글은 다음과 같다.

나무쪽을 마주 붙이는 데에는 부레풀이 제일이요, 쇠끝을 녹여 붙이는 데에는 붕사가 그만이요, 사슴이나 말의 가죽을 잇대 붙이는 데에는 찹쌀 밥풀만한 것이 없다. 그리고 벗을 사귐에 있어서는 틈이란 것이 중요하다.(연나라, 월나라가 비록 멀다하지만 그런 틈이 아니다) 산천(山川)이 그 사이에 막혔다 해도 그런 틈이 아니다. 거기에는 둘이서 무릎을 맞대고 자리에 나란히 앉았다 해도 서로 밀접했다고 할 수 없다. 어깨를 치며 소매를 붙잡는다고 서로 합쳤다고 할 수 없으니 그 사이엔 틈이 있을 뿐이다.

옛날 위앙 이야기를 장황스럽게 늘어놓는데 진효공은 못 들은 척 졸고 있었다. 또 응후가 노여움을 겉으로 나타내지 않아도 채택은 벙어리처럼 말을 못했다. 그러므로 마음에 있는 것을 겉으로 나타내어 남을 꾸짖는 것도 그런 처지가 있고, 큰 소리를 치며 남을 노하게 하는 것도 반드시 그럴 사람이 있다.

옛날 성안후와 성산왕도 틈 없는 사귐이었다. 그러므로 한번 틈이 나면 어느 누구도 그 틈을 어찌해 볼 수 없다. 그러므로 사랑스러운 것도 틈일 것이며, 두려운 것도 틈이 아니겠는가. 아첨은 그 틈을 이용하여 이루어지며, 고자질도 그 틈을 이용하여 헤어지게 하는 법이다. 그러므로 사람을 잘 사귀는 자는 먼저 그 틈을 잘 이용해야 하며 사람을 잘 사귀지 못하는 자는 틈을 이용하지 않는 사람이다.

곧은 사람은 곧바로 갈지언정 굽은 길을 취하거나 또는 뜻을 꺽어가며 일을 하지 않는다. 한 마디 말에 서로 의견이 일치하지 않는 것은 남이 그를 이간시킨 것이 아니라, 제 스스로 앞길을 막는 것이다. 그러므로 속담에 이르기를, '열 번 찍어서 넘어가지 않는 나무가 없다' 했다. 또, 성주를 위하려면 주왕께 먼저 치성을 드리라'고 하였다는 것은 이를 두고 하는 말이다. 그러므로, 아첨을 하는데엔 세 가지의 방법이 있다. 첫째는 얼굴을 꾸민 뒤에 말씨를 겸손히 하고, 명리(名利)에 욕심이 자기를 자랑하는 것이다. 둘째는 곧은 말을 간곡히 해서 자기의 참된 심정을 나타내고, 그 틈을 타서 이 편의 뜻을 이해시키는 것이다. 셋째는 신발이 닳도록 빈번히 찾아가서 그 사람의 입술을 쳐다 보거나 얼굴빛을 잘 살펴, 그의 말을 덮어 놓고 칭찬하는 것이다. 행동은 처음에는 상대편이 기뻐하지만 나중에는 도리어 싫어하게 된다.

관중은 아홉 번이나 제후를 모았고 소진은 나뉘어진 여섯 나라를 연맹하였으니 이야말로, '천하 제일의 사귐'이다. 그렇지만, 송옥과 탑타는 길에서 빌어 먹고, 덕홍은 장바닥에서 미친 노래를 부르면서도 말거간꾼처럼 좋지 않은 수단을 쓰지 않았다. 하물며, 글을 아는 군자가 어찌 그런 짓을 하겠는가?

신 소 설

- **혈의누**/이인직
- **설중매**/구연학

혈(血)의 누(淚)

이인직(李人稙)

최초의 신소설이다. 상편은 만세보에 연재되고 하편에 해당하는 모란봉은 1913년 매일신문에 연재되다가 미완성으로 끝났다. 이 소설을 계기로 우리나라의 소설은 형식과 내용이 변화되었다.

일청전쟁(日淸戰爭)의 총소리는 평양 일경이 떠나가는 듯하더니, 그 총소리가 그치매 사람의 자취는 끊어지고 산과 들에 비린 티끌 뿐이다.

평양성 외 모란봉에 떨어지는 저녁 볕은 뉘엿뉘엿 넘어가는데, 저 햇빛을 붙들어매고 싶은 마음에 붙들어매지는 못하고, 숨이 턱에 닿은 듯이 갈팡질팡하는 한 부인이 나이 삼십이 될락말락하고, 얼굴은 분을 따고 넣은 듯이 흰 얼굴이다. 인정 없이 뜨겁게 내리쪼이는 가을볕에 얼굴이 익어서 선 앵둣빛이 되고, 걸음걸이는 허둥지둥하는데 옷은 흘러내려서 젖가슴이 다 드러나고 치맛자락은 땅에 질질 끌려서 걸음을 걷는 대로 치마가 밟히니, 그 부인은 아무리 급한 걸음걸이를 하더라도 멀리 가지도 못하고 허둥거리기만 한다.

　남이 그 모양을 볼 지경이면 저렇게 어여쁜 젊은 여편네가 술 먹고 한길에 나와서 주정한다 할 터이나, 그 부인은 술 먹었다 하는 말은 고사하고 미쳤다, 지랄한다 하더라도 그 따위 소리는 귀에 들리지 아니할 만하더라.

　무슨 소회가 그리 대단한지 그 부인더러 물을 지경이면 대답할 여가도 없이 옥련이를 부르면서 돌아다니더라.

　"옥련아 옥련아, 옥련아, 옥련아, 죽었느냐 살았느냐. 죽었거든 죽은 얼굴이라도 한 번 다시 만나보자. 옥련아 옥련아. 살았거든 어미 애를 그만 썩이고 어서 바삐 내 눈에 보이게 하여라. 옥련아, 총에 맞아 죽었느냐, 창에 찔려 죽었느냐, 사람에게 밟혀 죽었느냐. 어리고 고운 살에 가시가 박힌 것을 보아도 어미된 이내 마음에 내 살이 지겹게 아프던 내 마음이라. 오늘 아침에 집에서 떠나올 때에 옥련이가 내 앞에 서서 아장아장 걸어다니면서, '어머니 어서 갑시다' 하던 옥련이가 어디로 갔느냐."
하면서 옥련이를 찾으려고 골몰한 정신에, 옥련이보다 열 갑절 스무 갑절 더 소중하게 생각하는 사람을 잃고도 모르고 옥련이만 부르며 다니다가 목이 쉬고 기운이 탈진하여 산비탈 잔디풀 위에 털썩 주저앉았다가, 혼잣말로 '옥련 아버지는 옥련이 찾으려고 저 건너 산 밑으로 가더니 어디까지 갔누' 하며 옥련이를 찾던 마음이 홀지(忽地)에 변하여 옥련 아버지를 기다린다.

　기다리는 사람은 아니 오고, 인간 사정은 조금도 모르는 석양은 제 빛 다 가지고 저 갈 데로 가니, 산빛은 점점 먹장을 갈아붓는 듯이 검어지고 대동강 물소리는 그윽한데, 전쟁에 죽은 더운 송장새 귀신들이 어두운 빛을 타서 낱낱이 일어나는 듯 내 앞에 모여드는 듯하니, 규중에서 성장한 부인의 마음이라, 무서운 마음에 간이 녹는 듯하여 숨도 크게 쉬지 못하고 앉았는데, 홀연히 언덕 밑에서 사람의 소리가 들리거늘, 그 부인이 가만히 들은 즉

길 잃고 사람 잃고 애쓰는 소리라.

"에그, 깜깜하여라. 이리 가도 길이 없고 저리 가도 길이 없으니 어디로 가면 길을 찾을까. 나는 사나이라, 다리 힘도 좋고 겁도 없는 사람이언마는 이러한 산비탈에서 이 밤을 새고 사람을 찾아다니려 하면 이 고생이 이렇게 대단하거늘, 겁도 많고 다녀보지 못하던 여편네가 이 밤에 나를 찾아다니느라고 오죽 고생이 될까."

하는 소리를 듣고 부인의 마음에 난리중에 피난가다가 부부가 서로 잃고 서로 종적을 모르니 살아 생이별을 한 듯하더니 하늘이 도와서 다시 만나본다 하여 반가운 마음에 소리를 질렀더라.

"여보, 나 여기 있소, 날 찾아다니느라고 얼마나 애를 쓰셨소."

하면서 급한 걸음으로 언덕 밑으로 향하여 내려가다가 비탈에 넘어져 구르니, 언덕 밑에서 올라오던 남자가 달려들어서 그 부인을 붙들어 일으키니, 그 부인이 정신을 차려본즉 북두 갈고리 같은 농군의 험한 손이 내 손에 닿으니 별안간에 선뜻한 마음에 소름이 끼치면서 가슴이 덜컥 내려앉고 겁결에 목소리가 나오지 못한다.

그 남자도 또한 난리중에 제 계집 찾아다니는 사람인데, 그 계집인즉 피난갈 때에 팔승 무명을 강풀 한 됫박이나 먹였던지 장작같이 풀 센 치마를 입고 나간 터이요, 또 그 계집은 호미자루·절구공이·다듬잇방망이, 그러한 셋곶은 일로 자라난 농군의 계집이라, 그 남자가 언덕에서 소리하고 내려오는 계집이 제 계집으로 알고 붙들었는데, 그 언덕에서 부르던 부인의 손은 명주같이 부드럽고 옷은 십이승 아랫질 세모시 치마가 이슬에 눅었는데, 그 농군은 제 평생에 그 옷 입은 그런 손길은 만져보기는 고사하고 쳐다보지도 못하던 위인이더라.

부인은 자기 남편이 아닌 줄 깨닫고 사나이도 제 계집 아닌 줄 알았더라. 부인은 겁이 나서 간이 서늘하고, 남자는 선녀를 만난 듯하여 흥김·겁김에 가슴이 두근거리면서 숨소리는 크고 목소리는 아니 나온다. 그 부인의 마음에, 아까는 호랑이도 무섭고 귀신도 무섭더니, 지금은 호랑이가 와서 나를 잡아먹든지 귀신이나 와서 저놈을 잡아가든지 그런 뜻밖의 일을 기다리나, 호랑이도 아니 오고 귀신도 아니 오고, 눈에 보이는 것은 말 못하는 하늘의 별뿐이요, 이 산중에 죄없고 힘없는 이내 몸과 저 몹쓸 놈과 단 두 사람뿐이라.

사람이 겁이 나다가 오래 되면 악이 되는 법이다. 겁이 날 때는 숨도 크게 못 쉬다가 악이 나면 반벙어리 같은 사람도 말이 물 퍼붓듯 나오는 일도 있는지라.

(부인) "여보, 웬 사람이오. 여보, 대답좀 하오. 여보, 남을 붙들고 떨기는 왜 그리 떠오. 여보, 벙어리요 도둑놈이요? 도둑놈이거든 내 몸의 옷이나 벗어줄 터이니 다 가져가오."

그 남자가 못생긴 마음에 엉뚱한 생각이 나서, 말 한마디 엄두가 아니 나던 위인이 불 같은 욕심에 말문이 함부로 열렸더라.

(남자) "여보, 웬 여편네가 이 밤중에 여기 와서 있소? 아마 시집살이 마다하고 도망가는 여편네지, 도망꾼이라도 붙들어다가 데리고 살면 계집 없느니보다 날 터이니 데리고 갈 일이로구. 데리고 가기는 나중 일이어니와…… 내가 어젯밤 꿈에 이 산중에서 장가를 들었더니 꿈도 신통히 맞춘다."

하면서 무지막지한 놈의 행위라 불측한 소리가 점점 심하니, 그 부인이 죽어서 이 욕을 아니 보리라 하는 마음뿐이나, 어느 틈에 죽을 겨를도 없는지라.

사람이 생목숨을 버리는 것은 사람의 제일 설워하는 일인데, 죽으려 하여도 죽지도 못하는 그 부인 생각은 어떻다 형용할 수 없는 터이라.

빌어보면 좋을까 생각하여 이리 빌고 저리 빌고 각색으로 빌어보나 그놈의 귀에 비는 소리가 쓸데없고 하릴없을 지경이라. 언덕 위에서 웬 사람이 소리를 지르는데 무슨 소린지는 모르나 부인은 그 소리를 듣고 죽었던 부모가 살아온 듯이 기쁜 마음에 마구 소리를 질렀더라.

(부인) "사람 좀 살려주오……."

하는 소리가 아무리 부인의 목소리라도 죽을 힘을 다 들여서 지르는 밤소리라 산골이 울리니 언덕 위의 사람이 또 소리를 지른다. 언덕 위와 언덕 밑이 두 간 길이쯤 되나 지척을 불변하는 칠야에 서로 모양도 못 보고 또 서로 말도 못 알아듣는 터이라, 언덕 위의 사람이 총 한 방을 놓으니 밤중의 총소리라, 산이 울리면서 사람이 모여드는데 일본 보초병들이러라. 누구는 겁이 많고 누구는 겁이 없다 하는 말도 알 수 없는 말이라. 세상에 죄 있는 사람같이 겁많은 사람은 없고, 죄 없는 사람같이 다기 있는 것은 없다. 부인은 총소리에도 겁이 없고 도리어 욕을 면한 것만 천행으로 여기는데, 그 남자는 제가 불측한 마음으로 불측한 일을 바라던 차이라, 총소리를 듣고 저를 죽이러 온 사람으로 알고 달아난다. 밝은 날 같으면 달아날 생의도 못 하였을 터이나 깜깜한 옆으로 비켜서기만 하여도 알 수 없는 고로 종적 없이 달아났더라. 보초병이 부인을 잡아서 앞세우고 가는데 서로 말은 못 하고 벙어리가 소를 몰고 가듯 한다.

계엄중(戒嚴中) 총소리에 평양성 근처에 있던 헌병들이 낱낱이 모여들어서 총 놓은 군사와 부인을 데리고 헌병부로 향하여 가니, 그 부인은 어딘지 모르고 가나 성도 보이고 문도 보이는 데, 정신을 차려본즉 평양성 북문이라.

밤은 깊어 사람의 자취도 없고 사면에서 닭은 홰를 치며 울고 개는 여염집 평대문 개구멍으로 주둥이만 내어놓고 짖는다. 닭소리·개소리에 부인의 발이 땅에 떨어지지 못하여 걸음을 멈추고 섰는데, 오장이 녹는 듯하고 눈물이 앞을 가린다. 개는 명물이라 밤에 사람을 알아보고 반가워 뛰어나오다가 헌병이 칼을 빼어 개를 치려 하니 개가 쫓겨 들어가며 짖으나 사람도 말을 통치 못하거든 더구나 짐승이야…….

(부인) "개야 너 혼자 집을 지키고 있구나. 우리가 피난갈 때에 너를 부엌에 가두고 나왔더니 어디로 나왔느냐. 너와 같이 집에 있었더면 이러한 일이 생기지 아니하였을 것을 살 곳 찾아가느라고 죽을 길 고생길로 들어갔다. 나는 살아와서 너를 다시 본다마는 서방님도 아니 계시다. 너를 귀애하던 옥련이도 없다. 내가 너와 같이 다리 힘이 좋으면 방방곡곡에 찾아다닐 터이나, 다리 힘도 없고 세상에 만만하고 불쌍한 것은 여편네라 겁나는 것 많아서 못 다니겠다. 닭도 주인 없는 집에서 혼자 울고, 개도 주인 없는 집에서 혼자 짖는구나. 개야, 이리 나오거라. 나는 어디로 잡혀가든지 내 발로 걸어가나 내 마음으로 가는 것은 아니다."

헌병이 소리를 질러 가기를 재촉하니 부인이 하릴없이 헌병부로 잡혀가는데, 개는 멍멍 짖으며 따라오니 그 개 짖고 나오던 집은 부인의 집이러라.

그날은 평양성에서 싸움이 결말나던 날이요, 성중의 사람이 진저리 내던 청인이 그림자도 없이 다 쫓겨나가던 날이요, 철환은 공중에서 우박 쏟아지듯 하고 총소리는 평양성 근처가 다 두려빠지고 사람 하나도 아니 남을 듯하던 날이요, 평양 사람이 일병 들어온다는 소문을 듣고 일병은 어떠한지, 임진난리에 평양 싸움 이야기하며 별 공론이 다 나고 별 염려 다 하던 그 일병이 장마통에 검은 구름 떠들어 오듯 성내·성외에 빈틈 없이 들어와 박히던 날이라.

본래 평양성중 사는 사람들이 청인의 작폐에 견디지 못하여 산골로 피난간 사람이 많더니, 산중에서는 청인 군사를 만나면 호랑이 본 것 같고 원수 만난 것 같다. 어찌하여 그렇게 감정이 사나우냐 할 지경이면, 청인의 군사가 산에 가서 젊은 부녀를 보면 겁탈하고, 돈이 있으면 빼앗아 가고, 제게 쓸 데 없는 물건이라도 놀부의 심사같이 장난하니, 산에 피난간 사람은 난리를 한층 더 겪는다. 그러므로 산에 피난갔던 사람이 평양성으로 도로 피난온 사람도 많이 있었더라.

그 부인은 평양성 북문 안에 사는데, 며칠 전에 산에 피난도 갔다가 산에도 있을 수 없고, 촌에 사는 일가집으로 피난갔다가 단칸방에서 주인과 손과 여덟 식구가 이틀 밤을 앉아 새우고 하릴없이 평양성내로 도로 온 지가 불과 수일 전이라. 그때 마음에 다시는 죽어도 피난가지 아니한다 하였더니, 오늘 새벽부터 총소리는 천지를 뒤집어놓고 사면 산꼭대기 들 가운데에 불비가 쏟아지니 밝기를 기다려서 피난길을 떠났는데, 아무것도 가진 것 없고 젊은 내외와 어린 딸 옥련이와 단 세 식구 피난이라.

성중에는 울음 천지요, 성밖에는 송장 천지요, 산에는 피난구 천지라. 어미가 자식 부르는 소리, 서방이 계집 부르는 소리, 계집이 서방 부르는 소리, 이렇게 사람 찾는 소리뿐이라. 어린아이를 내버리고 저 혼자 달아나는 사람도 있고, 두 내외 손을 맞붙들고 마주 찾는 사람도 있더니, 석양판에는 그 사람이 다 어디로 가고 없던지 보이지 아니하고, 모란봉 아래서 옥련이 부르고 다니는 부인 하나만 남아 있더라.

그 부인의 남편 되는 사람은 나이 스물 아홉 살인데, 평양서 돈 잘 쓰기로 이름 있던 김관일이라. 피난길 인해중에 서로 잃고 서로 찾다가 김관일은 저의 집으로 혼자 돌아와서 그날 밤에 빈집에 혼자 있다가 밤중에 개가 하도 몹시 짖거늘 일어나서 대문을 열고 보려 하다가 겁이 나서 열지는 못하고 문틈으로 내다보기는 하였으나 벌써 헌병이 그 부인을 앞세우고 가니, 김관일은 그 부인이 헌병에게 붙들려 가는 줄은 생각 밖이요, 그 부인은 그 남편이 집에 있기는 또한 꿈도 아니 꾸었더라.

김씨는 혼자 빈집에 있어서 밤새도록 잠들지 못하고 별 생각이 다 난다. 북문 밖 넓은 들에 철환 맞아 죽은 송장과 죽으려고 숨 넘어가는 반송장들은 제 각각 제 나라를 위하여 전장에 나와서 죽은 장수와 군사들이라. 죽어도 제 직분이어니와 엎들어지고 곱들어져서 봄바람에 떨어진 꽃과 같이 간 곳마다 발에 밟히고 눈에 걸리는 피난군들은 나라의 운수런가. 제 팔자 기박하여 평양 백성 되었던가. 땅도 조선땅이요 사람도 조선 사람이라. 고래 싸움에 새우 등 터지듯이, 우리 나라 사람들이 남의 나라 싸움에 이렇게 참혹한 일을 당하는가. 우리 마누라는 대문 밖에 한 걸음 나가보지 못한 사람이요, 내 딸은 일곱 살 된 어린아이라 어디서 밟혀 죽었는가. 슬프다. 저러한 송장들의 피가 시내 되어 대동강에 흘러들어 여울목 치는 소리 무심히 듣지 말지어다. 평양 백성의 원통하고 설운 소리가 아닌가. 무죄히 죄를 받는 것도 우리 나라 사람이요, 무죄히 목숨을 지키지 못하는 것도 우리 나라 사람이라. 이것은 하늘이 지으신 일이런가, 사람이 지은 일이런가. 아마도 사람의 일은 사람이 짓는 것이다. 우리 나라 사람이 제 몸만 위하고 제 욕심만 채우려 하고 남은 죽든지 살든지, 나라가 망하든지 흥하든지 제 벼슬만 잘하여 제 살만 찌우면 제일로 아는 사람들이라.

평안도 백성은 염라대왕이 둘이라. 하나는 황천에 있고, 하나는 평양 선화당에 앉았는 감사이라. 황천에 있는 염라대왕은 나이 많고 병 들어서 세상이 귀치 않게 된 사람을 잡아가거니와, 평양 선화당에 있는 감사는 몸 성하고 재물 있는 사람은 낱낱이 잡아

가니, 인간 염라대왕으로 집집에 터주까지 겸한 겸관이 되었는지, 고사를 잘 지내면 탈이 없고 못 지내면 온 집안에 동토가 나서 다 죽을 지경이라. 제 손으로 벌어놓은 제 재물을 마음놓고 먹지 못하고 천생타고난 제 목숨을 남에게 매어놓고 있는 우리 나라 백성들을 불쌍하다 하겠거든, 더구나 남의 나라 사람이 와서 싸움을 하느니 지랄을 하느니 그러한 서슬에 우리는 패가하고 사람 죽는 것이 다 우리 나라가 강하지 못한 탓이라.

오냐. 죽은 사람은 하릴없다. 살아 있는 사람들이나 이후에 이러한 일을 또 당하지 아니하게 하는 것이 제일이다. 제 정신 제가 차려서 우리 나라도 남의 나라와 같이 밝은 세상 되고 강한 나라 되어 백성된 우리들이 목숨도 보전하고 재물도 보전하고, 각 도 선화당과 각 도 동헌 위에 아귀 귀신 같은 염라대왕과 산 터주도 못 오게 하고, 범 같고 곰 같은 타국 사람들이 우리 나라에 와서 감히 싸움할 생각도 아니하도록 한 후라야, 사람도 사람인 듯싶고 살아도 산 듯싶고, 재물 있어도 제 재물인 듯하리로다.

처량하다 이 밤이여, 평양 백성은 어디 가서 사생중에 들었으며, 아귀 같은 염라대왕은 어느 구석에 박혔으며, 우리 처자는 어떻게 되었는고. 우리 내외 금실이 유명히 좋은 사람이요, 옥련이를 남다르게 귀애하던 가정이라. 그러나 세상에 뜻이 있는 남자 되어 처자만 구구히 생각하면 나라의 큰일을 못 하는지라. 나는 이 길로 천하 각국을 다니면서 남의 나라 구경도 하고 내 공부 잘한 후에 내 나라 사업을 하리라 하고 밝기를 기다려서 평양을 떠나가니, 그 발길 가는 데는 만리 타국이라.

그 부인은 일본군 헌병부로 잡혀갔으니 규중에서 성장한 부인이 그러한 난리중에 그러한 풍파를 겪었다 하는 말을 듣는 자 누가 불쌍타 하지 아니하리요. 통변이 말을 전하는 대로 헌병장이 고개를 기울이고 불쌍하다 가이없다 하더니, 그 밤에는 군중에서 보호하고 그 이튿날 제 집으로 돌려보내니, 부인은 하룻밤 동안에 세상 풍파를 다 지내고 본집으로 돌아왔더라.

다음날 아침 서늘한 기운에 빈집같이 쓸쓸한 것은 없는데, 그 부인이 그 집에 들어와보더니 처참한 마음이 새로이 나서 이 집 구석에서 나 혼자 살아 무엇하리 하면서 마루 끝에 털썩 걸터앉더니 정신없이 모로 쓰러졌다.

어젯날 피난갈 때에 급하고 겁나는 마음에 밥도 먹지 아니하고 나섰다가 하룻밤 하룻밤에 고생한 일은 인간에 나 하나뿐인가 싶은 마음에 배가 고픈지 다리가 아픈지 모르고 지냈더니, 내 집으로 돌아오니 남편도 소식 없고 옥련이도 간 곳 없고, 엉성한 네 기둥과 적적한 마루 위에 덧문 척척 닫힌 방을 보고, 이 몸이 앉은 채로 쓰러져 없어졌으면 좋으련마는 그렇지 아니하면 무슨 경황에 내 손으로 저 방문을 열고 내 발로 저 방으로 들어갈까 하는 혼잣말을 다 마치지 못하고 정신을 잃었더라.

평시절 같으면 이웃 사람도 오락가락하고 방물장수·떡장수도 들락날락할 터인데, 그때는 평양성중에 살던 사람들이 이번 불소리에 다 달아나고 있는 것은 일본 군사뿐이다. 그 군사들이 까마귀 떼다니듯하며 이 집 저 집 함부로 들어간다.

본래 전시국제공법(戰時國際公法)에, 전쟁에서 피난가고 사람 없는 집은 점령하고 물건도 점령하는 법이라. 그런고로 군사들이 빈집을 보면 일삼아 들어간다.

김씨 집에 들어와서 보는 군사들은 마루 끝에 부인이 누웠는 것을 보고 도로 나갈 뿐이라. 아마도 부인을 구하여 줄 사람은 없었더라. 만일 엄동설한에 하루 동안을 마루에 누웠으면 얼어죽었을 터이나, 다행히 일기가 더운 때라 종일 정신 없이 마루에 누웠으나 관계치 아니하였더라.

밤이 되매 비로소 정신이 나기 시작하는데, 꿈 깨고 잠 깨이듯 별안간에 정신이 난 것이 아니라 모란봉에 안개 걷듯 차차 정신이 난다. 처음에 눈을 떠서 보니 하늘에는 별이 총총하고, 다시 눈을 둘러보니 우중충한 집에 나 혼자 누웠으니 이곳은 어디며, 이 집은 뉘 집인지, 나는 어찌하여 와서 누웠는지 곡절을 모른다.

차차 본즉 내 집이요, 차차 생각한즉 여기 와서 걸터앉았던 생각도 나고, 어젯밤에 일본 헌병부로 가던 생각도 나고, 총소리에 사람 모여들던 생각도 나고, 도둑놈에게 욕을 볼 뻔하던 생각이 나면서 새로이 소름이 끼친다.

정신이 번쩍 나고 없던 기운이 번쩍 나서 벌떡 일어나 앉았으니, 새로 남편 생각과 옥련이 생각만 난다.

안방에는 옥련이가 자는 듯하고, 사랑방에는 남편이 있는 듯하다. 옥련이를 부르면 나올 듯하고, 남편을 부르면 대답을 할 것 같다. 어젯날 지낸 일은 정녕 꿈이라, 내가 악몽을 꾸었지, 지금은 깨었으니 옥련이를 불러보리라 하고 안방으로 고개를 두르고 옥련아, 옥련아, 옥련아, 부르다가 소름이 죽죽 끼치고 소리가 점점 움츠러 진다. 일어서서 안방 문 앞으로 가니 다리가 덜덜 떨리고 가슴이 두근두근한다. 방문을 왈칵 잡아당기니 방 속에서 벼락치는 소리가 나며 부인은 외마다 소리를 지르고 주저앉았더라.

어제 아침에 이 방에서 피난갈 때에는 방 가운데 아무것도 늘어 놓은 것 없었더니, 오늘 아침에 김관일이가 외국에 가려고 결심하고 나갈 때에 무엇을 찾느라고 다락 속 벽장 속에 있는 세간을 낱낱이 내어놓고 궤문도 열어놓고, 농문도 열어놓고, 궤짝 위에 농짝도 놓고 농짝 위에 궤짝도 얹었는데, 단정히 놓인 것도 있지마는 곧 내려질 듯한 것도 있었더라. 방문은 무슨 정신에 닫고 갔던지, 방 안의 벽장문·다락문은 열린 채로 두었더라.

강아지만한 큰 쥐가 다락에서 나와서 방 안에서 제 세상같이 있다가, 방문 여는 소리를 듣고 궤 위에서 방바닥으로 내려뛰는데, 그 궤가 안동하여 떨어지니, 그 궤는 옥련의 궤라 조개 껍질도 들고 서양철 조각도 들고 방울도 들고 유리병도 들었으니, 그 궤가 떨어질 때는 소리가 조용치는 못하겠으나 부인이 겁결에 들은즉 벼락치는 소리같이 들렸더라.

부인이 정신을 차려서 성냥을 찾으려고 방 안으로 들어가니, 발에 걸리고 몸에 부딪치는 것이 무엇인지 무서운 마음에 도로 나와서 마루 끝에 앉았더라. 이 밤이 초저녁인지 밤중인지 샐 녘인지 모르고 날 새기만 기다리는데, 부인의 마음에 이 밤이 샐 때가 되었거니 하고 동편 하늘만 쳐다보고 있더라.

두 날개 탁탁 치며, '꼬끼요' 하는 소리가 첫닭이 분명한데 이 밤 새우기는 참 어렵도다. 그렇게 적적한 집에 그 부인이 혼자 있어서 하루·이틀·열흘·보름을 지낼수록 경황 없고 처량한 마음이 조금도 감하지 아니한다. 감하지 아니할 뿐 아니라 날이 갈수록 심란한 마음이 깊어가더라. 그러면 무슨 까닭으로 세상에 살아 있는고 한 가지 일을 기다리고 죽기를 참고 있었더라.

피난갔던 이튿날 방 안에 세간이 늘어놓인 것을 보고 남편이 왔던 자취를 알고 부인의 마음에는 남편이 옥련이와 나를 찾아다니다가 찾지 못하고 집에 돌아와서 보고 또 찾으러 간 줄로 알고 그 남편이 방향 없이 나서서 오죽 고생을 할까 싶은 마음에 가이없으면서 위로는 되더니, 그 날 해가 지고 저무니 남편이 돌아올까 기다리는 마음에 대문을 닫지 아니하고 앉아 밤을 새웠더라. 그 이튿날 또 다음날을, 날마다 밤마다 때마다 기다리는데, 사람의 소리가 들리면 뛰어나가 보고, 개가 짖으면 쫓아가서 본다.

고대하던 마음은 진하고 단망하는 마음이 생긴다. 어느 곳에서 사람이 많이 죽었다 하는 소문이 있으면 남편이 거기서 죽은 듯하고, 어느 곳에서는 어린아이 죽었다는 말이 들리면 내 딸 옥련이가 거기서 죽은 듯하다.

남편이 살아오거니 하고 고대할 때는 마음을 붙일 곳이 있어서 살아 있었거니와 죽어서 못 오거니하고 단망하니 잠시도 이 세상에 있기가 싫다.

부인이 죽끼로 결심하고 대동강 물에 빠져 죽을 차로 밤 되기를 기다려 강가로 향하여 가니, 그때는 9월 보름이라 하늘은 씻은 듯하고 달은 초롱 같다. 은가루를 뿌린 듯한 백사장에 인적은 끊어지고 백구는 잠들었다. 부인이 탄식하여 가로되.

"달아 물어보자, 너는 널리 보리로다. 낭군이 소식 없고 옥련은 간 곳 없다. 이 세상에 있으면 집 찾아 왔으련만 일거 무소식하니 북망객 됨이로다. 이 몸이 혼자 살면 일평생 근심이요, 이 몸이 죽었으면 이 근심 모르리라. 십오 년 부부 정과 일곱 해 모녀 정이 어느 때 있었던지 지금은 꿈 같도다. 꿈 같은 이내 평생 오늘날뿐 이로다. 푸르고 깊은 물은 갈 길이 저기로다."

이러한 탄식을 마치매, 치마를 걷어잡고 이를 악물고 두 눈을 딱 감으면서 물에 뛰어내리니, 그 물은 대동강이요, 그 사람은 김관일의 부인이라. 물 아래 뱃나들이에 한 거룻배가 비꼈는데, 그 배 속에서 사공 하나와 평양성내에 사는 고장팔이라 하는 사람과 단둘이 달밤에 밤윷을 노는데, 그 사공과 고가는 각 어미 자식이나 성정은 어찌 그리 똑같던지, 사공이 고가를 닮았는지, 고가가 사공을 닮았는지, 벌어먹는 길만 다르니 일만 없으면 두 놈이 함께 붙어 지낸다.

무엇을 하느라고 같이 붙어 지내는고, 둘 중에 하나만 돈이 있으면 서로 꾸어주며 투전을 하고, 둘이 다 돈이 없으면 담배내기 밤윷이라도 아니 놀고는 못 견딘다. 하루 밥을 굶어라 하면 어렵게 여기지 아니하나 하루 놀음을 하지 말라 하면 병이 날 듯한 놈들이라. 그 밤에도 고가가 그 사공을 찾아가서 단둘이 밤윷을 놀다가 물 위에서 이상한 소리가 들리나 옻에 미쳐서 정신을 모르다가. 물위에서 웬 사람이 떠내려오다가 배에 걸려서 허덕거리는 것을 보고 급히 뛰어내려서 건진즉 한 부인이라. 본래 부인이 높은 언덕에서 뛰어내렸으면 물이 깊고 얕고 간에 살기가 어려웠을 터이나, 모래 톱에서 물로 뛰어들어가니 그 물이 한두 자 깊이가 될락말락한 물이라. 물이 낮아 죽지 아니하였으나 부인은 죽을 마음으로 빠진고로 얕은 물이라도 죽을 작정만 하고 드러누우니 얼른 죽지는 아니하고 물에 떠서 내려가다가 배에 있던 사람에게 구원한 것이 되었더라.

화약 연기는 구름에 비 묻어 다니듯이 평양의 총소리가 의주로 올라가더니 백마산에는 철환 비가 오고 압록강에는 송장으로 다리를 놓는다.

평양은 난리 평정이 되고 의주는 새로 난리를 만났으니 가령 화재 만난 집에서 안방에는 불을 잡았으나 건넌방에는 불이 붙는 격이라. 안방이나 건넌방이나 집은 한집이언만 안방 식구는 제 방에만 불 꺼지면 다행으로 안다. 의주서는 피비 오는데 평양성 중에는 차차 웃음소리가 난다. 피난가서 어느 구석에 숨어 있던 사람들이 차차 모여들어서 성중에서 옛 모양이 돌아온다.

집집의 걸어 닫혔던 대문도 열리고, 골목골목에 사람의 자취가 없던 곳도 사람이 오락가락하고, 개 짖고 연기 나는 모양이 세상은 평화된 듯하나, 북문 안의 김관일의 집에는 대문이 닫힌 대로 있고 그 집 문간에 사람이 와서 찾는 자도 없었더라. 하루는 어떠한 노인이 부담말 타고 오다가 김씨 집 앞에서 말에서 내리더니 김씨 집 대문을 흔들어본즉 문이 걸리지 아니하였거늘 안으로 들어가더니 나와서 이웃집에 말을 묻는다.

(노인) "여보, 말 좀 물어봅시다. 저 집이 김관일 김초사 집이오?"

(이웃 사람) "네, 그 집이오, 그 집에 아무도 없나보오."

(노인) "나는 김관일의 장인 되는 사람인데, 내 사위는 만나보았으나 내 딸과 외손녀는 피난갔다가 집 찾아왔는지 몰라서 내가 여기까지 온 길이러니, 지금 그 집에 들어가서 본즉 아무도 없기로 궁금하여 묻는 말이오."

(이웃 사람) "우리도 피난갔다가 돌아온 지가 며칠 되지 아니하였으니 이웃집 일이라도 자세히 모르겠소."

노인이 하릴없이 다시 김씨 집에 들어가서 자세히 살펴보니 사람은 난리를 만나 도망하고 세간은 도둑을 맞아서 빈 농짝만 남았는데, 벽에 언문 글씨가 있으니, 그 글씨는 김관일 부인의 필적인데, 대동강 물에 빠져 죽으려고 나가던 날의 세상 영결하는 말이라.

노인이 그 필적을 보고 놀랍고 슬픈 마음을 진정치 못하였더라.

그 노인은 본래 평양성내에서 살던 최 주사라 하는 사람인데 이름은 항래라. 십년 전에 부산으로 이사하여 크게 장사하였는데, 그때 나이 오십이라. 재산은 유여하나 아들이 없어서 양자하였더니 양자는 합의치 못하고, 소생은 딸 하나 있으나 그 딸은 편애할 뿐 아니라 그 딸을 기를 때에 최 주사는 애쓰고 마음 상하면서 길러낸 딸이요, 눈살 맞고 자라난 딸인데, 그 딸인즉 김관일의 부인이라.

최씨가 그 딸 기를때의 일을 말하자 하면 소진(蘇秦)의 혀를 둘셋씩 이어놓고, 3, 4월 긴긴해를 몇씩 포개놓을지라도 다 말할 수 없는 일이러라. 그 부인의 이름은 춘애라. 일곱 살에 그 모친이 돌아가고 계모에게 길렸는데, 그 계모는 부인 범절에는 사사이 칭찬듣는 사람이나 한 가지 결점이 있으니, 그 흠절은 전실소생 춘애에게 몹시 구는 것이라. 세간 그릇 하나라도 전실 부인이 쓰던 것이면 무당 불러서 불살라 버리든지 깨뜨려 버리든지 하여야 속이 시원하여지는 성정이라. 그러한 계모의 성정에 사르지도 못하고 깨뜨리지도 못할 것은 전실 소생 춘애라. 최씨가 그 딸을 옥같이 사랑하고 금같이 귀애하나 그 후취 부인 보는 때는 조금이라도 귀애하는 모양을 보이면 춘애는 그 계모에게 음해를 받을 터이라. 그런 고로 최 주사가 그 딸을 칭찬하고 싶은 때도 그 계모 보는 데는 꾸짖고 미워하는 상을 보이는 일도 많다. 그러면 최 주사가 그 후취부인에게 쥐여지내느냐 할 지경이면 그렇지도 아니하다.

그 후취 부인은 죽어 백골된 전실에게 투기하는 마음 한 가지만 아니면 아무 흠절이 없으니, 그러한 부인은 쇠사슬로 신을 삼아 신고 그 신이 날이 나도록 조선 팔도를 다 돌아다니더라도 그만한 아내는 얻기가 어렵다 하는 집안 공론이라. 최씨가 후취 부인과 금실도 좋고 전취 소생 춘애도 사랑하니, 춘애를 위하여 주려 하면 후실 부인의 뜻을 맞추어주는 일이 상책이라. 춘애가 어려서부터 총명하고 눈치 빠르기로는 어린아이로 볼 수가 없다. 계모에게 따르기를 생모같이 따르면서 혼자 앉으면 눈물을 씻고 죽은 어머니 생각하더라. 춘애가 그러한 고생을 하고 자라나서 김관일의 부인이 되었는데, 최씨는 딸을 출가한 딸로 여기지 아니하고 젖 먹이는 딸과 같이 안다.

평양의 난리 소문이 다른 사람 듣기에는 이웃집에 초상났다는 소문과 같이 심상히 들리나, 부산 사는 최항래 최 주사의 귀에는 소름이 끼치도록 놀랍고 심려되더니, 하루는 그 사위 김관일이가 부산 최씨 집에 와서 난리 겪은 말도 하고, 외국으로 공부하러 가고자 하는 목적을 말하니 최씨가 학비를 주어서 외국에 가게하고, 최씨는 그 딸과 외손녀의 생사를 자세히 알고자 하여 평양에 왔더니, 그 딸이 대동강 물에 빠져 죽을 차로 벽상에 회포를 쓴 것을 보니 그 딸 기를 때의 불쌍하던 마음이 새로이 나서, 일곱 살에 저의 어머니 죽을 때에 죽은 어미의 **뺨**을 대고 울던 모양도 눈에 선하고, 계모의 눈살을 맞아서 조접이 들던 모양도 눈에 선하고, 내가 부산 갈 때에 부녀가 다시 만나보지 못하는 듯이 낙루하며 작별하던 모양도 눈에 선한 중에 해는 점점 지고 빈집에 쓸쓸한 기운은 날이 저물수록 형용하기 어렵더라.

최씨가 데리고 온 하인을 부르는데 근력 없는 목소리로,

(최씨) "이에, 막동아, 부담 떼서 안마루에 갖다 놓아라."

(막동) "말은 어데 갖다 매오리까."

(최씨) "마방집에 갖다 매어라."

(막동) "소인은 어디서 자오리까?"

(최씨) "마방집에 가서 밥이나 사서 먹고 이 집 행랑방에서 자거라."

(막동) "나리께서도 무엇을 좀 사다가 잡숫고 주무시면 좋겠습니다."

(최씨) "나는 술이나 먹겠다. 부담에 달았던 술 한 병 떼어오고 찬합만 끌러 놓아라. 혼자 이 방에 앉아 술이나 먹다가 밤새거든 새벽길 떠나서 도로 부산으로 가자. 난리가 무엇인가 하였더니 당하여 보니 인간에 지독한 일은 난리로구나. 내 혈육은 딸 하나, 외손녀 하나뿐이려니 와서 보니 이 모양이로구나. 막동아, 너같이 무식한 놈더러 쓸 데 없는 말 같지마는 이후에는 자손 보존하고 싶은 생각 있거든 나라를 위하여라. 우리 나라가 강하였다면 이 난리가 아니 났을 것이다. 세상 고생 다 시키고 길러낸 내 딸자식, 나 젊고 무병하건마는 난리에 죽었구나. 역질 홍역 다 시키고 잔 주접 다 떨어놓은 외손녀도 난리중에 죽었구나."

(막동) "나라는 양반님네가 다 망하여 놓으셨지요, 상놈들은 양반이 죽이면 죽었고, 때리면 맞았고, 재물이 있으면 양반에게

빼앗겼고, 계집이 어여쁘면 양반에게 빼앗겼으니, 소인 같은 상놈들은 제 재물 제 계집 제 목숨 하나를 위할 수가 없이 양반에게 매었으니, 나라 위할 힘이 있습니까. 입 한 번을 잘못 놀려도 죽일 놈이니 살릴 놈이니, 오금을 끊어라 귀양을 보내라 하는 양반님 서슬에 상놈이 무슨 사람값에 갔습니까. 난리가 나도 양반의 탓이올시다. 일청전쟁도 민영춘이란 양반이 청인을 불러 왔답니다. 나리께서 난리 때문에 따님아씨도 돌아가시고 손녀아기도 죽었으니 그 원통한 귀신들이 민영춘이라는 양반을 잡아갈 것이올시다."

하면서 말이 이어 나오니, 본래 그 하인은 주제넘다고 최씨 마음에 불합하나, 이번 난리중 험한 길에 사람이 똑똑하다고 데리고 나섰더니 이러한 심난중에 주제넘고 버릇 없는 소리를 함부로 하니 참 난리난 세상이라. 난리중에 꾸짖을 수도 없고 근심중에 무슨 소리든지 듣기도 싫은 고로 돈을 내어주며 하는 말이, '막동아 너도 나가서 술이나 싫도록 먹어라' 홧김에 먹고 보자하니 막동이는 밖으로 나가고, 최씨는 혼자 술병을 대하여 팔자 한탄하다가 술 한 잔 먹고, 세상 원망하다가 술 한 잔 먹고, 딸 생각이 나도 술 한 잔 먹고, 외손녀 생각이 나도 술 한 잔 먹고, 술이 얼근하게 취하더니 이 생각 저 생각 없이 술만 먹다가 갓쓴 채로 목침 베고 드러누웠더니 잠이 들면서 꿈을 꾸었더라.

모란봉 아래서 딸과 외손녀를 데리고 피난을 가다가 노략질꾼 도둑을 만나서 곤란을 무수히 겪다가 딸이 도둑을 피하여 가느라고 높은 언덕에서 떨어져 죽는 것을 보고 최씨가 도둑놈을 원망하여 도둑놈을 때려죽이려고, 지팡이를 들고 도둑을 때리니, 도둑놈이 달려들어 최씨를 마주 때리거늘, 최씨가 넘어져서 일어나려고 애를 쓰는데 도둑놈이 최씨를 깔고 앉아서 멱살을 쥐고 칼을 빼니 최씨가 숨을 쉴 수가 없어 일어나려고 애를 쓰니 최씨가 분명 가위를 눌린 것이다.

곁에서 사람이 최씨를 흔들며, '아버지, 여기를 어찌 오셨소. 아버지, 아버지' 하는 소리에 깜짝 놀라 깨치니 남가일몽이라. 눈을 떠서 자세히 본즉, 대동강 물에 빠져 죽으려고 벽상에 회포를 써서 붙였던 딸이 살아온지라, 기쁜 마음에 정신이 번쩍 나서 생각한즉 이것도 꿈이 아닌가 의심난다.

(최씨) "이애, 네가 죽으려고 벽상에 유언을 써서 놓은 것이 있더니 어찌 살아왔느냐, 아까 꿈을 꾸니 네가 언덕에서 떨어져 죽었더니 지금 너를 보니 이것이 꿈이냐, 그것이 꿈이냐? 이것이 꿈이 어든 이 꿈을 이대로 깨지 말고 10년, 20년이라도 이대로 지냈으면 그 아니 좋겠느냐."

하는 말이 최씨 생각에는 그 딸 만나보는 것이 정녕 꿈 같고 그 딸이 참 살아온 사기는 자세히 모른다.

원래 최씨 부인이 물에 빠져 떠내려갈 때에 뱃사공과 고장팔에게 구한 바가 되었는데, 장팔의 모와 장팔의 처가 그 부인을 교군에 태워서 저희 집으로 모시고 가서 수일을 극진히 구원하였다가 그 부인이 장차 완인이 되매 그날 밤들기를 기다려서 부인이 장팔의 모를 데리고 집에 돌아온 길이라. 장팔의 모는 길가에서 무엇을 사가지고 들어온다 하고 뒤떨어졌는데, 그 부인은 발씨 익은 내 집이라 앞서서 들어온즉 안마루에 부담 상자도 있고 안방에는 불이 켜서 밝은지라. 이전 마음 같으면 부인이 그 방문을 감히 열지 못하였을 터이나 별 풍상 다 지내고 지금은 겁나는 것도 없고 무서운 것도 없는지라, 내 집 내 방에 누가 와서 들어 앉았는가 생각하면서 서슴지 아니하고 방문을 열어보니 웬 사람이 자다가 가위에 눌려서 애를 쓰는 모양인데, 자세히 본즉 자기의 부친이라. 부인이 그때에 부친을 만나니 반가운 마음에 아무말도 아니하고 나오느니 울음뿐이라.

뒤떨어졌던 고장팔의 모가 들어 달려오면서 덩달아 운다.

"에그, 나리마님이 이 난리중 여기 오셨네. 알 수 없는 것은 세상일이올시다. 나리께서 부산으로 이사가실 때에 할미는 늙은 것이라 살아서 다시 나리께 뵙지 못하겠다 하였더니 늙은 것은 살았다가 또 뵈옵는데, 어린 옥련 애기와 젊으신 서방님은 어디가서 돌아가셨는지 나리 오신 것을 못 만나뵈네."

하는 말은 속에서 솟아나오는 인정이라 그 노파가 인정이 있을 만도 한 사람이라.

고장팔의 모가 본래 최씨 집 종인데 삼십 전부터 드난은 아니하나 최씨의 덕으로 살다가 최씨가 이사갈 때에 장팔의 모는 상전을 따라가고자 하나 장팔이가 노름꾼으로 최씨의 눈 밖에 난 놈이라 최씨를 따라가지 못하고 끈 떨어진 뒤웅박같이 평양에 있었더니, 이번에는 노름 덕으로 대동강 배 속에서 밤잠 아니 자고 있다가 최씨 부인을 구하여 살렸으니, 장팔이 지금은 노름하는 칭찬도 들을 만하게 되었더라.

최씨 부인이 그 부친에게 남편 김씨가 외국으로 유학하러 갔다는 말을 듣고 만리의 이별은 섭섭하나 난리중에 목숨을 보전한 것만 천행으로 여기서, 부친의 말하는 입을 쳐다보면서 눈에는 눈물이 가득하나 얼굴에는 기쁜 빛을 띠우더라.

(최주사) "이애 김집아, 네 집은 외무주장하니 여기서 고단하여 살 수 없을 것이니 나를 따라 부산으로 내려가서 내 집에 같이 있으면 좋지 아니하겠느냐."

(딸) "내가 물에 빠져 죽으려 하기는 가장이 죽은 줄로 생각하고 나 혼자 세상에 살아 있기가 싫은 고로 대동강에 빠졌더니, 사람에게 건진 바가 되어 살아 있다가 가장이 살아서 외국에 유학하러 갔다는 소식을 들었으니 나는 이 집을 지키고 있다가 몇 해 후가 되든지 이 집에서 다시 가장의 얼굴을 만나보겠으니, 아

버지께서는 딸 생각 말으시고 딸 대신 사위의 공부나 잘하도록 학비나 잘 대어주시기를 바라나이다. 나는 이 집에서 장팔의 어미를 데리고 박토마지기에서 도지섬 받는 것 가지고 먹고 있겠소. 그러나 옥련이나 있었더면 위로가 되었을 걸, 허구한 세월을 어찌 기다리나."

하는 소리에 최 주사가 흥격이 막히나 다사(多事)한 사람이 오래 있을 수 없는 고로 수일 후에 부산으로 내려가고 김씨 부인은 장팔의 어미를 데리고 있으니, 행랑에는 늙은 과부요, 안방에는 젊은 생과부가 있어서 김씨를 오기만 기다리고 세월 가기만 기다린다. 밤에는 밤이 길고 낮에는 낮이 긴데, 그 밤과 그 낮을 모아 달 되고 해 되니, 천하에 어려운 것은 사람 기다리는 것이라. 부인의 생각에는 인간의 고생이 나 하나뿐인 줄로 알고 있건마는, 그보다 더 고생하는 사람이 또 있으니, 그것은 부인의 딸 옥련이라.

당초에 옥련이가 피난갈 때에 모란봉 아래서 부모의 간 곳 모르고 어머니를 부르면서 발을 동동 구르다가 난데없는 철환 한개가 넘어오더니 옥련의 왼편 다리에 박혀 넘어져서 그날 밤을 그 산에서 목숨이 붙어 있었더니, 그 이튿날 일본 적십자 간호수가 보고 야전 병원으로 실어 보내니 군의(軍醫)가 본즉 중상은 아니라. 철환이 다리를 뚫고 나갔는데 군의 말이, 만일 청인의 철환을 맞았으면 철환에 독한 약이 섞인지라 맞은 후에 하룻밤을 지냈으면 독기가 몸에 퍼졌을 터이나, 옥련이가 맞은 철환은 일인의 철환이라 치료하기 대단히 쉽다 하더니, 과연 3주일이 못되어서 완연히 평일과 같은 지라. 그러나 옥련이는 갈 곳이 없는 아이라, 병원에서 옥련의 집을 물은즉 평양 북문 안이라 하니 병원에서 옥련이가 나이 어리고 또한 정경을 불쌍케 여겨서 통사를 안동하여 옥련의 집에 가서 보라 한즉, 그때는 옥련의 모친이 대동강 물에 빠져 죽으려고 벽상에 그 사정 써서 붙이고 간 후이라, 통변이 그 글을 보고 옥련을 불쌍히 여겨서 도로 데리고 야전병원으로 가니, 군의 정상소좌(井上少佐)가 옥련의 정경을 불쌍히 여기고 옥련의 자품을 기이하게 여겨 통변을 세우고 옥련의 뜻을 묻는다.

(군의) "이애, 너의 아버지와 어머니가 어디로 간지 모르냐?"

(옥) "……"

(군의) "그러면 네가 내 집에 가서 있으면 내가 너를 학교에 보내어 공부하도록 하여줄 것이니, 네가 공부를 잘하고 있으면 내가 아무쪼록 너의 나라에 탐지하여 너의 부모가 살았거든 너의 집으로 곧 보내주마."

(옥) "우리 아버지, 어머니가 살아 있는 줄을 알고 나를 도로 우리 집에 보내줄 것 같으면 아무 데라도 가고, 아무 것을 시키더라도 하겠소."

(군의) "그러면 오늘이라도 인천으로 보내서 어용선을 타고 일본으로 가게 할 것이니, 내 집은 일본 대판이라. 내 집에 가면 우리 마누라가 있는데, 아들도 없고 딸도 없으니 너를 보면 대단히 귀애할 것이니 너의 어머니로 알고 가서 있거라."

하면서 귀국하는 병상병(病床兵)에게 부탁하여 일본 대판으로 보내니, 옥련이가 교군 바탕을 타고 인천까지 가서 인천서 유선을 타니, 등 뒤에는 부모 소식이 묘연하고 눈앞에는 타국 산천이 생소하다.

만일 용렬한 아이가 일곱 살에 난리 피난을 가다가 부모를 잃었으면 어미·아비만 생각하고 낯선 사람이 무슨 말을 물으면 눈물이 비죽비죽하고 주접이 덕지덕지하고 묻는 말을 대답도 시원히 못할 터이나, 옥련이는 어디 그러한 영리하고 숙성한 아이가 있었던지, 혼자 있을 때는 부모를 보고 싶은 마음에 죽을 듯하나 사람을 대할 때는 어찌 그리 천연하던지, 부모 생각하는 기색이 조금도 없더라. 옥련의 얼굴은 옥을 깎아서 연지분으로 단장한 것 같다.

옥련의 부모가 옥련 이름 지을 때에 옥련의 모양과 같이 아름다운 이름을 짓고자 하여 내외 공론이 무수하였더라. 옥같이 희다 하여 옥이라고 부르는 사람은 옥련이 모친이요, 연꽃같이 번화하다 하여 연화라고 부르는 사람은 옥련의 부친이라.

그 아이 이름짓던 날은 의논이 부산하다가 구화담판 되듯 옥자, 연자를 합하여 옥련이라고 지은 이름이라. 부모된 사람이 제 자식 귀애하는 마음에 혹 시꺼먼 괴석 같은 것도 옥같이 보는 일도 있고, 누렁통이나 호박꽃같이 생긴 것도 연꽃같이 보이는 일도 있기는 있지마는, 옥련이 같은 아이는 옥련의 부모의 눈에만 그렇게 아름다운 것이 아니라 어떠한 사람이든지 칭찬 아니하는 사람이 없고, 또 자식 없는 사람이 보면 빼앗아갈 것같아 탐을 내서 하는 말에, '옥련이를 잡아가서 내 딸이 될 것 같으면 벌써 집어갔겠다' 하는 사람이 무수하였더라.

그러하던 옥련이가 부모를 잃고 만리 타국으로 혼자 가니, 배 안에 들어 있는 사람들은 소일조로 옥련의 곁에 모여들어서 말묻는 사람도 있고, 조선말을 하지 못하는 사람들은 행중에서 과자를 내어주니, 어린아이가 너무 괴롭고 성이 가실만 하련마는 옥련이는 천연할 뿐이라.

만리창해에 살같이 빠른 배가 인천서 떠난 지 나흘 만에 대판에 다다르니, 대판에서 내릴 선객들은 각기 제 행장을 수습하여 삼판에 내려가느라고 분요하나 옥련이는 행장도 없고 몸 하나뿐이라 혼자 가만히 앉았으니, 어린 소견에도 별 생각이 다 난다.

"남은 제 집 찾아가건마는 나는 뉘 집으로 가는 일인고, 남들은 일이 있어서 대판에 오는 길이거니와 나 혼자 일 없이 타국에 가는 사람이라. 편지 한 장을 품에 끼고 가는 집이 뉘 집인고. 이 편지 볼 사람은 어떠한 사람이며, 이내 몸 위하여 줄 사람은 어떠한 사람인가. 딸을 삼거든 딸 노릇하고, 종을 삼거든 종 노릇하고, 고생을 시키거든 고생도 참을 것이요, 공부를 시키거든 일시라도 놀지 않고 공부만 하여볼까."

이런 생각 저런 생각, 생각만 하느라고 시름없이 앉았더니, 평양서부터 동행하던 병정이 옥련이를 부르는데, 말을 서로 알아듣지 못하는 고로 눈치로 알아듣고 따라 내려가니, 그 병대는 평양 싸움에 오른편 다리에 총을 맞고 옥련이와 같이 야전병원에서 치료하던 사람인데, 철환이 신경맥을 상한 고로 치료한 후에 그 다리가 불편하여 몽둥이에 의지하여 겨우 걸어다니는지라. 그 병대는 앞에 서서 내려가는데, 옥련이가 뒤에 서서 보다가 하는 말이, 나도 다리에 총맞았던 사람이라. 내가 만일 저 모양이 되었더라면 자결하여 죽는 것이 편하지 살아서 쓸 데 있나, 하는 소리를 옥련의 말 알아듣는 사람이 없으니, 그런 말은 못 듣는 것이 좋건마는, 좋은 마디는 그뿐이라. 옥련이가 제일 답답한 것은 서로 말 모르는 것이라. 벙어리 심부름하듯 옥련이가 병정 손짓하는 대로만 따라간다.

옥련의 눈에는 모두 처음 보는 것이라. 항구에는 배 돛대가 삼대 들어서듯 하고, 저자 거리에는 이층·삼층 집이 구름 속에 들어간 듯하고, 지네같이 기어가는 기차는 입으로 연기를 확확 뿜으면서 배에는 천동지동하듯 구르며 풍우같이 달아난다. 넓고 곧은 길에 갔다왔다 하는 인력거 바퀴 소리에 정신이 없는데, 병정이 인력거 둘을 불러서 저도 타고 옥련이도 태우니 그 인력거들이 넘어질까 조심되어 아무 생각이 없더니, 인력거 위에 올라앉으매 새로이 생각만 난다.

'인력거야, 천천히 가고지고, 이 길만 다 가면 남의 집에 들어

가서 밥도 얻어먹고 옷도 얻어입고, 마음도 불안하고 몸도 불편할 터이로구나. 인력거야, 어서 바삐 가고지고 궁금하고 알고자 하는 일은 어서 바삐 눈으로 보아야 시원하다. 가품 좋고 인정 있는 사람인지, 집 안에서 찬 기운 나고 사람에게서 독기가 뚝뚝 떨어지는 집이나 아닌지. 내 운수가 좋으려면 그 집 인심이 좋으련마는 조실부모하고 만리 타국에 유리하는 내 운수에….'

그러한 생각에 눈물이 비오듯 하며 흑흑 느끼며 우는데 인력거는 벌써 정상 군의 집 앞에 와서 내려놓는데, 옥련이가 인력거 그치는 것을 보고 이것이 정상 군의 집인가 짐작하고 조심되는 마음에 작은 몸이 더욱 작아진 듯하다.

슬픈 생각도 한가한 때를 타서 나는 것이다. 눈물이 뚝 그치고 아니 나온다. 옥련이가 눈을 이리 씻고 저리 씻고 부산히 씻는 중에 앞에 섰던 인력거꾼이 무슨 소리를 지르매 계집종이 나와서 문간방에 꿇어앉아서 공손히 말을 물으니 병정이 두어 말 하매 종이 안으로 들어가더니 다시 나와서 병정더러 들어오라 하니, 병정이 옥련이를 데리고 정상 군의 집 안으로 들어갔다.

병정은 정상 부인을 대하여 군의 소식을 전하고 옥련의 사기를 말하고 전지(戰地)의 소경력(小經歷)을 이야기하는데, 옥련이는 정상 부인의 눈치만 본다.

부인의 나이 삼십이 될락말락하니 옥련의 모친과 정동갑이나 아닌지, 연기는 옥련의 모친과 그렇게 같으나 생긴 모양은 옥련의 모친과 반대만 되었다. 옥련의 모친은 눈에 애교가 있더라. 정상 부인은 눈에 살기만 들었더라. 옥련의 모친은 얼굴이 희고 도화색을 띄었더니 정상 부인은 얼굴이 희기는 하나 청기가 돈다. 얌전도 하고 쌀쌀도 한데, 군의의 편지를 받아보면서 옥련이를 흘끔흘끔 보다가 병정더러 무슨 말도 하는 것은 옥련의 마음에는 모두 내 말하거니 하고 단정히 앉았는데, 병정은 할말 다 하였는지 작별하고 나가고, 옥련이만 정상 군의의 집에 혼자 떨어져 있으니 옥련이가 새로이 생소하고 비편한 마음 뿐이라.

(정상 부인) "이애 설자야, 나는 딸 하나 났다."

(설자) "아씨께서 자녀간에 없이 고적하게 지내시더니 따님이 생겼으니 얼마나 좋으십니까. 그러나 오늘 낳으신 아기가 대단히 숙성하오이다."

(부인) "설자야, 네가 옥련이를 말도 가르치고 언문(假名)도 잘 가르쳐주어라. 말을 알아듣거든 하루바삐 학교에 보내겠다."

(설자) "내가 작은아씨를 가르칠 자격이 되면 이 댁에 와서 종 노릇하고 있겠습니까."

(부인) "너더러 어려운 것을 가르쳐주라는 것이 아니다. 심상 소학교(尋常小學校) 1년급 독본이나 가르쳐주라는 말이다. 네 동생같이 알고 잘 가르쳐다오. 말을 능통히 알기 전에는 집에서 네가 교사 노릇하여라. 선생 겸 종 겸 어렵겠다. 월급이나 많이 받으려무나."

(설자) "월급은 더 바라지 아니하거니와 연희장(演戲場) 구경이나 자주 시켜주시면 좋겠습니다."

(부인) "설자야, 우리 옥련이 데리고 잡점에 가서 옥련에게 맞는 부인 양복이나 사서 가지고 목욕집에 가서 목욕이나 시키고 조선 복색을 벗기고 양복이나 입혀보자."

정상 부인은 옥련이를 그렇게 귀애하나 말 못 알아듣는 옥련이는 정상 부인의 쓸쓸한 모양에 기가 죽어 고역 치르듯 따라 다닌다.

말 못하는 개도 사람이 귀애하는 것을 알거든, 하물며 사람이야 아무리 어린 아이기로 저를 사랑하는 눈치를 모를 리가 없는 고로 수일이 못 되어 옥련이가 옹그리고 자던 잠이 다리를 쭉 뻗고 잔다.

정상 부인이 날이 갈수록 옥련이를 귀애하고 옥련이는 날이 갈수록 정상 부인에게 따른다.

옥련의 총명재질은 조선 역사에는 그러한 여자가 있다고 전한 일은 없으니, 조선 여편네는 안방 구석에 가두고 아무것도 가르치지 아니하였은즉, 옥련이 같은 총명이 있더라도 세상에서 몰랐든지, 이렇든지 저렇든지 옥련이는 조선 여편네에게는 비할 곳없더라.

옥련의 재질은 누가 듣든지 거짓말이라고 하고 참말로는 듣지 아니한다. 일본 간 지 반년도 못 되어 일본말을 어찌 그렇게 잘 하던지, 정상 군의 집에 와서 보는 사람들은 옥련이를 일본 아이로 보고 조선 아이로는 보지를 아니한다. 정상 부인이 옥련이를 가르치며 저 아이가 조선 아이인데 조선서 온 지가 반년밖에 아니 된다 하는 말은 옥련이를 자랑코자 하여 하는 말이나, 듣는 사람은 정상 부인의 농담으로 듣다가 설자에게 자세한 말을 듣고 혀를 홰홰 내두르면서 칭찬하는 소리에 옥련이도 흥이 날 만하겠더라.

호외(號外), 호외, 호외라고 소리를 지르며 대판 저자 큰길로 달음박질하여 돌아다니는 사람들이 둘씩·셋씩 지나가니 옥련이가 학교에 갔다가 오는 길에 문을 열고 들어오면서,

(옥련) "여보, 어머니, 저것이 무슨 소리요?"

(부인) "네가 온갖 것을 다 알아듣더니 호외는 모르는구나. 그러나 무슨 큰일이 있는지 한 장 사보자. 이에 설자야, 호외 한장 사오너라."

(설자) "네, 지금 가서 사오겠습니다."

하면서 급히 나가니 옥련이가 달음박질하여 따라나가면서, 이애 설자야, 그 호외를 내가 사오겠으니 돈을 이리 달라 하니, 설자가 웃으면서 하는 말이 누구든지 먼저 가는 사람이 호외를 산

다 하고 달아나니 설자는 다리가 길고 옥련이는 다리가 짧은지라. 설자가 먼저 가서 호외 한 장을 사가지고 오는 것을 옥련이가 붙들고 호외를 달라 하여 기어이 빼앗아가지고 와서 하는 말이,

(옥련) "어머니, 이 호외를 보고 나 좀 가르쳐주오."

정상 부인이 웃으며 받아보니 '대판매일신문' 호외라. 한 줄쯤 보고 깜짝 놀라더니 서너 줄쯤 보고 에그 소리를 하면서 호외를 던지고 아무 소리 없이 눈물이 비오듯 한다.

(옥련) "어머니, 어찌하여 호외를 보고 울으시오. 어머니 어머니……."

부인은 대답 없이 눈물만 흘리니, 옥련이가 설자를 부르면서 눈에 눈물이 가랑가랑하니, 설자는 방문 밖에 앉았다가 부인의 낙루하는 것을 못 보고, 옥련의 눈만 보고 하는 말이,

(설자) "작은아씨가 울기는 왜 울어. 갓 낳은 어린 아이와 같이."

(옥련) "설자야, 사람 조롱 말고 들어와서 호외 좀 보고 가르쳐다오. 어머니께서 호외를 보고 울으시니 호외에 무슨 말이 있는지 왜 울으시는지 자세히 보아라, 어서 어서."

(설자) "아씨, 호외에 무슨 일이 있습니까. 아씨께서만 보셨으면 좀 보겠습니다."

설자가 호외를 들고 보다가 쌍긋 웃더니 그 아래는 자세히 보지 아니하고 하는 말이,

(설자) "아씨, 이것 좀 보십시오. 요동 반도가 함락이 되었습니다. 아씨, 우리 일본은 싸움할 적마다 이기니 좋지 아니하옵니까. 에그, 우리 나라 군사가 이렇게 많이 죽었나. 아씨, 이를 어찌하나. 우리댁 영감께서 돌아가셨네. 만국공법(萬國公法)에, 전시에서 적십자기(赤十字旗) 세운 데는 위태치 아니하다더니 영감께

서는 군의시언마는 돌아가셨으니 웬일이오니까."

(옥련) "무엇, 아버지가 돌아가셨어……."

옥련이는 소리쳐 울고 부인은 소리 없이 눈물만 떨어지고 설자는 부인을 쳐다보며 비죽비죽 우니 온 집안이 울음빛이라.

호외 한 장이 온 집안의 화기를 끊어버렸더라. 정상 군의는 인간의 다시 오지 못하는 길을 가고, 정상 부인은 찬 베개 빈방에서 적적히 세월을 보내더라.

조선 풍속 같으면 청상과부가 시집가지 아니하는 것을 가장 잘난 일로 알고 일평생을 근심중으로 지내나, 그러한 도덕상의 죄가 되는 악한 풍속은 문명한 나라에는 없는 고로, 젊어서 과부가 되면 시집가는 것은 천하만국에 부끄러운 일이 아니라. 정상 부인이 어진 남편을 얻어 시집을 간다.

(부인) "이애 옥련아, 내가 젊은 터에 평생을 혼자 살 수 없고 시집을 가려 하는데 너를 거두어줄 사람이 없으니 그것이 불쌍한 일이로구나……."

옥련의 마음에는 정상 부인이 시집가는 곳에 부인을 따라가고 싶으나, 부인이 데리고 가지 아니할 말을 하니 옥련이는 새로이 평양성 밑 모란봉 아래서 부모를 잃고 발을 구르며 울던 때 마음이 별안간에 다시 난다. 옥련이가 부인의 무릎 위에 푹 엎디며 목이 메어 하는 말이,

(옥련) "어머니, 어머니가 가시면 나는 누구를 믿고 사나."

(부인) "오냐, 나는 죽은 셈만 치려무나."

(옥련) "어머니 죽으면 나도 같이 죽지."

그 소리 한마디에 부인 가슴이 답답하여 무슨 생각을 하고 있더라. 그때 부인이 중매더러 말하기를, 내 한 몸뿐이라 하였는데, 남편될 사람도 그리 알고 있으니 이제 새로이 딸 하나 있다 하기도 어렵고, 옥련이가 따르는 모양을 보니 차마 떼치기도 어려운

마음이 생긴다.

(부인) "이애 옥련아, 울지 말아라. 내가 시집가지 아니하면 그만이로구나. 내가 이 집에서 네 공부나 시키고 있다가 십년 후에는 내가 네게 의지하겠으니 공부나 잘하여라."

(옥련) "어머니가 참 시집 아니 가고 집에 있어서 날 공부시켜 주시겠소?"

(부인) "오냐, 염려 말아라. 어린 아이더러 거짓말하겠느냐."

옥련이가 그 말을 듣고 기쁜 마음을 이기지 못하여 여인의 무릎위에 앉아서 뺨을 대고 어리광을 하더라.

그 후로부터 옥련이가 부인에게 따르는 마음이 더욱 간절하여 학교에 가면 집에 돌아오고 싶은 마음만 있다가 하학 시간이 되면 달음박질하여 집에 와서 부인에게 안겨서 어리광을 한다. 그 어리광이 며칠 못 되어 눈치꾸러기가 된다.

부인이 처음에는 옥련의 어리광을 잘 받더니 무슨 까닭인지 옥련이가 어리광을 피면 핀잔만 주고 찬 기운이 돈다. 날이 갈수록 옥련이가 고생길로 들고 근심중으로 지낸다.

본래 부인이 시집가려 할 때에 옥련의 사정이 불쌍하여 중지하였으나 젊은 부인이 공방에서 고적한 마음이 있을 때마다 옥련이를 미운 마음이 생긴다. 어디서 얻어온 자식 말고 제 속으로 나온 자식일지라도 귀치 아니한 생각이 날로 더하는 모양이라.

옥련이가 부인에게 귀염받을 때에는 문밖에 나가기를 싫어하더니, 부인에게 미움받기 시작하더니 문밖에 나가면 들어오기를 싫어 하더라.

부인이 옥련이를 귀애할 때에는 옥련이가 어디 가서 늦게 오면 문에 의지하여 기다리더니, 옥련이를 미워하는 마음이 생기더니 옥련이가 오는 것을 보면,

"에그, 저 원수의 것이 무슨 연분이 있어서 내 집에 왔나!"

하면서 눈살을 아드득 찌푸리더라.

옥련이가 앉아도 그 눈살 밑, 서도 그 눈살 밑, 밥을 먹어도 그 눈살 밑, 잠을 자도 그 눈살 밑, 눈살 밑에서 자라나는 옥련이가 눈치만 늘고 눈물만 흔하더라. 하루가 삼추 같은 그 세월이 3년이 되었는데, 옥련이는 심상소학교 입학한 지 4년이라. 옥련의 졸업식을 당하여 학교에서 옥련이가 우등생이 된 고로 사람마다 칭찬하는 소리가 옥련의 귀에는 조금도 기뻐 들리지 아니한다. 기뻐 들리지 아니할 뿐 아니라 귀가 아프고 듣기 싫더라.

듣기 싫은 중에 더구나 듣기 싫은 소리가 있으니 무슨 소리런가. 저 아이는 정상 군의의 양녀지. 군의는 요동반도 함락될 때에 죽었다지. 그 부인은 그 양녀 옥련이를 불쌍히 여겨서 시집도 아니가고 있다지. 에그. 갸륵한 부인일세. 저 철없는 옥련이가 그 은혜를 다 알는지. 알기는 무엇을 알아. 남의 자식이라는 것이 쓸데 없나니 참 갸륵한 일일세. 정상 부인이 남의 자식을 길러 공부를 시키려고 젊은 터에 시집을 아니 가고 있으니 드문 일이지."

졸업식에 모인 사람들이 옥련의 재주 있는 것을 추다가 옥련이 의모(義母)되는 부인의 칭찬을 시작하더니, 받고 차기로 말이 끊어지지 아니하니, 옥련이는 그 소리를 들을 적마다 남 모르는 설움이 생기더라.

옥련이가 집에 돌아와서 문 열고 들어오면서.

(옥련) "어머니, 나는 졸업장 맡았소."

(부인) "이제는 공부 다 하였으니 어미를 먹여 살려라. 공부를 네가 한 듯하냐? 내가 시키지 아니하였으면 공부가 다 무엇이냐. 네가 조선서 자랐으면 곧 공부하는 구경도 못 하였을 것이다. 네 운수 좋으려고 일청전쟁이 난 것이다. 네 운수는 좋았으나 내 운수가 글렀다. 너 하나 공부시키려고 허구한 세월에 이 고생을 하

고 있다.”

　부인의 덕색의 말이 퍼부어 나오니 옥련이가 고개를 숙이고 가만히 생각한 즉, 겨우 소학교 졸업한 계집아이가 제 힘으로는 정상 부인을 공양할 수도 없고, 정상 부인의 힘을 또 입으면서 공부하기도 싫고 한 가지 생각만 난다. 이 세상을 얼른 버려 정상 부인의 눈에 보이지 말고 하루바삐 황천에 가서 난리중에 죽은 부모를 만나리라 결심하고 천연한 모양으로 부인에게 좋은 말로 대답하고, 그날 밤에 물에 빠져 죽을 차로 대판 항구에로 나가다가 항구에 사람이 많은 고로 사람 없는 곳을 찾아간다.

　어스름 달밤은 가깝게 있는 사람을 알아볼 만한데, 이리 가도 사람이 있고 저리로 가도 사람이라. 옥련이가 동으로 가다가 돌쳐서서 서쪽으로 향하다가 도로 돌쳐서서 머뭇머뭇하는 모양이 대단히 수상한지라.

　등뒤에서 웬 사람이 이애 이애 부르는데, 돌아다본 즉 순검이라. 옥련이가 소스라쳐 놀라 얼른 대답을 못 하니 순검이 더욱 의심이 나서 옆에 와 서서 말을 묻는다. 옥련이가 대답할 말이 없어서 억지로 꾸며 대답하되, 권공장(勸工場)에 무엇을 사러 나왔다가 집을 잃고 찾아다닌다 하니, 순검이 다시 의심 없이 옥련의 집 통수를 묻더니 옥련이를 데리고 옥련의 집에 와서 정상 부인에게 옥련이가 집 잃었던 사기를 말하니, 부인이 순검에게 사례하여 작별하고 옥련이를 방으로 불러 앉히고 말을 묻는다.

　(부인) “이애, 네가 무슨 일이 있어서 이 밤중에 항구에 나갔더냐. 미친 사람이 아니어든 동으로 가다 서로 가다 남으로 북으로 오대판을 헤매더라 하니 무엇하러 나갔더냐. 너 같은 딸 두었다가 망신하기 쉽겠다. 신문거리만 되겠다.”

　그러한 꾸지람을 눈이 빠지도록 듣고 있으나 옥련이는 한 번 정한 마음이 있는 고로 설움이 더할 것도 없고 내일 밤 되기만 기다린다.

그날밤에 부인은 과부 설움으로 잠이 들지 못하여 누웠다가 일어나서 껐던 불을 다시 켜고 소설 한 권을 보다가 그 책을 놓고 우두커니 앉아서 무슨 생각을 하는 모양이라.

윗목에서 상직(上直) 잠자던 노파가 벌떡 일어나더니 하는 말이,

(노파) "아씨, 왜 주무시다가 일어나셨습니까?"

(부인) "팔자 사납고 근심 많은 사람이 잠이 잘 오나."

(노파) "아씨께서 팔자 한탄하실 것이 무엇 입니까. 지금도 좋은 도리를 하시면 좋아질 것이올시다. 이때까지 혼자 고생하신 것도 작은아씨 하나를 위하여 그리하신 것이 아니오니까."

(부인) "글쎄 말일세. 남의 자식을 위하여 이 고생을 하고 있는 것이 내가 병신이지."

(노파) "그러하거든 작은아씨가 아씨를 고마운 줄이나 알면 좋지마는, 고마워하기는 고사하고 아씨 보면 곁눈질만 살살하고 진저리를 내는 모양이올시다."

(부인) "글쎄 말일세. 내가 저 하나를 위하여 가려 하던 시집도 아니 가고 3년, 4년을 이 고생을 하고 있으니 아무리 어린 것일지라도 나를 고마운 줄 알 터인데 고것 그리 발칙하게 구네그려. 오늘밤 일로 말하더라도 이상한 일이 아닌가. 어린 것이 이밤중에 무엇하러 항구에를 나갔단 말인가. 물에나 빠져 죽으려고 갔던지 모르겠지마는, 내가 제게 무엇을 그리 몹시 굴어서 제가 설운 마음이 있어 죽으려 하였단 말인가. 아무리 생각하여도 모를 일일세. 만일 죽고 보면 세상 사람들은 내가 구박이나 한 줄로 알겠지. 그런 못된 것이 있나."

(노파) "죽기는 무엇을 죽어요. 죽을 터이면 남 못 보는 곳에 가서 죽지. 이리 가다가 저리 가다가 대판 바닥을 다 다니다가

순검의 눈에 띄겠습니까. 아씨 몹쓸 흠만 드러낼 마음으로 그리한 것이올시다. 아씨께서도 고생만 하시고 댁에 계셔도 쓸 데 없습니다. 아씨께서 가시려면 진작 가셔야지. 한 나이라도 젊으셨을 때에 가셔야 합니다. 할미는 나이 오십이 되고 머리가 희뜩희뜩하여 생각하면 어느 틈에 나이를 이렇게 먹었던지, 세월같이 무정하고 덧없는 것은 없습니다."

(부인) "남도 저렇게 늙었으니 낸들 아니 늙고 평생에 이 모양으로만 있겠나. 어디든지 내 몸 하나 가서 고생 아니할 곳이 있으면 내일이라도 가고 모레라도 가겠다."

부인과 노파는 옥련이가 잠이 든 줄 알고 하는 말인지, 잠이 들었든지 아니 들었든지 말을 듣든지 말든지 관계 없이 하는 말인지, 부인이 옥련이를 버리고 시집가기로 결심하고 하는 말이라.

옥련이는 그날밤에 물에 빠져 죽으러 나갔다가 죽지도 못하고 순검에게 붙들려 들어와서 정상 부인 앞에서 잠을 자는데, 소리를 삼키고 눈물을 흘리다가 정신이 혼혼하여 잠이 잠깐 들었는데 일몽(一夢)을 얻었더라.

옥련이가 죽으려고 평양 대동강으로 찾아나가는데 걸음이 걸리지 아니하여 대동강이 보이면서 갈 수가 없어서 애를 무수히 쓰는 데 홀연히 등뒤에서 옥련아, 옥련아 부르는 소리가 들리거늘 돌아다보니 옥련의 어머니라. 별로 반가운 줄도 모르고 하는 말이, 어머니는 어디로 가시오, 나는 오늘 물에 빠져 죽으러 나왔소 하니, 옥련의 모친이 하는 말이 이애 죽지 말아라. 너의 아버지께서 너보고 싶다 하는 편지를 하셨더라 하는 말끝을 마치지 못하여, 정상 부인의 앞에서 노파가 자다가 일어나면서, 아씨 왜 주무시다가 일어났습니까 하는 소리에 옥련이가 잠이 깨었는데, 그 잠이 다시 들어서 그 꿈을 이어 꾸었으면 좋겠다 하는 생각을 하나 정상 부인과 노파가 받고 차기로 옥련이 말만 하니, 정신이

번쩍 나고 잠이 다 달아나서 그 꿈을 이어보지 못할지라.

불빛을 등지고 드러누웠는데, 귀에 들리나니 가슴 아픈 소리라. 노파는 부인의 마음 좋도록만 말하니, 부인은 하룻밤내에 노파와 어찌 그리 정이 들었던지, 노파더러 하는 말이,

"여보게, 내가 어디로 가든지 자네는 데리고 갈 터이니 그리 알고 있으라."

하니 노파의 대답이,

"아씨께서 가실 것은 무엇 있습니까. 서방님이 이 댁에로 오시지요. 아씨는 시댁간다 하지 말고 서방님이 장가오신다 합시오. 아씨께서 재물도 있고 이러한 좋은 집도 있으니, 서방님 되시는 이가 재물은 있든지 없든지 마음만 착하시면 좋겠습니다. 작은아씨는 어디로 쫓아보내시면 그만이지요. 할미는 죽기 전에 아씨만 모시고 있겠으니 구박이나 맙시오."

부인이 할미더러 포도주 한 병을 가져오라 하면서 하는 말이,

"자네 말을 들으니 내 속이 시원하고 내 근심이 다 어디로 가는지 모르겠네. 내가 아무리 무정한들 자네 구박이야 하겠나. 술이나 먹고 잠이나 자세."

하더니 포도주 한병을 둘이 다 따라 먹고 드러눕더니 부인과 노파가 잠이 깊이 드는 모양이더라. 자명종은 새로 세 시를 땅땅 치는 데, 노파의 코고는 소리는 반자를 울린다. 옥련이가 일어나서 한참을 가만히 앉아서 노파의 드러누운 것을 흘겨보며 하는 말이,

"이 몹쓸 늙은 여우야, 사람을 몇이나 잡아먹고 이때까지 살았느냐. 나는 너 보기 싫어 급히 죽겠다. 너는 저 모양으로 백년만 더 살아라."

하더니 다시 머리 들어 정상 부인을 보며 하는 말이,

"내 몸을 낳은 사람은 평양 아버지 평양 어머니요, 내 몸을 살

려서 기른 사람은 정상 아버지와 대판 어머니라. 내 팔자 기박하여 난리중에 부모 잃고, 내 운수 불길하여 전쟁중에 정상 아버지가 돌아가니, 어리고 약한 이내 몸이 만리 타국에서 대판 어머니만 믿고 살았소. 내 몸이 어머니의 그러한 은혜를 입었는데, 내 몸을 인연하여 어머니 근심되고 어머니 고생되면 그것은 옥련의 죄올시다. 옥련이가 살아서는 어머니 은혜를 갚을 수가 없소. 하루바삐 한시바삐, 바삐 죽었으면 어머니에게 걱정되지 아니하고 내 근심도 잊어 모르겠소. 어머니, 나는 가오. 부디 근심 말고 지내시오."

하면서 눈물이 비오듯 하다가 한참 진정하여 일어나더니 문을 열고 나가니 가려는 길은 황천이라.

항구에 다다르니 넓고 깊은 바닷물은 하늘에 닿은 듯한데, 옥련이 가는 곳은 저 길이라.

옥련이가 그 물을 바라보고 하는 말이,

"오냐, 반갑다. 오던 길로 도로 가는구나. 일청전쟁이 일어났을 때에 그 전쟁은 우리 집에서 혼자 당한 듯이 내 부모는 죽은 곳도 모르고, 내 몸에는 총을 맞아 죽게 된 것을 정상 군의 손에 목숨이 도로 살아나서 어용선을 타고 저 바다로 건너왔구나. 오기는 물 위의 길로 왔거니와 가기는 물 속 길로 가리로다. 내 몸이 저 물에 빠지거든 이 물에서 썩지 말고 물결 바람결에 몸이 둥둥 떠서 신호마관(神戶馬關) 지나가서 대마도(對馬島) 앞으로 조선해협(朝鮮海峽) 바라보며 살같이 빨리 가서 진남포로 들어가서 대동강 하류에서 역류하여 올라가면 평양 북문 볼 것이니 이 몸이 썩더라도 대동강에서 썩고 지고 물아 부탁하자, 나는 너를 쫓아간다."

하는 소리에 바닷물은 대답하는 듯이 물소리가 솟아쳐서 천하가 다 물소리 속에 있는 것 같은지라. 옥련이가 정신이 아뜩하여 폭 고꾸라졌다. 섧고 원통한 맺힌 마음에 기색을 하였다가 그 기운이 조금 돌면서 그대로 잠이 들어 또 꿈을 꾸었더라.

뒤에서 옥련아 옥련아 부르는 소리만 들리고 사람은 보이지 아니하는데 옥련의 마음에는 옥련의 어머니라. 이애 죽지 말고 다시 한 번 만나보자 하는 소리에 옥련이가 대답하려고 말을 냅뜨려 한 즉, 소리가 나오지 아니하여 애를 쓰다가 소리를 버럭 지르면서 옥련이가 정신이 나서 눈을 떠보니 하늘의 별은 총총하고 물소리는 그윽한지라. 기색을 하였던지 잠이 들었던지 정신이 황홀하다. 옥련이가 다시 생각하되 내가 오늘밤에 꿈을 두 번이나 꾸었는데, 우리 어머니가 나더러 죽지 말라 하였으니, 우리 어머니가 살아 있는가 의심이 나서 마음을 진정하여 고쳐 생각한다.

"어머니가 이 세상에 살아 있어서 평생에 내 얼굴 한 번 보고자 하는 마음을 하늘이 감동되고 귀신이 돌아보아 내 꿈에 현몽하니 내가 죽으면 부모에게 불효이라. 고생이 되더라도 참는 것이 옳은 일이요, 근심이 있더라도 잊어버리는 것이 옳은 일이라. 오냐, 일곱살부터 지금까지 고생으로 살았으니 죽지 말고 살았다가 부모의 얼굴이나 한 번 다시 보고 죽으리라."

하고 돌쳐서서 대판으로 다시 들어가니, 그때는 날이 새려 하는 때라, 걸음을 바삐 걸어 정상 군의 집 앞에 가서 들어가지 아니하고 가만히 들은 즉 노파의 목소리가 들리는지라.

(노파) "아씨 아씨, 작은 아씨가 어디 갔습니까."

(부인) "응 무엇이야, 나는 한잠에 내쳐 자고 이제야 깨었네. 옥련이가 어디로 가. 뒷간에 갔는지 불러보게."

(노파) "내가 지금 뒷간에 다녀오는 길이올시다. 안으로 걸었던 대문이 열렸으니, 밖으로 나간 것이올시다."

하는 소리에 옥련이가 들어갈 수 없어서 도로 돌쳐서니 갈 곳이 없는지라.

　정한 마음 없이 정거장으로 나가니, 그때 일번(一番) 기차에 떠나려 하는 행인들이 정거장으로 모여드는지라. 옥련의 마음에 동경이나 가고 싶으나 동경까지 갈 기차표 살 돈은 없고 다만 20전이 있는지라. 옥련이가 대판(大阪)만 떠나서 어디든지 가면 남의 집에 봉공(奉公)하고 있을 터이라 결심하고 자목 정거장까지 가는 기차표를 사서 일번 기차를 타니, 삼등 차에 사람이 너무 많이 들어서 옥련이가 앉을 곳을 얻지 못하고 섰는데 등뒤에서 웬 서생이 조선말로 혼자 중얼중얼하는 말이,

　"웬 계집아이가 남의 앞에 와 섰다."

　하는 소리에 옥련이가 돌아보니 나이 십 칠팔 세 되고 얼굴은 볕에 그을러 익은 복숭아 같고 코는 우뚝 서고 눈은 만판 정신기 있는데, 입기는 양복을 입었으나 양복은 처음 입은 사람같이 서툴러 보이는지라. 옥련이가 돌아다보는 것을 보더니 또 조선말로 혼자 하는 말이,

　"그 계집아이 똑똑하다. 재주 있겠다. 우리 나라 계집아이 같으면 저러한 것들이 판판히 놀겠지. 여기서는 저런 것들도 모두 공부를 한다 하니 저것은 무엇 하는 계집아이인지."

　그러한 소리를 곁의 사람이 아무도 못 알아들으나 옥련의 귀에는 알아들을 뿐이 아니라 대판 온 지 몇 해 만에 고국말 소리를 처음 듣는지라. 반갑기가 측량없으나 계집아이 마음이라 먼저 말하기도 부끄러운 생각이 있어서 말을 못하고, 옥련이도 혼잣말로 서생의 귀에 들리도록 하는 말이,

　"어디 가 좀 앉을 곳이 있어야지, 서서 갈 수가 있나."

　하는 소리에, 뒤에 있던 서생이 이상히 여겨서 하는 말이,

　"그 아이가 조선 사람인가, 나는 일본 계집아이로 보았더니 조선말을 하네?"

　하더니 서슴지 아니하고 말을 묻는다.

(서생) "이애, 네가 조선 사람이 아니냐."

(옥련) "네, 조선 사람이오."

(서생) "그러면 몇 살에 와서 몇 해가 되었느냐?"

(옥련) "일곱 살에 와서 지금 열 한 살이 되었소."

(서생) "와서 무엇 하였느냐?"

(옥련) "심상소학교에서 공부하고 어제가 졸업식 하던 날이오."

(서생) "너는 나보다 낫구나. 나는 이제 공부하러 미국으로 가려 하는데, 말도 다르고 글도 다른 미국을 가면 글자 한 자 모르고 말 한 마디 모르는 사람이 어찌 고생을 할는지, 너는 일본에 온 지가 4,5년이 되었다 하니 이제는 고생을 다 면하였겠구나. 어린 아이가 공부하러 여기까지 왔으니 참 갸륵한 노릇이다."

(옥련) "당초에 여기 올 때에 공부할 마음으로 왔으면 칭찬을 들어도 부끄럽지 아니하겠으나, 운수 불행하고 고생길로 여기까지 왔으니 칭찬을 들어도……"

하면서 목이 메는 소리로 눈에 눈물이 가랑가랑하여 고개를 살짝 수그린다.

서생이 물끄러미 보고 서로 아무 말이 없는데, 정거장 호각 한 소리에 기차 화통에서 흑운(黑雲) 같은 연기를 훅훅 내뿜으면서 기차가 달아난다.

옥련의 마음에 자목 정거장에 가면 내려야 할 터인데, 어떠한 집에 가서 어떠한 고생을 할지 앞의 길이 망연한지라.

옥련이가 가고자 하는 길을 갈 지경이면 자목 가는 동안이 대단히 더딘 듯하련마는, 기차표 대로 자목 외에는 더 갈 수 없는 고로 싫어도 내릴 곳이라. 형세 좋게 달아나는 기차의 서슬은 오늘 해 전에 하늘 밑까지 갈 듯한데, 자목 정거장이 멀지 아니하다.

(서생) "이에, 네가 어디까지 가는지 서서 가면 다리가 아파 가겠느냐?"

(옥련) "자목까지 가서 내릴 터이오."

(서생) "자목에 아는 사람이 있느냐?"

(옥련) "없어요."

(서생) "그러면 자목은 왜 가느냐?"

옥련이가 수건으로 눈을 씻고 대답을 아니하는데, 서생이 말을 더 묻고 싶으나 곁의 사람들이 옥련이와 서생을 유심히 보는지라. 서생이 새로이 시치미를 떼고 창밖으로 머리를 두르고 먼산을 바라보나 정신은 옥련의 눈물나는 눈에만 있더라.

빠르던 기차가 천천히 가다가 딱 멈추면서 반동되어 뒤로 물러나니 섰던 옥련이가 넘어지며 손으로 서생의 다리를 잡으니, 공교히 서생 다리의 신경맥을 짚은지라. 그때 서생은 창밖만 보고 앉았다가 입을 딱 벌리면서 깜짝 놀라 돌아다보니 옥련이가 무심중에 일본말로 실례라 하니, 그 서생은 일본말을 모르는 고로 알아듣지는 못하나 외양으로 가엾어 하는 줄로 알고 그 대답은 없이 좋은 얼굴빛으로 딴말을 한다.

(서생) "네 오는 곳이 이 정거장이냐?"

하던 차에 장거수가 돌아다니면서 자목 자목, 자목 자목, 자목 자목이라 소리를 지르며 문을 여니 옥련이는 어린 몸에 일본 풍속에 젖은 아이라 서생에게 향하여 허리를 굽히며 또 일본말로 작별인사 하면서 기차에 내려가니, 구름같이 내려가는 행인 중에 나막신 소리뿐이라. 서생은 정신이 얼떨한데, 옥련이 가는 모양을 보고자 하여 창밖으로 내다보니 사람에 섞이어서 보이지 아니하는지라. 서생이 가방을 들고 옥련이를 쫓아나가다가 정거장 나가는 어귀에서 만난지라. 옥련이가 이상히 보면서 말없이 나가니 서생도 또한 아무 말 없이 따라 나가더라.

옥련이가 정거장 밖으로 나가더니 갈 바를 알지 못하여 우두커니 섰거늘, 벌어먹기에 눈에 돈 동록이 앉은 인력거꾼은 옥련의 뒤를 따라가며 인력거를 타라 하니, 돈 없고 갈 곳 모르는 옥련이는 거들떠보지도 아니하고 섰다.

(서생) "이애, 내가 네게 청할 일이 있다. 나는 일본에 처음으로 오는 사람이라 네게 물어볼 일이 있으니, 주막으로 잠깐 들어갔으면 좋겠으니 네 생각에 어떠하냐."

(옥련) "그러면 저기 여인숙(旅人宿)이 있으니 잠깐 들어가서 할 말을 하시오."

하면서 앞서가니, 자목에 처음 오기는 서생이나 옥련이나 일반이건마는 옥련이는 자목에 몇 번이나 와서 본 사람과 같이 익달한 모양으로 여인숙으로 들어가더라.

여인숙 하인이 삼층집 제일 높은 방으로 인도하고 내려가니, 서생은 모두 처음 보는 것이라. 정신이 황홀하여 옥련이 만난 것을 다행이 여긴다.

(서생) "이애 내가 여기만 와도 이렇듯 답답하니 미국에 가면 오죽하겠느냐. 너는 타국에 와서 오래 있었으니 별 물정 다 알겠구나. 우선 네게 좀 배울 것도 많거니와 만리 타국에서 뜻밖에 만났으니 서로 있는 곳이나 알고 헤지자. 나는 공부하고자 하는 마음으로 부모도 모르게 미국에 갈 차로 나섰더니 불과 여기를 와서 이렇듯 답답한 생각만 나니 어찌하면 좋을지 모르겠다."

하는 소리에 옥련이는 심상한 고국 사람을 만난 것 같지 아니하고 친부모나 친형제나 만난 것 같다.

모란봉 아래서 발을 구르고 울던 일부터 대판 항구에서 물에 빠져 죽으려던 일까지 낱낱이 말한다.

(서생) "그러면 우리 둘이 미국으로 건너가 공부나 하고 있다가 너의 부모 소식을 듣거든 네 먼저 고국으로 가게 하여주마."

(옥련) "……."

(서생) "오냐, 학비는 염려 말아라. 우리들이 나라의 백성 되었다가 공부도 못하고 야만을 면치 못하면 살아서 쓸 데 있느냐. 너는 일청전쟁을 너 혼자 당한 듯이 알고 있나보다마는, 우리 나라 사람이 누가 당하지 아니한 일이냐, 제곳에 아니 나고 제 눈에 못 보았다고 태평성세로 아는 사람들은 밥벌레라. 사람 사람이 밥벌레가 되어 세상을 모르고 지내면 몇 해 후에는 우리 나라에서 일청전쟁 같은 난리를 당할 것이라. 하루바삐 공부하여 우리 나라의 부인 교육은 네가 맡아 문명 길을 열어주어라."

하는 소리에 옥련의 첩첩한 근심이 씻은 듯이 다 없어졌는지라. 그 길로 황빈(橫濱)까지 가서 배를 타니, 태평양 넓은 물에 마름같이 떠서 화살같이 밤낮없이 달아나는 화륜선이 3주일 만에 상항에 이르러 닻을 주니 이곳부터 미국이라. 조선서 낮이 되면 미국에는 밤이 되고 미국에서 밤이 되면 조선서는 낮이 되어 주야가 상반되는 별천지라. 산도 설고 물도 설고 사람도 처음 보는 인물이라. 키 크고 코 높고 노랑머리 흰 살빛에, 그 사람들이 도덕심이 배가 툭 처지도록 들었더라도 옥련의 눈에는 무섭게만 보인다. 서생과 옥련이가 육지에 내려서 갈 바를 알지 못하여 공론이 부산하다.

(서생) "이애 옥련아, 네가 영어를 할 줄 아느냐. 조금도 모르느냐. 한 마디도……. 그러면 참 딱한 일이로구나. 어디인지 물어볼 수가 없구나."

4,5층 되는 높은 집은 구름 속 하늘 밑에 닿은 듯한데, 물끓듯하는 사람들이 돌아들고 돌아나는 모양은 주막집 같은 곳도 많이 보이나 언어를 통치 못하는 고로 어린 서생이 어찌하면 좋을지 알지 못하여 옥련이가 지향없이 사람들을 대하여 일어로 무슨 말을 물으니, 서생의 마음에는 옥련이가 영어를 조금 알면서 겸사

로 모른다 한 줄로 알고 알아듣지도 못하는 소리를 바싹 들어서서 듣는다. 옥련의 키로 둘을 포개 세워도 치어다볼 듯한 키 큰 부인이 얼굴에는 새그물 같은 것을 쓰고 무 밑둥같이 깨끗한 어린 아이를 앞세우고 지나가다가 옥련의 말하는 소리 듣고 무엇이라 대답하는지, 서생과 옥련의 귀에는 바바…… 하는 소리 같고 말하는 소리 같지는 아니한지라.

그 부인이 뒤의 후로고투 입은 남자를 돌아보면서 바바바…… 하니, 그 남자는 청국말을 하는 양인이라. 청국말로 무슨 말을 하는데, 서생과 옥련의 귀에는 '또바' 하는 소리 같고 말소리 같지 아니하다.

서생은 옥련이가 그 말을 알아들은 줄로 알고,

(서생) "이에, 그것이 무슨 말이냐."

(옥련) "……."

(서생) "그 남자의 말도 못 알아들었느냐……."

그렇듯 곤란하던 차에 청인 노동자 한 패가 지나거늘 서생이 쫓아가서 필담하기를 청하니, 그 노동자 중에는 한문자 아는 사람이 없는지 손으로 눈을 가리더니 그 손을 다시 들어 홰홰 내젓는 모양이 무식하여 글자를 못 알아본다 하는 눈치다.

그때 마침 어떠한 청인이 햇빛에 윤이 질 흐르는 비단옷을 입고 마차를 타고 풍우같이 달려가는데, 서생이 그 청인을 가리키며 옥련이더러 하는 말이, 저러한 청인은 무식할 리가 만무하다 하면서 소리를 버럭 지르니, 마차 탄 사람은 그 소리를 들었으나 차 메고 달아나는 말은 그 소리 듣고 아니 듣고간에 네 굽을 모아 달아나는데 서생의 소리가 다시 마차에 들릴 수 없는지라. 마차 탄 청인이 차부더러 마차를 멈추라 하더니 선뜻 뛰어내려서 서생의 앞으로 향하여 오니 서생이 연필을 가지고 무엇을 쓰려하는데 청인이 옥련이 옷을 본 즉 일본이라, 일본 사람으로 알고 옥련에게 향하여 일어로 말을 물으니, 옥련이가 기쁜 마음을 이기지 못하여 청인 앞으로 와서 말대답을 하는데 서생은 연필을 멈추고 섰더라.

원래 그 청인은 일본에 잠시 유람한 사람이라, 일본말을 한두 마디 알아들으나 장황한 수작은 못 하는지라. 옥련이가 첩첩한 말이 나올수록 그 청인의 귀에는 점점 알아들을 수 없고 다만 조선 사람이라 하는 소리만 알아들은지라.

청인이 다시 서생을 향하여 필담으로 대강 사정을 듣고 명함 한 장을 내더니 어떠한 청인에게 부탁하는 말 몇 마디를 써서 주는데, 그 명함을 본 즉 청국 개혁당(改革黨)의 유명한 강유위(康有爲)라. 그 명함을 전할 곳은 일어도 잘하는 청인인데, 다년 상항에 있던 사람이라, 그 사람의 주선으로 서생과 옥련이가 미국 화성돈[1]에 가서 청인 학도들과 같이 학교에 들어가서 공부를 하고 있더라.

옥련이가 미국 화성돈에 다섯 해를 있어서 하루도 학교에 아니 가는 날이 없이 다니며 공부를 하는데, 재주 있고 부지런한 사람으로, 그 학교 여학생 중에는 제일 칭찬을 듣는지라.

그때 옥련이가 고등소학교에서 졸업 우등생으로 옥련의 이름과 옥련의 사적이 화성돈 신문에 났는데, 그 신문을 보고 이상히 기뻐하는 사람 하나 있는데, 어찌 그렇게 기쁘던지 부지중 눈물이 쏟아 진다. 기쁜 마음을 이기지 못하여 도리어 의심을 낸다. 의심 중에 혼잣말로 중얼중얼한다.

"조선 사람의 일을 영서로 번역한 것이라 혹 번역이 잘못되었나. 내가 미국에 온 지가 십 년이나 되었으나 영문에 서툴러서 보기를 잘못 보았나."

---

1) 워싱턴의 한자 기차 표기.

그렇게 다심하게 생각하는 사람의 성명은 김관일인데, 그 딸의 이름이 옥련이라. 일청전쟁 났을 때에 그 딸의 사생을 모르고 미국에 왔는데, 그때 화성돈 신문에 난 말은 옥련의 학교 성적과, 평양사람으로 일곱 살에 일본 대판 가서 심상소학교 졸업하고 그 길로 미국 화성돈에 와서 고등소학교에서 졸업하였다 한 간단한 말이라. 김씨가 분명히 자기의 딸이라고는 질언할 수 없으나, 옥련이라 하는 이름과 평양 사람이라는 말과 일곱 살에 집 떠났다는 말은 김관일의 마음에 정녕 내 딸이라고 생각 아니할 수도 없는지라. 김씨가 그 학교에 찾아가니, 그때는 그 학교에서 학도 졸업식 후의 서중휴학이라, 학교에 아무도 없는 고로 물을 곳이 없는지라, 김씨가 옥련을 만나지 못하고 돌아왔더라.

옥련이가 졸업하던 날에 학교 졸업장을 가지고 호텔로 돌아가니, 주인은 치하하면서 옥련의 얼굴 빛을 이상히 보더라.

옥련이가 수심이 첩첩한 모양으로 저녁 요리도 먹지 아니하고 서산에 떨어지는 해를 치어다보며 탄식하더라.

그때 마침 밖에 손이 와서 찾는다 하는데, 명함을 받아보더니 옥련이가 얼굴빛을 천연히 고치고 손을 들어 오라 하니, 그 손이 보이를 따라 들어오거늘 옥련이가 선뜻 일어나며 그 사람의 손을 잡아 인사하고 테이블 앞에서 마주 향하여 의자에 걸터앉으니, 그 손은 옥련이와 일본 대판서 동행하던 서생인데 그 이름은 구완서라.

(구) "네 졸업을 감축한다. 허허, 계집의 재주가 사나이보다 나은 것이로구나. 너는 미국 온 지 일년 만에 영어를 대강 알아듣고 학교에까지 들어가서 금년에 졸업을 하였는데, 나는 미국 온 지 두해 만에 중학교에 들어가서 내년에 졸업이라. 네게는 백기를 들고 항복 아니할 수가 없다."

옥련이가 대답을 하는데, 일본에서 자라난 사람이라 말을 하여

도 일본 말투가 많더라.

"내가 그대의 은혜를 받아서 오늘 이렇게 공부를 하였으니 심히 고맙소."

하니 일본 풍속에 젖은 옥련이는 제 습관으로 말하거니와, 구씨는 조선서 자란 사람이 조선 풍속으로 옥련이가 아이인 고로 해라를 하다가 생각한 즉 저도 또한 아이이라.

(구) "허허허, 우리들이 조선 사람인즉 조선 풍속대로만 수작하자. 우리 처음 볼 때에 네가 나이 어린 고로 내가 해라를 하였더니 지금은 나이 열 여섯 살이 되어 저렇게 체대(體大)하니 해라 하기가 서먹서먹하구나."

(옥) "조선 풍속대로 말하자 하시면서 아이를 보고 해라 하시기가 서먹서먹하셔요."

(구) "허허허, 요절할 일도 많다. 나도 지금까지 장가를 아니 든 아이라, 아이는 일반이니 너도 나보고 해라 하는 것이 좋은 일이니 숫접게 너도 나더러 해라 하여라. 그리하면 내가 너더러 해라 하더라도 불안한 마음이 없겠다."

(옥) "그대는 부인이 계신 줄로 알았더니…… 미국에 오실 때 17세라 하셨으니 조선같이 혼인을 일찍 하는 나라에서 어찌하여 그때까지 장가를 아니 들으셨소."

(구) "너는 나더러 종시 해라 소리를 아니하니 나도 마주 하오를 할 일이로구, 허허허. 그러나 말대답은 아니하고 딴소리만 하여서 대단히 실례하였다. 내가 우리 나라에 있을 때에 우리 부모가 내 나이 열 두서너 살부터 장가를 들이려 하는 것을 내가 마다하였다. 우리 나라 사람들이 조혼하는 것이 옳은 일이 아니라. 나는 언제든지 공부하여 학문 지식이 넉넉한 후에 아내도 학문 있는 사람을 구하여 장가들겠다. 학문도 없고 지식도 없고 입에서 젖내가 모랑모랑 나는 것을 장가들이면 짐승의 자웅같이 아무

것도 모르고 음양배합의 낙만 알 것이라. 그런고로 우리 나라 사람들이 짐승같이 제 몸이나 알고 제 계집 제 새끼나 알고 나라를 위하기는 고사하고 나라 재물을 도둑질하여 먹으려고 눈이 벌겋게 뒤집혀서 돌아다니는 것이 다 어려서 학문을 배우지 못한 연고라. 우리가 이 같은 문명한 세상에 나서 나라에 유익하고 사회에 명예 있는 큰 사업을 하자 하는 목적으로 만리 타국에 와서 쇠공이를 갈아 바늘 만드는 성력(誠力)을 가지고 공부하여 남과 같은 학문과 같은 지식이 나날이 달라가는 이때에 장가를 들어서 색계상에 정신을 허비하면 유지한 대장부가 아니라. 이애 옥련아, 그렇지 아니하냐."

구씨의 활발한 말 한 마디에 옥련의 근심하던 마음이 풀어져서 웃으며,

(옥) "저러한 의논을 들으면 내 속이 시원하오. 혼자 있을 때는 참……."

말을 멈추고 구씨를 치어다보는데, 구씨가 옥련의 근심 있는 기색을 언뜻 짐작하였으나 구씨는 본래 활발한 사람이라. 시계를 내어 보더니 선뜻 일어나며 작별인사하고 저벅저벅 내려가는데, 옥련이는 의구히 의자에 걸터앉아서 먼산을 보며 잊었던 근심을 다시 한다. 한숨을 쉬고 혼자 신세 타령을 하며 옛일도 생각하고 앞일도 걱정하는데 뜻을 정치 못한다.

"어 — 세월도 쉽구나. 일본서 미국으로 건너오던 날이 어제 같구나. 내가 일본 대판 있을 때에 심상소학교 졸업하던 날은 하룻밤에 두 번을 죽으려고 하였더니 오늘 또 어떠한 팔자 사나운 일이나 없을는지. 내가 죽기가 싫어서 죽지 아니한 것도 아니요. 공부하고자 하여 이곳에 온 것도 아니라, 대판항에서 죽기로 결심하고 물에 떨어지려 할 때에 한 되는 마음으로 꿈이 되어 그랬던지, 우리 어머니가 나더러 죽지 말라하시던 소리가 아무리 꿈인

지라도 역력하기가 생시 같은 고로 슬픈 마음을 진정하고 이 목숨이 다시 살아나서 넓은 천지에 붙일 곳이 없는지라. 지향 없이 동경 가는 기차를 타고 가다가 천우신조하여 고국 사람을 만나서 일동일정(一動一靜)을 남에게 신세를 지고 오늘까지 있었으니 허구한 세월을 남의 덕만 바랄 수는 없고, 만일 그 신세를 아니 지을 지경이면 하루 한시라도 여비를 써서 있을 수도 없으니 어찌하여야 좋을는지…… 우리 부모는 세상에 살아 있는지, 부모의 사생도 모르니 헐헐한 이 한몸이 살아 있은들 무엇하리오. 차라리 대판서 죽었더면 이 근심을 몰랐을 것인데 어찌하여 살았던가. 사람의 일평생이 이렇듯 근심만 할진대 죽어 모르는 것이 제일이라. 그러나 지금 여기서는 죽으려도 죽을 수도 없구나. 내가 죽으면 구씨는 나를 대단히 그르게 여길 터이라. 구씨의 태산 같은 은혜를 입고 그 은혜를 갚지 못하고 죽으면 남의 은혜를 저버리는 것이라 어찌하면 좋을고."

그렇듯 탄식하고 그 밤을 의자에 앉은 채로 새우다가 정신이 혼혼하여 잠이 들며 꿈을 꾸었더라.

꿈에는 8월 추석인데, 평양성중에서 일년 제일 가는 명절이라고 와글와글하는 중이라. 아이들은 추석빔으로 새 옷을 입고 떡 조각 실과개를 배가 툭 터지도록 먹고 어깨로 숨을 쉬는 것들이 가로도 뛰고 세로도 뛴다.

어른들은 이 세상이 웬 세상이냐 하도록 술 먹고 주정을 하면서 한길을 쓸어 지나가고, 거문고 줄 양금채는 꾀꼬리 소리 같은 여청 시조를 어울려서 이 골목 저 골목, 이 사랑 저 사랑에서 어디든지 그 소리 없는 곳이 없다. 성중이 그렇게 흥치로 지내는데, 옥련이는 꿈에도 흥치가 없고 비창한 마음으로 부모 산소에 다니러 간다.

북문 밖에 나가서 모란봉에 올라가니 고려장(高麗葬)같이 큰

쌍분이 있는데, 옥련이가 묘 앞으로 가서 앉으며 허리춤에서 능
금 두개를 집어내며 하는 말이,

"여보 어머니, 이렇게 큰 능금 구경하셨소? 내가 미국서 나올
때에 사가지고 왔소. 한 개는 아버지 드리고 한 개는 어머니 잡
수시오."

하면서 묘 앞에 하나씩 놓으니, 홀연히 쌍분은 간 곳 없고 송
장 둘이 일어앉아서 그 능금을 먹는데, 본래 살은 다 썩고 뼈만
앙상한 송장이라. 능금을 먹다가 위아랫니가 모짝 빠져서 앞에
떨어지는데, 박씨 말려 늘어놓은 것 같은지라. 옥련이가 무서운
생각이 더럭 나서 소리를 지르다가 가위를 눌렸더라.

그때 날이 새어서 다 밝은 후이라. 이웃 방에 있는 여학생이
일어나서 뒷간으로 내려가는 길에 옥련의 방 앞으로 지나다가 옥
련의 가위 눌리는 소리를 들었으나 남의 방으로 함부로 들어갈
수는 없고, 망단한 마음에 급히 전기 초인종(電氣 招人鐘)을 누
르니 보이가 오는지라. 여학생이 보이를 보고 옥련의 방을 가리
키며, 이 방문서 괴상한 소리가 난다 하니 보이가 옥련의 방문을
여는데 문 소리에 옥련이가 잠을 깨어본 즉 남가일몽이라.

무서운 꿈을 깰 때는 시원한 생각이 있더니, 다시 생각하니 비
창한 마음을 이기지 못하여 탄식하는 소리가 무심중에 나온다.

"꿈이란 것은 무엇인고 꿈을 믿어야 옳은가. 믿을 지경이면 어
젯밤 꿈은 우리 부모가 다 이 세상에는 아니 계신 꿈이로구나.
꿈을 아니 믿어야 옳은가. 아니 믿을진댄 대판서 꿈을 꾸고 부모
가 생존하신 줄로 알고 있던 일이 허사로구나. 꿈이 맞아도 내게
는 불행한 일이요, 꿈이 맞히지 아니하여도 내게는 불행한 일이
라. 그러나 다시 생각하여 보니 꿈은 정녕 허사라. 우리 아버지는
난리중에 돌아가셨으니, 가령 친척이 있더라도 송장 찾을 수가
없는 터이라. 더구나 사고무친한 우리 집에 목숨이 붙어 살아 있

는 것은 그때 일곱 살 먹은 불효의 딸 옥련이 뿐이라. 우리 아버지 송장 찾을 사람이 누가 있으리오. 모란봉 저녁 볕에 훌훌 날아드는 까마귀가 긴 창자를 물어다가 고목 나무 높은 가지에 척척 걸어놓은 것은 전쟁에 죽은 송장의 창자이라. 세상에 어떠한 고마운 사람이 있어서 우리 아버지 송장을 찾아다가 고려장같이 기구 있게 장사를 지낼 수가 있으리요. 우리 어머니는 대동강 물에 빠져 죽으려고 벽상에 영결서를 써서 붙인 것을 평양 야전병원(野戰病院)의 통변이 낙루를 하며 그 글을 읽어서 내 귀에 들려주던 일이 어제같이 생각이 나면서, 대판항에서 꿈을 꾸고 우리 어머니가 혹 살아서 이 세상에 있을까 하는 생각이 다 쓸데 없는 생각이라. 우리 어머니는 정녕히 물에 빠져 돌아가신 것이라. 대동강 흐르는 물에 고기밥이 되었을 것이니, 어찌 모란봉에 그처럼 기구 있게 장사를 지냈으리오."

옥련이가 부모 생각은 아주 단념하기로 작정하고 제 신세는 운수 되어가는 대로 두고 보리라 하고 정신을 가다듬어서 공부하던 책을 내어놓고 마음을 붙이니, 2,3일 지낸 후에는 다시 서책에 착미(着味)가 되었더라.

하루는 보이가 신문지 한 장을 가지고 옥련의 방으로 오더니 그 신문을 옥련의 앞에 펼쳐놓고 보이의 손가락이 신문지 광고를 가리킨다.

옥련이가 그 광고를 보다가 깜짝 놀라서 눈물이 펑펑 쏟아지면서 얼굴은 발개지고 웃음 반 눈물 반이라.

옥련이가 좋은 마음에 떠서 광고를 끝까지 다 보지 못하고 우두커니 앉았다가 또 광고를 본다. 옥련의 마음에 다시 의심이 난다. 일전 꿈에 모란봉에 가서 우리 부모 산소에 갔던 일이 그것이 꿈인가. 오늘 신문지의 광고 보는 것이 꿈인가. 한 번은 영어로 보고 한 번은 조선 말로 보다가 필경은 한문과 조선 언문을 섞어 번역하여 놓고 보더라.

광고
지난 열사흗날 '황색신문' 잡보에 한국 여학생 김옥련이가 아무 학교 졸업 우등생이라는 기사가 있기로 그 유하는 호텔을 알고자 하여 이에 광고하오니, 누구시든지 옥련의 유하는 호텔을 이 고백인에게 알려주시면 상당한 금으로 십류(十留, 미국 돈 10원)를 앙정할 사.
한국 평안도 평양인 김관일 고백
헌수……

의심없는 옥련의 부친이 한 광고라.

(옥련) "여보 보이, 이 신문을 가지고 날 따라가면 우리 부친이 십류의 상금을 줄 것이니 지금으로 갑시다."

(보이) "내가 상금 탈 공은 없으니 상금은 원치 아니하나 귀양(貴孃)을 배행하여 가서 부녀 서로 만나 기뻐하시는 모양 보았으면 나도 이 호텔에서 몇 해간 귀양을 모시고 있던 정분에 귀양을 따라 기뻐하고자 합니다."

옥련이가 그 말을 듣고 더욱 기뻐하여 보이를 데리고 그 부친이 있는 처소를 찾아가니 십년 풍상에 서로 환형(換刑)이 된지라, 서로 보고 서로 알아보지 못할 지경이라. 옥련이가 신문 광고와 명함 한 장을 가지고 그 부친 앞으로 가서 남에게 처음 인사하듯 대단히 서어한 인사를 하다가 서로 분명한 말을 듣더니, 옥련이가 일곱 살에 응석하던 마음이 새로이 나서 부친의 무릎 위에 얼굴을 푹 숙이고 소리 없이 우는데, 김관일의 눈물은 옥련의 머리 뒤에 떨어지고, 옥련의 눈물은 그 부친의 무릎을 적신다.

(부친) "이애 옥련아, 그만 일어나서 너의 어머니 편지나 보아

라."

　(옥련) "응, 어머니 편지라니, 어머니가 살았소."

　무슨 변이나 난 듯이 깜짝 놀라는 모양으로 고개를 번쩍 드는데, 그 부친은 제 눈물 씻을 생각은 아니하고 수건을 가지고 옥련의 눈물을 씻으니, 옥련이가 그리 어려졌던지 부친이 눈물 씻어주는데 고개를 디밀고 있더라. 김관일이가 가방을 열더니 휴지 뭉치를 내어 놓고 뒤적뒤적하다가 편지 한 장을 집어주며 하는 말이,

　"이에, 이 편지를 자세히 보아라. 이 편지가 제일 먼저 온 편지다."

　옥련이가 그 편지를 받아보니, 옥련이가 그 모친의 글씨를 모르는지라. 가령 옥련이가 정신이 좋으면 그 모친의 얼굴은 생각할는지 모르거니와, 옥련이 일곱 살에 언문도 모를 때에 모친을 떠났는지라. 지금 그 편지를 보며 하는 말이,

　"나는 우리 어머니 글씨도 모르지, 어머니 글씨가 이렇던가."

　하면서 부친의 앞에 펼쳐놓고 본다.

　　상장

　　떠나신 지 삼 삭이 못 되었으나 평양에 계시던 일은 전생 일같삽. 만리타국에서 수토부복(水土不服)이나 되시지 아니하고 기운 평안하시온지 궁금하옵기 측량 없삽나이다. 이곳의 지낸 풍상은 말씀하기 신신치 아니하오나 대강 소식이나 알으시도록 말씀하옵나이다. 옥련이는 어디 가서 죽었는지 다시 소식이 묘연하고, 이 몸은 죽기로 결심하여 대동강 물에 빠졌더니 뱃사공과 고장팔에게 건진 바 되어 살았다가 부산서 친정 아버님이 이곳 평양에 오셔서 사랑에서 미국 가셨다는 말씀을 전하여 주시니, 그 후로부터 마음을 붙여 살아

있삽. 세월이 어서 가서 고국에 돌아오시기만 기다리옵나이다.

그러나 사랑에서는 몇십 년을 아니 오시더라도 이 세상에 계신 줄을 알고 있사오니 위로가 되오나, 옥련이는 만나보려 하면 황천에 가기 전에는 못 볼 터이오니, 그것이 한 되는 일이압. 말씀 무궁하오나 이만 그치옵나이다.

옥련이가 그 편지를 보고 뼈가 녹는 듯하고 몸이 스러지는 듯하여 가만히 앉았다가,

(옥련) "아버지, 나는 내일이라도 우리 집으로 보내주시오. 날개가 돋쳤으면 지금이라도 날아가서 우리 어머니 얼굴을 보고 우리 어머니 한을 풀어드리고 싶소."

(부친) "네가 고국에 가기가 그리 바쁠 것이 아니라 우선 네가 고생하던 이야기나 어서 좀 하여라. 네가 어떻게 살아났으며 어찌 여기를 왔느냐?"

옥련이가 얼굴빛을 천연히 하고 고쳐 앉더니, 모란봉에서 총맞고 야전병원으로 가던 일과, 정상 군의의 집에 가던 일과, 대판서 학교에서 졸업하던 일과, 불행한 사기로 대판을 떠나던 일과, 동경가는 기차를 타고 구완서를 만나서 절처봉생(絶處逢生)하던 일을 낱낱이 말하고 그 말을 마치더니, 다시 얼굴빛이 변하여 눈물이 도니, 그 눈물은 부모의 정에 관계한 눈물도 아니오, 제 신세 생각하는 눈물도 아니오, 구완서의 은혜를 생각하는 눈물이라.

(옥련) "아버지, 아버지께서 나 같은 불효의 딸을 만나보시고 기쁘신 마음이 있거든 구씨를 찾아보시고 치사의 말씀을 하여주시면 좋겠습니다."

김관일이가 그 말을 듣더니, 그 길로 옥련이를 데리고 구씨의 유하는 처소로 찾아가니, 구씨는 김관일을 만나보매 옥련의 부친

을 본 것 같지 아니하고 제 부친이나 만난 듯이 반가운 마음이 있으니, 그 마음은 옥련의 기뻐하는 마음이 내 마음 기쁜 것이나 다름없는 데서 나오는 마음이요, 김씨는 구씨를 보고 내 딸 옥련을 만나본 것이나 다름없이 반가우니, 그 두 사람의 마음이 그러할 일이라. 김씨가 구씨를 대하여 하는 말이 간단한 두 마디뿐이라.

한 마디는 옥련이가 신세 지은 치사요, 한 마디는 구씨가 고국에 돌아간 뒤에 옥련으로 하여금 구씨의 기치를 받들고 백년가약 맺기를 원하는지라.

(구) "이에 옥련아, 어ㅡ실체(失體)하였구나. 남의 집 처녀더러 또 해라 하였구나. 우리가 입으로 조선말은 하더라도 마음에는 서양 문명한 풍속이 젖었으니, 우리는 혼인을 하여도 서양 사람과 같이 부모의 명령을 좇을 것이 아니라, 우리가 서로 부부될 마음이 있으면 서로 직접 하여 말하는 것이 옳은 일이다. 그러나 우선 말부터 영어로 수작하자. 조선말로 하면 입에 익은 말로 외짝해라 하기 불안하다."

하면서 구씨가 영어로 말을 하는데, 구씨의 학문은 옥련이보다 대단히 높으나 영어는 옥련이가 구씨의 선생 노릇이라도 할 만한 터이라. 그러나 구씨는 서투른 영어로 수작을 하는데 옥련이는 조선말로 다정히 대답하더라.

김관일은 딸의 혼인 언론을 하다가 구씨가 서양 풍속으로 직접 언론하자 하는 서슬에 옥련의 혼인 언약에 좌지우지할 권리가 없이 가만히 앉았더라.

옥련이가 아무리 조선 계집아이나 학문도 있고, 개명한 생각도 있고, 동서양으로 다니면서 문견(聞見)이 높은지라. 서슴지 아니하고 혼인 언론 대답을 하는데, 구씨의 소청이 있으니, 그 소청인즉 옥련이가 구씨와 같이 몇 해든지 공부를 더 힘써 하여 학문이 유여한 후에 고국에 돌아가서 결혼하고, 옥련이는 조선부인교육을 맡아 하기를 청하는 유지(有志)한 말이라. 옥련이가 구씨의 권하는 말을 듣고 조선부인 교육할 마음이 간절하여 구씨와 혼인 언약을 맺으니, 구씨의 목적은 공부를 힘써 하여 귀국한 뒤에 우리 나라를 독일국(獨逸國)같이 연반도를 삼되, 일본과 만주를 한데 합하여 문명한 강국을 만들고자 하는 비사맥 같은 마음이요, 옥련이는 공부를 힘써 하여 귀국한 뒤에 우리 나라 부인의 지식을 넓혀서 남자에게 압제받지 말고 남자와 동등권리를 찾게 하며, 또 부인도 나라에 유익한 백성이 되고 사회상에 명예 있는 사람이 되도록 교육할 마음이라.

세상에 제 목적을 제가 자기 하는 것같이 즐거운 일은 다시 없는지라. 구완서와 옥련이가 나이 어려서 외국에 간 사람들이라. 조선 사람이 이렇게 야만 되고 이렇게 용렬한 줄을 모르고, 구씨든지 옥련이든지 조선에 돌아오는 날은 조선도 유지한 사람이 많이 있어서, 학문 있고 지식 있는 사람의 말을 듣고 이를 찬성하여 구씨도 목적대로 되고 옥련이도 제대로 조선 부인이 일제히 내 교육을 받아서 낱낱이 나와 같은 학문 있는 사람들이 많이 생기려니 생각하고, 일변으로 기쁜 마음을 이기지 못하는 것은 제 나라 형편 모르고 외국에 유학한 소년 학생 의기에서 나오는 마음이라.

구씨와 옥련이가 그 목적대로 되든지 못 되든지 그것은 후의 일이거니와, 그날은 두 사람의 마음에는 혼인 언약의 좋은 마음은 오히려 둘째가 되니, 옥련 낙지(落地) 이후에는 이러한 즐거운 마음이 처음이라.

김관일은 옥련을 만나보고 구완서를 사윗감으로 정하고, 구씨와 옥련의 목적이 그렇듯 기이한 말을 들으니, 김씨의 좋은 마음도 측량할 수 없는지라.

　미국 화성돈의 어떠한 호텔에서는 옥련의 부녀와 구씨가 솥발 같이 늘어앉아서 그렇듯 희희낙락한데, 세상이 고르지 못하여 조선 평양성 북문 안에 게딱지같이 낮은 집에서 삼십 년 전부터 남편 없고 자녀간에 혈육 없고 재물 없이 지내는 부인이 있으되, 십년 풍상에 남보다 많은 것 한 가지가 있으니, 그 많은 것은 근심이라.

　그 부인이 남편이 죽고 없느냐 할 지경이면 죽지도 아니한 터이라. 죽고 없는 터이면 단념하고 생각이나 아니하련마는, 6만리를 이별하여 망부석이 될 듯한 정경이요, 자녀간에 혈육이 없는 것은 생산을 못 하였느냐 물을진대 딸 하나를 두고 아들 겸 딸 겸하여 금옥 같이 귀애하다가 일곱 살 되던 해에 잃었더라.

　눈앞에 참척을 보았느냐 물을진대 그 부인은 말없이 눈물만 흘리더라. 눈앞에 보이는 데서나 죽었으면 한이나 없으련마는, 어디서 죽었는지 알지도 못하니 그것이 한이더라.

　마침 까마귀 한 마리가 지붕 위에 내려앉더니 까막까막 깍깍짖는 소리가 흉측하게 들리거늘, 부인이 감았던 눈을 떠서 장팔어미를 보며 하는 말이,

　"여보게, 저 까마귀 소리 좀 들어보게. 또 무슨 흉한 일이 생기려나베. 까마귀는 영물이라는데 무슨 일이 또 있을는지 모르겠네. 팔자 기박한 여편네가 오래 살았다가 험한 일을 더 보지 말고 오늘이라도 죽었으면 좋겠네. 요사이는 미국서 편지도 아니오니 웬일인고."

　기운 없는 목소리로 설움 없이 탄색하는 모양은 아무가 보든지 좋은 마음은 아니 날 터인데 늙고 청승스러운 장팔어미가 부인의 그 모양을 보고 부인이 죽으면 따라 죽을 듯한 마음도 있고 까마귀를 쳐죽이고 싶은 마음도 생겨서 마당으로 펄펄 뛰어내려 가서 지붕 위를 쳐다보면서 까마귀에게 헛팔매질을 하며 욕을 한다.

"수여— 이 경칠 놈의 까마귀, 포수들은 다 어디로 갔노. 소금 장사— 네 어미."

조선 풍속에 까마귀보고 하는 욕은 장팔어미가 모르는 것 없이 주워섬기며 소리를 버럭버럭 지르니, 그 까마귀가 펄쩍 날아 공중에 높이 뜨더니 깍깍 지르며 모란봉으로 향하거늘, 부인의 눈은 까마귀를 따라서 모란봉으로 가고, 노파의 욕하는 소리는 까마귀 소리를 따라간다.

우자 쓴 벙거지 쓰고 감장 홀테바지 저고리 입고 가죽 주머니 메고 문밖에 와서 안중문을 기웃기웃하며, '편지 받아 들여가오, 편지 받아 들여가오.' 두세 번 소리하는 것은 우편군사라. 장팔의 어미가 까마귀에게 열이 잔뜩 났던 차에 어떠한 사람인지 자세히 듣지도 아니하고 질부등거리 깨어지는 소리 같은 목소리로 우편군사에게 까닭 없는 화풀이를 한다.

"웬 사람이 남의 집 안마당을 함부로 들여다보아. 이 댁에는 사랑 양반도 아니 계신 댁인데, 웬 젊은 녀석이 양반의 댁 안마당을 들여다보아."

(우편군사) "여보, 누구더러 이 녀석 저 녀석 하오. 체전부는 그리 만만한 줄로 아오. 어디 말 좀 하여봅시다. 이리 좀 나오시오. 나는 편지 전하러 온 것 외에는 아무 것도 잘못한 것 없소."

(부인) "여보게 할멈. 자네가 누구와 그렇게 싸우나. 우체사령이 편지를 가지고 왔다 하니 미국서 서방님이 편지를 부치셨나베. 어서 받아 들여오게."

(노파) "옳지, 우체사령이로구. 늙은 사람이 눈 어두워서……. 어서 편지나 이리 주오. 아씨께 갖다 드리게."

우체사령이 처음에 노파가 소리를 지를 때에는 늙은 사람 망령으로 알고 말을 예사로 하더니 노파가 잘못한 줄을 깨닫고 말하는 눈치를 보더니 그때는 우체사령이 목을 쓰고 대어든다.

　(우편군사) "이런 제어미……. 내가 체전부 다니다가 이런 꼴은 처음 보았네. 남더러 무슨 턱으로 욕을 하오. 내가 아무리 바빠도 말 좀 물어보고 갈 터이오."

　하면서 소리를 버럭버럭 지르고 대어들며, 편지 달라 하는 말은 대답도 아니하니, 평양 사람의 싸움하러 대드는 서글은 금방 죽어도 몸을 아끼지 아니하는 성정이라.

　노파가 까마귀에게 화풀이할 때 같으면 우체사령에게 몸부림을 하고 죽어도 그 화가 풀어지지 아니할 터이나, 미국서 편지왔다 하는 소리에 그 화가 다 풀어졌더라. 그 화만 풀어질 뿐이 아니라 우체사령의 떼거리까지 받고 있는데, 부인은 어서 바삐 편지 볼 마음이 있어서 내외하기도 잊었던지 중문간으로 뛰어나가서 노파를 꾸짖고 우체사령을 달래고, 옥련의 묘에 가지고 가려 하던 술과 실과를 내어다 먹인다.

　우체사령이 금방 살인할 듯하던 위인이 노파더러 할머니 할머니하며 풀어지는데, 그 집에서 부리던 하인과 같이 친숙하더라.

　노파가 편지를 받아서 부인에게 드리니, 부인이 그 편지를 들고 겉봉 쓴 것을 보더니 깜짝 놀라서 의심을 한다.

　(노파) "아씨, 무엇을 그리 하십니까?"

　(부인) "응 가만히 있게."

　(노파) "서방님께서 부치신 편지오니까?"

　(부인) "아닐쎄."

　(노파) "그러면 부산서 주사나리께서 하신 편지오니까?"

　(부인) "아니."

　(노파) "에그, 어서 말씀 좀 시원히 하여주십시오."

　(부인) "글씨는 처음 보는 글씨일세."

　본래 옥련이가 일곱 살에 부모를 떠났는데, 그때는 언문 한 자 모를 때라. 그후에 일본 가서 심상소학교 졸업까지 하였으니 조선 언문도 구경도 못 하였더니, 그후에 구완서와 같이 미국 갈때에 태평양을 건너가는 동안에 구완서가 가르친 언문이라 옥련의 모친이 어찌 옥련의 글씨를 알아보리오. 부인이 편지를 받아보니 겉면에는,

　"한국 평안남도 평양부 북문내 김관일 실내 친전"

　한편에는

　"미국 화선동 ○○○호텔

　　　　　　옥련 상사리"

진서 글자는 부인이 한 자도 알아보지 못하고 다만 '옥련 상사리'란 한 글자만 알아보았으나, 글씨도 모르는 글씨요, 옥련이라 한 것은 볼수록 의심만 난다.

　(부인) "여보게 할멈, 이 편지 가지고 왔던 우체사령이 벌써 갔나. 이 편지가 정녕 우리 집에 오는 것인지 자세히 물어보더면 좋을 뻔하였네."

　(노파) "왜 거기 쓰이지 아니하였습니까?"

　(부인) "한편은 진서요, 한편에는 진서도 있고 언문도 있는데, 진서는 무엇인지 모르겠고, 언문에는 옥련 상사리라 썼으니, 이상한 일도 있네. 세상에 옥련이라 하는 이름이 또 있는지, 옥련이라 하는 이름이 또 있더라도 내게 편지할 만한 사람도 없는데……."

　(노파) "그러면 작은아씨의 편지인가 보이다."

　(부인) "에그, 꿈 같은 소리도 하네. 죽은 옥련이가 내게 편지를 어찌하여……."

　(노파) "아씨 아씨, 두 말씀 말고 그 편지를 뜯어보십시오."

부인이 홧김에 편지를 박박 뜯어보니 옥련의 편지라.

모란봉에서 지낸 일부터 미국 화성돈 호텔에서 옥련의 부녀가 상봉하여 그 모친의 편지 보던 모양까지 그린 듯이 자세히 한 편지라.

그 편지 부쳤던 날은 광무 6년(음력) 7월 11일인데, 부인이 그 편지 받아보던 날은 임인년 음력 8월 15일이러라.

2권은 그 여학생이 고국에 돌아온 후를 기다리오.

• 이인직(李人稙, 1862~1916) 호는 국초. 1900년 한국정부 유학생으로 일본에 건너가 동경 정치학교에서 수학했다. 노일전쟁 때 일본 육군성 통역관으로 종군했다. 1906년 만세보의 주필이 되어 최초의 신소설 '혈의 누'를 발표했다. 1907년 이완용의 도움으로 경영난에 빠진 만세보를 인수하여 '대한신문'을 창간하고 사장에 취임했다. 이후 이완용의 비서를 지내며 친일적 행각을 하였다. 1910년 한일합방 때 이완용을 도왔고 일본천왕 즉위시에 헌송문을 지어 바치기도 했다.

설중매(雪中梅)

구연학(具然學)

일본 스에히로의 소설 '설중매'의 무대와 인물을 한국으로 바꾸어 당시의 사회에 맞게 번안한 작품이다. 대표적인 사회 소설의 하나로 신소설 창작에 큰 영향을 주었다.

제 일 회

"아가 매선아, 이리 좀 오너라, 매선이 거기 있느냐?"

하는 소리는 한 오십여 세 된 부인이니, 긴 병이 들어 전신이 파리하고 근력이 쇠약하여 자리에서 일어나지 못하고, 누워 밭은 기침을 하면서 그 딸 장소저(張小姐)를 부르는 것이라.

소저의 나이 십육칠 세는 되었는데, 나직한 소리로 선뜻 대답하며 문을 열고 조용히 들어오더니 베개 옆에 와 나붓이 앉으며,

"어머니, 부르셨습니까. 아까까지 곁에 모시고 있었더니, 어머니께서 잠이 곤히 드신 듯하기로 밖에 좀 나아가 신문을 보았삽나이다. 벌써 네 시나 되었사오니 약을 잡수시지 아니하시려나이까."

부인이 얼굴을 찡그리며 가로되,

"약은 그만두어라. 먹기도 지리하다."

매선이 어머니의 명이 장구치 못할 듯하다.

　소저 초연 낙담하여 눈물을 머금다가 다시 생각하고 천연한 목소리로,

　"어머니, 어이 그리 심약(心弱)하신 말씀을 하시나이까. 어젯밤에 의원이 돌아갈 때 이르는 말씀을 들은 즉, 어머니 병환이 이렇듯 미류(彌留)하여 척골(脊骨)이 되셨으나 아직 그리 연만한 터가 아니시니 약이나 잘 쓰고 조리하시면 차차 회춘(回春)하시리니, 아무 염려하지 말라 하더이다. 어머니, 너무 걱정 마시고 안심하시옵소서."

　부인이 머리를 흔들며,

　"너의 거짓말 듣기 싫다. 어제 의원이 갈 때에 문간에서 너더러 무슨 말을 하는 모양을 귀를 기울이고 들어도 말소리는 들리지 아니하나. 너 들어올 때에 너의 눈 흔적을 보고 의원의 한 말을 대강 짐작하였다."

　매선이 아무쪼록 그 모친 마음을 위로하려고 꾸며 대답하되,

　"그러함이 아니오, 그 때 마침 부엌에서 밥짓는 연기가 너무나 매워서 눈물을 흘렸삽나이다."

　부인 왈,

　"그렇지 아니하다. 의원은 무엇이라 말하였는지 모르겠으나, 벌써 일 년이나 지난 중병으로 이같이 신고(辛苦)하여 뼈만 남았으니 어찌 살기를 바라리오."

　매선이 흐느끼며,

　"어머니 병환이 회복치 못하시면 소녀 홀로 누구를 의지하고 사오리까. 그런 말씀을 하시지 마옵소서."

　부인이 눈물을 머금으며,

　"나도 죽고 싶지는 아니하나 천명을 어찌하리요. 내가 너를 데리고 고향을 떠나 서울에 온 지 일 년이 못 되어 너의 부친은 세상을 버리시고 금석같이 믿던 심랑(沈郎)은 지금껏 간 곳을 알지

못하고, 다만 우리 모녀 서로 의탁하여 지내다가 이렇듯 병이 깊어 일어 나지 못할 지경에 이르니, 너의 외로운 마음이 오죽하리요. 이는 죽어도 눈을 감지 못할 바로다. 세상을 버리기 전에 너의 말을 듣고자 하는 일이 있도다."

하면서 병의 피곤함을 이기지 못하여 어느덧 슬며시 잠이 드는지라. 매선이 초연히 넋을 잃은 듯이 앉았으니 얼굴은 백설을 업수이 여기고 콧줄기는 씻은 배추 줄기 같으며, 눈은 새벽 별이 비친 듯하고 눈썹은 초승달을 그려낸 듯한 절대 미색으로 수일전에 땋은 머리채가 반쯤 흐트러져 옥 같은 얼굴을 가리웠는데, 잠든 병모의 얼굴을 바라보면서 방울방울이 흐르느니 눈물이라. 일폭 비단 수건으로 씻는 모양은 한 가지 배나무 꽃이 봄비를 띤 듯하더라. 이윽고 부인이 눈을 떠보고,

"매선아, 그저 여기 앉았느냐, 내가 잠을 들었더니 꿈에 너의 부친을 만나 따라가 보았다. 매선아, 내가 아무리 하여도 세상에 오래 있지 못할지라. 네가 지금 심랑을 만나면 그 용모를 기억하겠느냐?"

소저의 옥같은 얼굴이 홀연히 연짓빛이 되며 단순(丹脣)을 열어 대답하되,

"심랑의 사진은 잘 간수하여 두었사오나 전일에 아버님께 듣자오니, 그 사진이 십삼 세 때에 박힌 것이라 하온즉, 그 동안 기골(氣骨)이 장대하여 설혹 만나 보아도 자세히 알지 못할까 하나이다."

하면서 애연(哀然)히 상심이 되어 어린 듯이 앉았거늘, 부인이 이르되,

"너도 아는 바 너의 부친 같으신 호협(豪俠)한 기상으로 일찍이 말씀하시기를, '지금 세상의 계집아이는 예전 풍기(風紀)와 같지 아니한고로 침선방적(針線紡績)은 대강이나 알아두면 그만

이로되, 학문은 넉넉히 힘쓰지 아니치 못한다'하여 너로 하여금 서책에 종사케 하시고 아름다운 사위를 얻어 아들과 같이 데리고 있고자 하나, 시골 소년에는 한 사람도 합의한 자 없기로 서울에 가서 서서히 가랑(家郞)을 택하여 기별하리라 하시고 서울로 가셨다. 그 후 심랑의 인품을 편지로 자세히 기별하시되, 장안에 이같이 장취성(將就性) 있고 자격이 합당한 남자는 처음 보았기로 사위를 삼을 터이라 하시고 사진까지 박아 보내신 것을 너도 보고 흠앙(欽仰)한 바이거니와, 내가 너를 데리고 서울에 왔더니 심랑은 그 전에 일본으로 들어갔다 하나 자세한 일은 모르고 소식을 들은즉 국사범에 참여하여 피신한다는 풍설이 있기로 얼마나 낙담했는지 모르니라. 그러나 너의 부친 말씀은 심랑이 학문도 연숙(鍊熟)하고 지식도 명민하니 기필코 몹쓸 무리에 참여치 아니하였으리니 이는 무슨 곡절이 있음이라 하시고 어느 누가 무슨 말을 하든지 믿지 아니하시더니, 너의 부친 기세(棄世)하신 후 벌서 두 해가 되도록 심랑의 소식은 묘연하고 다만 우리 모녀 서로 의탁하여 지내더니, 불행히 나는 병이 깊어 명일 일을 알지 못하겠으니 너도 깊이 생각하여 결정할 일이 있도다."

매선이 묻자와 가로되,

"어머니, 이는 무슨 일을 말씀하십니까?"

부인이 가로되,

"너는 아무리 하여도 계집아이라, 어느 때까지든지 홀로 장씨의 집을 지키고 있지 못할지라, 내가 죽으면 너는 곧 출가하지 아니치 못하리니, 얼마든지 심랑의 소식을 기다리고 있으려 하느냐. 다른 곳이라도 합당할진대 즉시 허신(許身)코자 하느냐. 나의 듣기를 원하는 바는 다만 이 일이로다. 매선아, 네가 잠잠히 있고 말하지 않으면 내가 너의 마음을 어찌 알리요."

매선이 머리를 숙이고 이윽고 생각하더니 수삽(羞澁)한 말로

대답하되,

"심랑이 우리 집과 굳은 언약을 정한 바 아니나, 아버님께서 일찍이 말씀하시되 심랑의 문장과 학문이 타인에 비할 바 아니요. 이미 통혼하였으니 경선(輕僊)히 타처로 언약을 옮기지 말라 하셨을 뿐더러, 소녀도 또한 심랑의 사진을 가졌사온즉, 만일 어머니께서 회춘치 못하시면 가사는 숙부에게 부탁하옵고 소녀는 어느 여학교에 들어가서 공부나 하다가 이삼년이 지나도록 심랑의 소식을 모르면 그 때는 숙부와 의논함이 좋을까 하나이다."

부인이 희색이 만면하여 매선의 등을 어루만지며 가로되,

"너의 말을 들으니 내가 안심하여 죽어도 눈을 감으리로다. 너의 부친이 하세하실 때까지 심랑의 일을 잊지 아니하고 말씀하시더니, 그후에 심랑의 사진을 자세히 보니 용모가 너무 엄위(嚴威)하기로 너의 생각이 어찌 드는지 알지 못하여 심중으로만 걱정하였다. 인제는 너의 부친의 마음을 본받으리라. 매선아, 결단코 이삼 년을 기다린다면 심랑의 거취를 알 것이니 안심하고 지내어라. 또 할 말이 있다. 너도 아는 바 숙부는 본래 타인이요, 또한 깊이 믿지 못할 사람이라. 우리집의 약간의 재산과 문권(文券)은 다 너의 부친이 진력하여 장만하신 바라, 아무쪼록 잘 보전하여 남에게 빼앗기지 말지로다."

이럭저럭 담화하다가 정토사(淨土寺)의 저문 쇠북이 울고 추풍이 소슬하여 낙엽이 창을 두드리더라.

제 이 회

이 때는 춘삼월 호시절이라, 천기가 온화하니 광통교(廣通橋) 변수월루하(邊繡月樓下)에 유인재자(遊人才子)의 거마(車馬)가 낙역 부절(絡繹不絶)하는 중에 어느 두 신사가 양복을 선명히 입

고 앞서거니 뒤서거니 분분한 거마를 좌우로 피하여 다리를 건너
오다가, 한 신사가 우연히 다리 가에 붙인 광고를 보니, 금 이십
일 오후 일시에 새문(新門)밖 독립회관에서 정치연설회를 개회한
다고 그 옆에 허다한 출석변사의 성명을 기록한지라, 같이 오는
친구를 불러 말하되,

"오늘 독립회관 연설회에 가 보지 아니하려는가?"
앞에 가던 사람이,

"아무려나 가 볼까, 추우강남(追友江南)이라 하는 말도 있으
니."

하면서 두 사람이 서문밖으로 나아갈새,

"여보게, 언간히 사람이 많이 모였으니, 연설도 오래간만이지
만 오늘은 더구나 연설마다나 한다는 사람의 성명이 이삼 인 되
는고로 노는 사람들은 필경 모두 왔을까 하네. 그러나 문간에 순
검(巡檢)들이 또 있을 터이니 연설도 좋지마는 순검의 서슬은 실
로 아니꼽네."

"여보게, 그 말 말게. 자기가 범법(犯法)만 아니하면 그만이지
순검이 상관있나."

이와 같이 담화하는 중 벌써 독립관에 달하였더라. 문간에 순
검이 서서 들어가는 사람마다 불러 성명을 조사하다가 학도같이
보이는 사람은 그 거주와 통호(統戶)를 수첩에 적고 분명히 학도
가 아님을 변명(辯明)한 후에 입장하게 하더라. 원래 어느 정치
가 연설이든지 그 발기한 자가 연설의 문제와 대의를 일일이 먼
저 고하여 치안의 방해가 될 듯하면 인가하지 아니하고, 또 연설
장에 경찰관이 출장하여 언론의 과격함이 있으면 중지시키고 방
청하는 사람을 해산케 하였다. 대체 광무 연간에 외국 유학한 생
도중 정치를 개량하고 국세(國勢)를 유지코자 하여 세력이 너무
강대하며 언론이 또한 과격하여 일세를 경동(驚動)하고 정부를

공격하거늘, 이러므로 정부에서 율문을 제정하여 단속을 엄중히 하였다. 그리고 각처 연설회와 각 학교 토론회까지 모두 금지하니, 이는 빙설이 들에 엎여 초목이 영락(零落)함과 같아 참담한 기상이 있더라. 그러나 군음(群陰)이 궁극함에 일양(一陽)이 회복함은 천지의 떳떳한 이치라. 마침내 한 호걸의 선배가 세상에 나서 성심으로 상하를 감동하고 사회를 조직하여 점차로 정치 개혁할 사상을 일으키려 함이 풍설에 간고함을 돌아보지 아니하고 백화의 괴수가 되어 춘색을 만회코자 하니, 어느 사람이 그 높은 절개를 흠모치 아니리요.

그때 두 신사가 순검의 허가를 얻어 당상에 오르니 백여 간 대청에 방청하는 사람이 가득하여 송곳 꽂을 틈이 없었다. 정면에는 팔선(八仙) 탁자를 놓고 한 변사가 그 위에 서서 한참 연설하는 중에 웃는 자도 있으며 부르짖는 사람도 있어 가부의 평론이 분분하고, 그 변사 옆에는 두 경무관이 복장에 칼을 집고 엄연히 교의에 걸터앉았으며, 서기 일 언은 연필을 가지고 자주 연설의 대의를 필기했다. 동쪽 벽에는 육칠 장 되는 종이에 변사의 성명과 연설의 문제를 써서 걸었으되, 제 일에는 가로되 분발함이니 변사에 권중국이요. 제 이는 가로되 동포 형제에게 바라는 바가 있다 하였으니 변사에 전학삼이요, 제 삼에는 가로되 동등의 권리니 변사에 문전철이요, 제 사는 가로되 사회 형편은 행인의 거취와 같다 하였으니 변사에 이태순이요. 제 오는 가로되 누가 정당의 경쟁에 권리를 무용하다 하리요 하였으니 변사에 하상천이요, 그 나머지 종이는 바람에 불리고 또 변사의 등에 가리운 바되어 일일이 보이지 아니하더라. 단 위에 선 변사는 벌써 삼사분 동안이나 연설한 모양인데 면상에 홍색을 띠고 유리 병의 물을 찻잔에 따라 한숨에 들이 마시고 다시 연설하여 가로되,

"나의 말씀한 바 권리가 동등이 됨은 여러분도 다 아시는 바이

거니와, 타일 협회 성립할 때에 재산과 지식이 없는 자라 하여 하등 인민을 정권에 참여치 못하게 할 이치가 없는 것은 명백함이오. 구라파에서도 영·미 제국은 동등권의 주의를 행하고 홀로 압제를 주장하는 덕국(德國—독일)과 아라사 등 국에는 전제정치를 행하여 형법상에는 편리하나 인민의 권리는 조금도 진보되지 못하였으니, 여러분은 우리 나라 정치 개량을 영·미 제국을 본받을지요. 덕국과 아라사같이 전제정치를 행치 말지어다."

　연설을 마친 후 주먹으로 탁자를 두드리고 단에서 내려오니 좌상의 갈채하는 소리 요란하더니 뒤이어 한 소년이 나와 단 위에 오르니, 그 소년의 나이는 이십사오 세 가량이요, 몸은 조금 파리한 듯하고 흰 얼굴에 검은 눈썹이요, 입술이 붉고 눈이 맑으며 위의 당당하여 사람이 감히 범하지 못할 듯하더라. 그러하나 다만 머리에 운동 모자를 쓰고 몸에 회색 목주의(木周衣)를 입었으며 헌 구두를 신었으니 묻지 아니하여도 초조한 일개 서생인 줄 알겠더라. 탁자 위에 있는 유리병의 물을 찻잔에 따라 들고 여러 사람을 향하여 머리를 굽혀 예하고 바야흐로 입을 열어 말하고자 할 때, 처처에서 손뼉치는 소리 요란한데, 그 소년이 의기 안한(安閑)하여 조금도 급거(急遽)한 사색이 없고 먼저 자기의 성명은 이태순이라 말했다. 백 리 갈 사람은 구십 리에 그치지 아니한다는 말도 인증하되, 한 사람이 지방에 내려갈 때 일찍 신지(信地)에 도달하려 하였더니 도로가 험하여 인력거를 마음대로 들지 못하고, 또 중로에서 풍우를 만나 곤란함을 겪고 밤중까지 겨우 삼십 리를 갔다는 말을 하면서 홀연히 눈을 크게 뜨고 소리를 높여 가로되,

　"다만 하루에 수십리 길을 가는 사람도 이러한 일이 있으니 특별히 십 년을 작정하고 만 리를 가려 할진대, 깊이 생각하지 아니하면 되지 못할 바이라. 벌써 다섯 해를 지나도록 큰 산 한 곳

도 넘지 아니하고 깊은 물 한 곳도 건너지 못하면, 이 다음 또 다섯 해 동안에 처음에 작정한 곳에 다다를 일을 생각도 못 할바라. 그러한즉, 장래 우리 협회 확장함을 깊이 예산치 아니하면 불가할지로다."

이 때에 소년의 용모가 엄연하고 언사가 활달하매, 방청의 갈채하는 소리 사벽을 진동하며 여러 사람의 눈이 다 소년의 얼굴로 쏘이더라. 소년이 서서히 찻잔의 물을 마시고 다시 가로되,

"여러분, 연전 일을 생각하여 보시오. 우리 동포 형제 중에 신공기를 흡수하신 신사들의 정치사상이 간절하여 독립협회를 창기하매, 각 처의 유지하신 선비들이 서로 소리를 응하여 재조(在朝)하신 신사와 재야하신 사자(士子)를 권면하여 일심으로 단체를 결합코자 할새, 풍우를 피치 아니하며 한서(寒暑)를 무릅써 신세의 간고(艱苦)함을 사양치 못하고 급업(急業)함을 개탄하여 회포를 부르짖고 사회에 분주하여 근근히 협회를 창기하였소. 하지만 생각하면 마치 길 갈 사람이 처음으로 집을 떠나서 백리 운산을 운무 아득한 중에 바라보는 것 같도다. 그러나 세상의 무슨 일이든지 처음부터 완전함을 구(救)치 못할지라. 오늘날 그때 성립한 회당의 형편을 생각하면 무수한 각색 폐단이 있으니, 우리 나라가 근 천년을 남에게 의뢰하던 습관을 혁파하지 못하여 독립의 사상을 연구하며 자유의 권력을 양성치 못하고 다만 급거히 정부를 공격할 뿐이라. 규모를 개량치 못하면 마침내 협회의 세력이 완전치 못할지라. 태순이 비록 불민하나 그 때 극진히 협회규모 개량할 방침을 생각하였으니, 제 일은 문벌에 거리끼지 아니하고 다만 인재를 가리어 정부에 등용함이요. 제 이는 널리 배운 선비와 실지 공부하는 사람을 회중에 망라하여 활발한 운동을 시험함이요, 제 삼은 허탄(虛誕)하여 사실의 기초가 되지 못하고 격렬하여 공격하는 성질을 포함한 언론을 금지하여 전국에

정치 사상을 일으킴이요. 제 사는 회중에 과정을 나누어 입법·행정의 사무를 조사하여 어느 때든지 국가의 대사를 담당할만한 준비를 정리함이니, 회중에 이 같은 정당이 없으면 협회가 확장될지라도 실지의 이익을 보지 못하리로다. 그러하니 일시 성립되었던 회당은 공중의 부운(浮雲)같이 사라져 버리고 장래의 준비는 한 가지도 정리한 바 없이 벌써 이삼 년을 지냈으니, 이는 곧 백리 길 갈 사람이 겨우 이삼십 리를 가서 해가 저문 것과 같으리오. 지금부터 바삐 갈지라도 가는 길이 높은 산도 있고 큰 내도 있으며 혹 뜻밖에 풍우를 만남도 있으리니, 매우 주의치 아니하면 밤길 가는 위태함을 면치 못하리로다."

이때 갈채하는 소리가 만장일치하여 진실로 변사의 괴수가 되리라. 소년이 면상에 초창(悄愴)한 빛을 띠고 가로되,

"슬프다. 사오년 전에 사방의 협회당이 벌떼처럼 일어나 사회 준비에 분주할새, 여러분, 그 때 생각이 삼사 년이 지나면 일국이 결합하여 협회의 확장함을 보리라 하였을 터이나, 오늘날 당한 형편을 비유한다면 백일이 서천에 기울어졌는데, 행인이 주점에서 낮잠이 곤히 든지라, 옆의 사람이 흔들어도 눈도 뜨지 아니함과 같으니, 이러한즉 어느 때나 협회가 확장되리오. 사회를 성취코자 하는 오늘날 먼저 전정(前程)의 방침을 정하여 운동할지니, 내가 지금 시험하여 나의 생각을 말씀드리니 여러분은 용서하여 들으심을 바라오.

제 일은 학문가와 실지가의 화동함을 구할지니, 연전에, 협회가 사분오열(四分五裂)하여 결합치 못함을 학문가와 실지가가 서로 방탄(放誕)으로 인함이라 장래 사회를 위하여 주의할 바요.

제 이는 문벌 지키는 부패한 사상을 버릴지니, 우리는 다 같이 대한 동포 형제라 문호를 교계(交契)하여 당파를 분열하는 습관을 버리지 아니하면 협회가 성립치 못할 것이요.

제 삼은 격렬한 언론으로 하등인민의 열심을 감발(感發)함이 또한 사회상에 일시 방침이 될지라도 필경 결과의 후환이 되리니, 십분 주의하여 보통 지식으로 인도할 것이요.

제 사는 오활(迂闊)한 의논을 물리치고 실지 민정을 익히 알며 세계 형편을 두루 살피고 법률제도와 군정·경찰과 철도·전신까지 실지로 조사치 아니하면 협회가 설립될지라도 정치를 개량치 못하리니, 여러분, 오늘날부터 이 네 조목을 주의하여 날이 저물고 길이 먼 한탄이 없게 함을 바라노라."

이같이 열심히 연설을 마치고 여러 손님께 경례한 후 단에 내리매 만당의 박수하는 소리 그치지 아니하였더라. 인하여 간사원이 단위에 나와 말씀하되, 하상천씨는 병으로 출석치 못하기로 그만 폐회를 고한다 하거늘, 수백 명이 일시에 일어 나아갈 때 회관 문앞에 개미떼가 궁그로 나오는 것 같더라.

제 삼 회

"소진(蘇秦)이 진왕을 달래어 열 번이나 상서하되, 그 말을 듣지 아니하는고로 검은 갓 옷이 하얘지도 화금이 다하여 객비(客費)가 핍절(乏絶)하매, 서책과 행장을 이끌고 고향에 돌아가니, 형용이 초췌(憔悴)하고 면목이 가증하여 부끄러운 빛이 있는지라. 그 아내는 베틀에 내리지 아니하고 제수는 밥을 짓지 않으며 부모는 접어(接語)하지 아니하는지라. 소진이 위연히 탄식하고 그날밤부터 서책을 뒤져 강태공의 '음부경'을 내어 읽을새, 잠이 오면 송곳으로 다리를 찌르니 피가 흘러 발등까지 내려오며 왈, '어찌 인군을 달래어 부귀와 공명을 얻지 못하느뇨'하더니 일 년만에 공부가 성취한지라, 이로 좇아 능히 당시 인군을 달래었도다."

하면서 탄식하는 한 서생이 '전국책(戰國策)'을 읽을 때 아프고 간절한 사정이 마음을 감동시키니, 이는 진실로 유명한 글이라, 소진이 고심하던 모양을 핍절히 그려내었도다. 다만 세 치 혀로써 한 세상을 놀래고 움직이던 호걸로 처음에 부녀에게도 업수이 여김을 받아 큰소리를 못하였으니 가엾도다.

인정에 고금의 다름이 어찌 있으리요. 이렇듯 나는 상에 나의 뜻을 아는 자 없이 이 때까지 무슨 일이든지 실패되어 객주 주인에게도 식채(食債)를 지고 큰소리를 못 하니 이는 진실로 개탄할 바이로다. 그러하나 간고함은 장래 대업을 이루는 근본이거니와, 아직 세상에 이름을 나타내지 못하고 공명이 지완(遲緩)하여 부모에게 수다한 걱정을 끼침은 불초함을 면치 못할 바라 하여 근심에 잠겼다가 다시 두루쳐 생각하되 이만한 일을 어찌 억제치 못하리요.

소진도 일시의 곤란을 겪으며 뜻을 가다듬어 필경 육국(六國) 상인(霜刃)을 허리에 띠었다 하니, 나도 재주와 담력을 가지고 신고를 견디어 큰 사업을 성취할지니, 속담에 이르되, '고진감래'라 하고 궁한즉 통한다 하니 좋은 때 돌아오기를 기다릴지로다 하면서 책상을 의지하여 탄식도 하며 신음도 하니, 이는 곧 독립관에서 연설하던 이태순이라. 사오 간쯤 되는 객주집 아랫방에 낡은 자리는 군데군데 해어지고 창살이 바람에 울리며 햇빛은 내려 쪼이는데 상위에 서양 서적 육칠 권과 당판(唐板)책 오륙질을 여기저기 벌여 놓고, 그 옆에 보던 편지, 휴지는 산란히 흐트러져 있으며, 상자 위에 입던 옷을 걸쳐 놓고 연상(硯床)에는 모지러진 붓 두어 자루를 필통에 꽂아 놓고, 붉은 담요 하나를 네 가닥으로 접어 깔았으니, 이는 매우 가난한 객주집 본색인 줄 가히 알겠더라. 마침 밖에서 찾는 소리 나며 문을 열고 들어오니, 이는 전성조라 하는 친구라. 양복을 선명히 입고 시곗줄을 길게 늘이고 눈을 크게 떠 사방을 둘러보다가 앉으며 예하거늘, 황망히 답례하여 가까이 앉음을 청하고 아이를 불러 화로와 차를 가져오라 하니 성조 가로되,

"차는 제례(除禮)하고 이야기나하세. 일전에 자네 두번 연설은 세상에 매우 소문이 났네. 자네는 학문도 넉넉하거니와 언사도 잘하니 진실로 부럽네. 저 번에 회관에서 연설할 때에 두 번이나 어떠한 계집이 자네 얼굴만 유심히 보기로 정녕히 자네와 상관이 되었다는 소문까지 있네."

태순이 정색하며,

"나는 어느 계집이 왔던지 부인이 왔던지 자세히 여겨보지도 아니하였노라."

성조 웃으며 가로되,

"자네인들 그러한 미색이 눈에 들지 아니한단 말인가."

태순이 대답하되,

"내가 비록 용렬하나 연설장에서 부인에게 마음을 두는 정신없는 사람은 아니로다."

하면서 기색이 불평하거늘 성조 얼굴이 붉으며,

"자네가 상관하였다는 말이 아니요, 그 여자가 자네를 욕심내어 상관코자 하는 모양이라 하는 말이니, 그 말은 그만두고 자네 무슨 근심이 있는지 아까부터 안색이 불평하니 어쩐 연고인고?"

"근심이라 할 것은 없으나, 조금 관심되는 일이 있도다."

성조가 웃으며 이르되,

"불평한 것은 유지한 사람의 떳떳함이라. 지금 세상에 충분(忠奮)있는 남자들이 누가 국사에 대하여 강개하고 통분치 않으리요마는, 특별히 자네 같은 유지한 남자는 쓰이지 아니하고 용렬한 무리들이 양양자득함은 진실로 거꾸로 된 일이나, 필경 자네같은 사람은 뜻을 이룰 기회가 머지 아니하리로다."

하면서 가장 강개한 체하며 태순의 안색을 살펴보거늘, 태순이 태연히 마음을 움직이지 아니하고 웃으며 가로되,

"나의 불평함은 자네의 말한 바 아니로다."

성조가 다시 묻되,

"그러할진대 무슨 불평한 일이 있음이뇨?"

태순이 대답하되,

"이는 이야기하기도 도리어 옹졸하여 말하기 어렵도다."

성조 가로되,

"자네 일이야 무슨 일이든지 나를 대하여 말 못할 바 어디 있으리요. 내라도 도울 만한 일이 있을진대 진력할지니, 듣기를 원하노라."

태순이 추연히 말하되,

"나도 사방에 표박하여 아무 일도 이룬 바 없고 세월만 헛되이 보내며 서울에 온 후로부터 서책을 번역하여 생계를 하더니, 거월을 근대사 초권을 서관에서 출판할 차로 가져가더니, 아무리 재촉하여도 번역비를 보내지 아니하여 거월부터 식가를 갚지 못하였도다. 아까도 주인에게 불쾌한 말을 듣고 심화가 나는 중에 마침 시골집 편지를 보니, 양친이 나의 직업 없음을 걱정하여 벼슬이 되지 아니 하거든 하루라도 바삐 내려오라 하셨으니, 오늘날을 당하여 대답할 말씀이 없으며 번역하여 책 권이나 만들면 혼자 생계는 되나, 연로 하신 양친의 봉양할 도리가 없으니 이로 인한 걱정이로다."

성조가 머리를 긁으며 가로되,

"자네도 양친이 계셔 매사를 간섭하시는 모양이나 우리 부형들도 너무 완고하셔서 참 민망하여 견딜 수 없네. 나의 소소한 월급량이라도 돈을 좀 보내어라, 집에나 좀 다녀가거라, 별 말씀을 다 하시니, 원래 사십 이후 사람들은 세상 형편을 모르기로 장성

한 자식을 어린 아이와 같이 신칙(申飭)하여 진퇴를 마음대로 못하게 할 뿐 아니라 가만히 들어앉아서 자식의 봉양이나 받으려 하는 모양일세. 자네도 아는 바 서양서는 부모가 자식에게 재산을 전하여 주는 일은 있으나, 자식이 부모를 들어 앉히고 공급하는 규모는 없지 아니한가. 자네도 사회를 개량코자 하는 사람이니 말이로세."

하면서 의기양양하여 지껄이거늘 태순이 잠잠히 앉아 듣다가 오래간만에 가로되,

"자네 말은 마음과 같지 아니하도다. 서양 풍속이라도 어찌 다 아름다우며 우리 나라 풍속이기로 다 악하리요. 마땅히 그 긴 것은 취하고 쩌른 것은 버릴지라. 부자의 관계는 우리 나라에서 순실한 도덕을 주장하여 극히 아름다우나, 법이 오래면 폐가 생김은 면키 어려움이라. 근래에 부모가 자녀를 노예같이 대하여 완고한 구속으로 진정으로 그르치는 것은 거세가 일반이라, 사회상 발달에 방해가 되게 하니 우리가 마땅히 진력하여 이 폐단을 없이할 터이나, 이 일을 행코자 할지니라. 차서가 있어 친륜을 상치 말며 감정이 없도록 할바이니, 우리 부모들은 아직 동양의 전하여 오는 습관을 당연한 바로 아는데, 자식들은 서양 풍속을 홀지(忽地)에 행코자 하면 피차 생각이 같지 아니하여 가정의 풍파를 일으키고 천륜의 천애함을 잃어버릴지라. 하물며 우리를 아이 때부디 부모가 구로(劬勞)하심을 모르시고 양육하심은 우리 장성한 후 말년에 재미를 보고자 하심이거늘, 만일 나의 한 몸만 생각하여 부모를 돌아보지 아니하고 곧 서양 풍속을 가정에 행함은 무리한 일이오. 우리나 자식을 두거든 저의 임의로 직업에 나가게 하고 우리는 자기의 재산으로 몸이 맞도록 생계함이 당연하나, 동양의 습관으로 당연한 법리로 아시는 부모에게 서양 각국의 규모를 행코자 함은 불가한지라. 오늘날 서양 아름다운 풍속에 한

지아비가 한 지어미를 거느리는 규모도 본받지 못하고, 문명이니 개화니 하여 부모의 은덕을 먼저 저버리고 돌아보지 아니하는 자도 많이 있으나, 부모도 모르는 사람이 어찌 사회상에 열심하여 몸을 잊어버리리요."

하면서 언론이 창쾌하거늘, 성조가 마음에 생각하되 부질없는 말을 내가 하였다 하면서 외면으로는 그러하지 않은 체하고 대답하되,

"지금 자네 말을 들으니 나도 비로소 꿈을 깨달은 듯 하거니와 자네는 참 효자이로다. 그러하나 지금 자네말도 사회를 위하여 몸을 잊어버린다 하니, 자네는 양친이 계셔도 부득이한 경우를 당하면 나라를 위하여 몸을 버릴 결심이 있는가?"

태순이 그 말을 듣고서 한참 주목하여 성조를 보다가 가로되,

"이는 별로이 물을 바 아니라. 나도 사회를 조직하여 세상에 행복히 될 바 있을진대 몸을 버리더라도 사회를 위하여 힘을 다할지니, 구구히 목전의 간고함을 두려하면 자손을 위하여 행복의 사회를 설립치 못하리니 나도 대답은 못 하나 사회에 나가 후에는 아무리 불행한 일을 만날지라도 뜻을 변치 아니할지며, 부모도 응당 허락 하시리로다. 근일에 유지하다는 사람도 믿기 어렵도다. 처음에는 매우 열심히 하다가 필경은 목적을 변하여 반대하는 자도 적지 아니하니 어찌할 수 없도다."

성조가 그 말을 듣더니 가장 열심을 내는 듯이 가까이 앉으며,

"참 자네 말대로 연전에 협회당이라고 떠들던 사람의 이허(裏許)를 파보면 결심이 조금도 없이 목숨만 돌아 보는고로 대사를 이루지 못한지라, 소홀히 사회를 개혁하고자 함은 부질없는 일이로다. 우리도 여간 운동으로는 목적을 달성치 못하리니 결사당을 조직하여 비밀한 수단을 쓸 수 밖에 없네."

태순이 정색하며,

"이 사람 떠들지 말지어다. 자네 말 같을진대 과격한 수단을 좋아하나, 공론을 좇아 정치를 개량함이 합당하노니, 앞뒤를 돌아보지 아니하고 낭패스러운 일은 단정코 할 바 아니리라."

성조가 홀연히 얼굴을 붉히며,

"자네는 고지식게만 함이로다. 우리가 진실한 자유 권리를 확장코자 하매 범상한 수단으로 되지 못하리라."

태순이 가로되,

"자네는 연건 협회당의 하던 말을 또 하나 깊이 생각하여 볼지니, 민간에 아무리 불평한 일이 있을지라도 세력으로 별안간에 정부를 항거치 못하리니, 원래 사회라는 것은 강한 자가 이기고 약한 자가 패할지라. 정치가로서 가담하는 자는 정치권리를 바라지 아니할 자 없을 것이요, 정부에 있어 지위를 얻은 자는 권력을 유지하여 타인에게 빼앗기지 아니하도록 주의할 바요. 사회중에서도 뜻을 얻은 자는 기회를 타서 정권을 잡으려 함은 곧 생존 경쟁하는 자연한 형세라. 서양 각국 정치도 다만 이 경쟁하는 세력만 있을 뿐이요. 실상 이치는 아무것도 없다 할지로다. 또 전제 정치를 쓰는 나라는 입헌정치와 같지 아니하여 그 지위를 당한 자 이 기초를 공고히 하고 성벽을 견고케 하매, 인민이 쉽게 경쟁치 못하니 정부에서는 임의로 법들을 지으며 임의로 조세를 받고 병정과 순검도 다 정부의 지휘를 좇아 동하는고로 위험한 수단으로 정부 항거하는 자는 제어하기 용이하니, 대저 사회 주장을 장담하는 자가 깊이 주의할 바이로다."

성조 가로되,

"그대는 세상을 사회상에 격렬한 마음과 수단이 있는 사람으로 지목하더니, 지금 그대 말하는 바를 들은 즉 실상은 그러하지 아니한 듯하며, 자네 말과 같을진대 세상일을 다 정부에 맡겨 버려 두어도 좋을 것 같으나 오늘날 형편을 보면 장래 사회가 어찌 될는지 듣기를 원하노라."

태순이 답 왈,

"인민이 분발한즉 국가의 유지자가 될 것이요. 공론이 균일한 즉 완전한 협회가 되리로다."

성조 왈,

"그대의 말을 짐작하나 회원들이 다 그대 마음과 다름이 없다 하는지 듣기를 청하노라."

태순이 이윽히 생각하다가 가로되,

"하상천은 권모가 있어 그 마음을 헤아리기 어려우나 시세형편을 보는 재주가 있으니, 아니 될 일을 할 이치는 없거니와 다만 재물에 정신을 잃어버림은 흠절이요, 문전철은 정직한 사람이나 언론이 너무 황당하여 심려할 바이로다."

성조가 홀연히 무슨 일을 생각하는 모양으로 시계를 내어 보며 가로되,

"벌써 네시가 지났도다. 오늘 세시 반에 남문 밖에 나가기로 문전철과 언약하였더니 이야기에 팔린 바가 되어 잊어 버렸도다. 오늘은 해공(害工)을 많이 시켜 불안하노라."

하고 즉시 몸을 일어 나갈 때, 태순이 문밖에까지 따라나가 전송하고 들어와 앉아서 혼잣말로, '그 사람이 학문은 없으나 두루 박람(博覽)한 일이 있어 모르는 일이 없기로 사귈 만한 벗이라.' 하였더니, 오늘 하던 말 같을진대 불량한 사람이다. 대저 전후를 헤아리지 아니하고 남을 선동만 좋아하는 자는 가까이 할바 아니거니와 회중에도 아마 전성조와 같은 사람도 많이 있으리로다 하더니, 별안간 문 밖에 인적이 있으며 서방님 계시오 하는 소리에 태순이 놀라 안색이 변터라.

제 사 회

　서방님을 찾으며 들어오는 사람은 그 집 주인 구두쇠라 하는 자라. 나인 사십오륙 세 가량이요, 얼굴은 몹시 얽고 찌거다려서 꿈에도 보고 싶지 아니한 상판에 거무충충한 무명 두루마기를 입고 단상투 바람으로 주제넘게 태순의 앞으로 와락 대들어 앉으며 쌈지를 끄르더니 장죽을 딱딱 떨면서 태순의 얼굴을 치어다보고 하는 말이,

　"서방님은 아마 나더러 야속하다 할 터이나 나도 군색하여 또 재촉하오. 아까 말씀하던 것은 어찌할 터이요?"

　태순이 불안한 빛을 띠고 대답하되,

　"참 자네 볼 낯이 없으나 수일 기다리면 책값이 생길터일세."

　구두쇠가 껄껄 웃으며,

　"서방님, 요사이 책값 책값 하시니 언제는 되겠소. 우리 아는 사람도 책 만드는 사람이 있으나 요사이 매매가 없어서 아무리 좋은 책이라도 팔리지 아니한다 합더이다. 내가 수년 밥장사 하기로 서생들과 많이 지내 보았으나 처음은 집에서 객비도 보내고 동향 친구의 주선도 있어서 이삼 삭은 어찌하든지 밥값을 잘 주다가 차차 건체(愆滯)되어 셈을 내지 못하고 도망하여, 간 곳도 모르는 사람이 얼마인지 모르겠소. 서방님은 그러할 이치는 없으나 나도 옹색하여 언제까지든지 기다릴 수 없으니 오늘은 절반이라도 주지 못할 터이면, 아무리 불안하나 갚을 돈을 보증 얻어 세우고 다른 데로 가시오."

　태순의 안색이 붉으며,

　"주인의 말이 당연하나 어느 친구에게 부탁한 일이 있으니 아무리 염치는 없으되 잠시간 기다리기를 원하노라."

　구두쇠가 품에 치부책을 내어 놓으며

"서방님, 이것 좀 보시오. 처음 오실 때에 한달에 오원 오십전 씩하는 밥값을 특별히 오원씩 작정하고 정결한 처소를 가리어 드렸더니, 거월부터 식가도 받지도 못하고 손님 대접한 주육 값도 먼저 치르고 우표값까지 합하여 팔 원 구십육 전이오니 물가도 비싸며 집세도 물 수 없고 또 근래는 청결부비도 대단하여 잠시 견딜 수 없으니 아무 주선을 하든지 식가를 지금 주시오.

하며 욕설이 나올 듯하니 태순이 일변으로는 분연하나 빚진 죄인이 되어 대답 못 할 경우를 당하매, 연설장에서는 수천 인을 일시에 감동하는 구변으로도 아무 말도 못하고, 심중에 분함을 억제하여 좋은 대답 하나 구두쇠는 얼굴이 푸르락 붉으락하면서 무엇이라고 지껄이는데, 마침 그때에 가만히 문을 열고 들어 오는 사람은 이 집의 사역하는 계집아이인데 이름은 금년이요, 나이는 열육칠 세쯤 되고 의복은 화려치 아니하나 사람됨은 영리하고 얼굴도 그다지 밉지 아니한 모양으로 손에 편지를 들고 태순의 앞에 나와,

"서방님, 어디서 편지 왔삽나이다."

태순이 그 편지를 받아 보니 겉봉에 하였으되 이태순 선생 여차(旅次) 입납무명씨 상장이라 하였더라. 태순이 이상히 여겨 편지겉봉을 떼어 보니, 백지 별봉(別封) 하나 무릎 위에 떨어지고 그 별봉에 썼으되 금자(金子) 삼십 원이라 하였더라. 태순이 그 까닭을 알지 못하나 편지를 펴보니 자획도 기표하고 사연도 능란하니 그 글에 하였으되,

슬프다. 대장부가 세상에 나서 몸을 버려 나라에 허락함은 떳떳한 일이라. 그대의 근본 뜻을 이룸이 멀지 아니할지니 목전에 군색함을 근심 말지어다. 무례함을 돌아보지 아니하고 별봉을 바치나니 지금은 아직 나의 종적을 명백히 말씀하지 못할지라. 부

득이하여 모르게 보내오니 다른 날 의심 구름이 걷고 청천백일에 한 가지 담화할 때가 있으니 타인에게 보이지 말기를 원하노라.

하였더라.

태순이 두세 번 편지를 펴보아도 누구의 편지인지 알지 못할지라. 별봉을 떼어보니 과연 지폐 삼십 원이 들었거늘, 심히 이상히 여겨 한참이나 눈썹을 찌그리고 앉았다가 금년을 불러 묻되,

"이 편지가 어디서 왔다 하는 하인이 있거든 자세히 물어보아라."

"어디서 왔는지 알지 못하나 하인은 인력거꾼 같은데 편지는 두고 간다 하고 즉시 어디로 갑더이다."

태순이 하릴없이 다시 편지를 보니 아무리 하여도 보지 못하던 글씨다. 문장이 간단하고 사의(辭意)가 극진하나 누가 보낸 것인지 조금도 생각이 나지 아니하는데, 이때에 구두쇠는 우두커니 옆에 앉아서 그 동정을 보더니 큰 입이 떡 벌어지며,

"서방님, 알지 못하는 사람에게서 돈이 왔단 말씀이요. 참 희안한 일이로소이다."

태순이 가장 엄전한 목소리로,

"글쎄, 받는 것이 옳을지 모르나 나의 성명이 씌었으니 아마 잘못 오지는 아니한 것이로다."

돈봉지를 구두쇠 앞으로 던지며,

"이 속에서 식가를 제하라."

하니 구두쇠가 한없이 기뻐하며,

"서방님은 참 영웅이로소이다. 성명을 숨기고 금자를 보내옴은 세상에 없는 일이니 서방님은 젊으신 터에 공부 잘 한다 우리 집안 사람이 칭찬하오며, 연설도 잘한다 세상에 소문이 있으니, 공명을 이루실 날이 머지 아니하리로소이다."

하더니 금년을 불러 이르되,

"안에 들어가 차를 가져오너라. 화롯불도 꺼졌다. 벗어 놓으신 의복은 저렇게 내어 버려 두는 법이 있느냐. 좀 개어 놓아라."

이렇듯 별안간 공손하여지니 지전의 효력이 태순의 권리보다 나음을 가히 알 터라. 구두쇠가 지폐를 세면서,

"서방님, 지난 달 식가 오 원만 먼저 가져가오니 나머지는 월종에 셈하옵소서. 그런데 여짜올 말씀이 있으되 이 때까지 잊어 버렸습니다. 서방님도 아시는 바 저편 방에 있던 학도가 거월에 시골 갈 때 밥값을 내지 못하여 책을 오륙권이나 두고 갔는데 값도 매우 헐하오니 사 보시지 아니하려나이까."

태순이 이르되,

"한적중이 보던 책이면 좋은 책일 듯하니 잠시 보기를 바라노라."

구두쇠가 지전을 싸가지고 들어가더니 낡은 책 칠팔 권을 갖다 놓는지라, 그 제목을 보니, 정 다산(丁茶山)의 문집 네권과 일어 국민독본 두 권과 일영자전 다이아몬드 한 권이라.

"이 책은 하나도 나에게 쓸 것 없으나 문전철이라 하는 친구가 다이아몬드라 하는 책을 구하니 오십전이면 사 두었다가 줄까 하노라."

구두쇠가 책을 집어 들고 가로되,

"서방님, 보십시오. 이렇게 깨 같은 글씨도 읽을 수 있습니까. 아까 서방님 무슨 책이라 하셨던지요?"

태순이 웃으며,

"다이아몬드라 하는 옥편일세."

하며 벼루집을 열고 주지를 내어 편지를 쓸때, 구두쇠는 다른 책을 정리하며,

"따이따이 따이나마이드 이것 외에는 사지 아니하시나이까?"

태순 왈,

"아직 이 책밖에는 아니 사겠네. 아차, 잘못 썼다. 주인이 옆에서 따이나마이드라 하기로 편지에도 따이나마이드로 썼네. 따이나마이드를 샀다 하면 폭동당으로 알겠네. 고쳐야 하겠다."

하고 대여섯 글자를 흐리고 다시 써 편지를 봉투에 넣고 왈,

"주인이 어찌 따이나마이드라 하는 것을 아는지?"

구두쇠 대답하되,

"향자에 집에 있는 손님들이 신문을 보다가 따이나마이드를 맞추었다던 그 소리가 귀에 젖었사오이다."

태순이 웃으며,

"따이나마이드는 폭발약이라는 것일세. 주인, 수고스럽지마는 이 편지를 우체통에 넣고 금년을 시켜 불을 켜게 하라."

하더라. 옛말에 화복이 뜻밖에 나온다 하더니, 이 때에 태순이 장차 액운과의 만남이 지금 켜는 등불에 바람 불어오는 것 같아 귀신의 능력으로도 면치 못할 바더라.

제 오 회

"하상천이 그만 일어나지 아니하나. 잠도 한이 있지 벌써 아홉 시가 되었네."

하는 소리에 한낱 서생이 이불 속으로서 고개를 들고,

"아, 어제 저녁에 늦게 잤더니 매우 곤하다. 자네 어느 때에 왔던가. 아주 몰랐네."

"여보게, 일어나게. 오늘 신문에 큰일났네."

"또 사람을 놀래고 나중에 깔깔 웃으라고."

"아니, 거짓말 아닐세. 이 신문 좀 보게."

서생이 신문을 집어 보니 제목에 양씨 구류라 하였는데, 근래

독립협회 중에 유명한 이태순 씨는 작일 전 십시에 상농여관에서 잡히고, 문전철 씨는 일본에 유학할 목적으로 부산까지 가서 윤선회사에서 잡혀 경성 경무 북서로 보내었다는 풍설이 있었다. 그 내용인즉 이상한 서찰(書札)이 있어 국사범에 반연(絆緣)이 있는 듯하다 하나, 진위가 분명치 못하다 하였더라. 하상천의 눈이 둥그래지며,

"이는 참 이상한 일이로다. 그러나 요사이 전성조가 이태순 문전철의 종적을 탐지하는 모양이러니, 무슨 사건의 증거가 있는 듯하니 자네도 자세히 모르나?"

"아니, 나도 지금 신문만 보고 왔으나 송군서는 자세한 일을 알겠지. 송군서가 어젯밤에 늦게 오더니 일어났는지."

건넌방을 향하여 송군서를 부르며,

"여보게 자네, 이태순 문전철의 일을 들었는가?"

"글쎄, 나도 어제 저녁에 그 두 사람 구류된 말을 듣고 놀라워서 친한 신문사에 가서 알아보니 그 풍설로는 알지 못하고 다른 곳에서 덕실한 듯한 말을 들으니, 태순이 전철의 부탁을 듣고, 폭발약을 샀다든지 맞추었다든지 증거할 필적이 있다 하니 그것이 진실한 말 같으면 걱정일세."

문전철은 권력이 있는 사람이라 하니 그런 일도 고이치 아니하나 이태순은 학자라 평생에 근신하여 황잡한 일이 없기로 유명한 사람이니 어찌 그러한 생각이 있을 줄 알았으리요. 대저 사람이라 하는 것은 외양으로는 알지 못하겠다 하고 여기저기서 두 사람의 소문을 탐지하되 적실한 일은 아는 자가 없더라.

이 때에 이태순은 오월 열흘날 아침에 볼 일이 있어서 출입하려할 즈음에, 난데없는 순검이 형사를 데리고 와 국사범의 반연으로 잡힌 문적(文蹟)을 보이고 인하여 북서 경무청으로 가더니, 그 후에 순검이 다시 와서 그 여관 주인을 불러세우고, 그 여관

하였던 방에 들어가서 책을 수탐하여 가니라. 이태순은 작죄(作罪)한 일이 없더니 무슨 연고인지 알지 못하여 의혹 중 취수(就囚)하여 있다가 문초하는 마당에 불려 나가니, 책상을 앞에 놓고 경무관 세 사람이 엄연히 교의에 걸터앉았고 상 위에 필연과 허다한 문부가 쌓여 있더라. 가운데 앉은 그 중 강폭(强暴)하여 보이는 경무관이 태순을 보고 그 문벌·직업과 평생 교제하던 친구의 성명을 자세히 물으며,

"금월 이일에 문전철에게 편지한 일을 생각하는가?"

태순이 이윽고 답 왈,

"이일이든지 삼일이든지는 기억지 못하나 월초에 문전철에게 편지한 일은 있나이다."

"그러할진대 무슨 일로 편지는 무엇이라 하였던지 생각하느냐?"

"편지에 별 말한 바는 없고 문전철의 부탁하던 서책을 사 두고 통기하였노라."

경관이 빙긋이 웃으며 왈,

"그뿐 아니라 전철더러 무슨 일 결심하라 권하지 아니하였느뇨?"

태순이 고개를 기울이고 한참 생각하다가,

"지금 물으심으로 인하여 생각하니, 전철이 일본에 유학코자 하나 회중에서 만류하는 자가 있다 하기로, 남의 말로 중지하지 말고 속히 결심하여 유학하라 하였나이다."

경관 왈,

"그러하면 사 두었다 하는 것은 무슨 물건인고?"

"매우 조그마한 영어 옥편이로소이다."

그 경관이 동관들을 돌아보고 소곤소곤하더니, 책상위에 있는 편지 한 장을 내어 보이며 왈,

"그대의 편지를 아는가?"

태순이 바라보니 구기고 찢어져 헌 휴지가 되었으되 분명히 자기의 필적이라. 그 글에 하였으되,

　　삼가 묻노니 인간의 형체가 만황하시며 유의 한 일은 친구의 이론을 듣지 말고 속히 결심하기 바라노라. 형의 구하는 따이야몬드를 사서 놓았기 기별하노라.

여불비상

제 육 회

태순이 보기를 마치더니 이 편지는 분명히 자기가 문전철에게 부친 편지라 하고 경관에서 도로 주니 경관이 정색하여 왈,

"그러할진대 책을 샀다 함은 뒷감당도 못할 거짓말이로다. 친구의 이론을 듣지 말고 결심하기를 바라노라 하였고, 먹으로 흐린 곳을 비춰어 보매 따이나마이드라 한 글자가 분명히 보이거늘, 그 옆에 따이야몬드라 고쳤으나 그대가 여관에 있는 일개 서생으로 이 같은 위험한 물건을 사서 무엇하려 하였느뇨?"

하며 가장 엄숙히 질문하거늘 태순이 조금도 굽히지 아니하고 껄껄 웃으며 왈,

"전후 사단을 모르고 이 편지만 보면 의혹되기 쉬우나 결심하라 함은 아까 말함과 같이 일본 유람함을 말함이요, 따이나마이드라 함은 잠시 그릇 썼기로 고쳐서 쓴 일이오."

따이야몬드는 영어 옥편 이름이라 하며 그때 하던 형편 말을 자세히 하여 가로되,

"사정이 의심될진대 문전철과 여관 주인까지 불러 대질(對質)하면 명백하리이다."

하며 변설이 도도하여 흐르는 물 같은지라, 경관들이 서로 보며 이윽히 말이 없더니 또 일봉 서찰을 내어보이며 왈,

"이 편지는 어디서 왔더뇨?"

태순이 받아보고 또한 그 날 무명씨의 돈 보낸 편지라 하니 경관들이 냉소하며,

"성명도 모르는 사람이 돈을 보내 받기 어려울 것이요. 또 그 편지 사연을 볼진대 전부터 교제가 있어 그대의 마음을 익히 아는 모양이라. 편지에는 무명 씨라 하였으나 그대는 짐작할 일이로다."

태순 대답하되,

"이 편지의 문장은 연숙하나 필법이 잔약한 곳이 있어 부인의 글씨 같아 나도 지금껏 이상히 여기나이다."

가운데 앉은 경관이 일러 왈,

"오늘 문초는 이만 그칠 터이나 그대에게 이를 말이 있노니, 이 편지 출처를 그대도 정확히 변명치 못하고 문전철에게 가는 편지도 또한 미상하니, 비록 먹으로 흐렸을지라도 국가의 법전으로 그 직업하는 자가 아닌데 폭발약이 손에 들어왔다 하면 경관이 엄중히 조사를 아니치 못할지라. 아직 감옥서에 가두어 두리니 그리 알지어다."

태순이 깜짝 놀라 무엇이라 말하려 한즉 경관이 다시 가로되,

"이는 본관의 권한으로 아니할 말이나, 그대는 매우 세상에 명망있는 자로 정부에 대하여 만족치 못한 사상으로 무슨 운동을 하다가 실패하였으니, 차라리 은휘치 말고 명백히 토설함이 대장부의 일이거늘, 어찌 소인과 필부같이 거짓말을 하다가 이후 사실이 탄로나면 자기 양심을 저버릴 뿐 아니라, 세상에 대하여 일후까지라도 부끄럼을 면치 못하리니, 증거물을 잡고 보증인을 대하여 조사하는 마당에 아무리 변명한들 어찌하리요. 익히 다시

생각하여 보라."

은근히 달래고 효유(曉喩)하니 이는 국사범에 경력 있는 경관이라, 태순이 작죄함은 없으나 혐의쩍은 형적이 있어 일시에 변명키 어려울지라. 하릴없이 옥사장(獄司長)을 따라서 감옥서로 들어가니라. 경성에 미결수 죄인 가두는 감옥서가 서소문 안에 있으니 사방으로 겹담을 둘러 쌓되 높기가 하늘에 닿을 듯하고 그 속이 사방 입구자로 되었는데, 둥근 방은 간수인의 처소요. 죄인 있는 방은 좌우로 대하여 사십 간이 있으되 나무로 판장을 하고 전면에는 우물정자 문을 하여 달고 큰 자물쇠로 채웠고, 후면에 높기가 다섯 자는 되는 곳에 유리창을 노끈으로 매어 개폐(開閉)를 하고 그 안에 쇠난간을 쳤으며 방마다 한 편에 뒷간을 만들었으되 밤에도 등불을 켜지 아니하여 지척을 분별치 못하며, 융동설한(隆動雪寒)에도 불을 때지 아니하고 담요 하나로 춥고 긴 밤을 지내며, 북풍받이에 유리창으로 눈이 날려 들어오매 수족이 얼어터지고, 삼복 염천에는 조금도 바람이 통치 못하며 남향한 방에 철창으로 일광이 내려쪼이며 피할 곳이 없어 가마에 찌는 듯하고, 간수인은 양복 입고 칼을 차고 엄연히 교의에 걸터앉은 형상은 염라대왕으로 보이고, 옥사장은 검정 털요를 뒤집어썼으매 죄인들 눈에는 귀신인가 싶으고, 병인의 신음하는 소리는 죽은 사람이 부르짖는가 의심하니, 이는 진실로 살아서 지옥에 빠졌다 할러라.

서양에서도 전에는 이러하더니, 벤삼이라 하는 사람이 나서 옥을 짓는 법과 죄인 두는 법을 개량하매, 각 국이 다 본받아 일신히 개량하고 인하여 그 후로 죄인도 감생(減省)되었다 하니 우리나라도 급히 옥을 개량함이 좋으리로다.

이때는 오뉴월이라. 수일 장마가 그치지 아니하고 음음한 안개는 창으로 들어오매, 죄수의 의복이 누습(漏濕)하고 처량한 처마

물소리는 사람의 창자가 끊어질 듯한 데 슬픔을 머금고 잠잠히 앉아 있는 소년은 이태순이라. 홀로 이윽히 생각하되 내가 평생에 정치가가 될 뜻으로 사방에 분주하다가 사업을 이루지 못할 뿐 아니라 일조에 조심하지 못함으로 말미암아 옥중에 들어왔도다.

그 날 함께 잡혀온 문전철과 구두쇠는 어찌 대답하였는지 적연(的然)히 모르나, 만일 변명이 되지 못하면 경하더라도 삼사년 금고를 당할지니, 이렇듯 연약한 몸이 옥중의 귀신을 면치 못할지라. 수년 전에 기회 있을 때 장씨집 데릴사위로 갔으면 이러한 횡액(橫厄)은 당하지 아니하였으리로다. 양친이 이 몸의 화난 만남을 들으시면 오죽 걱정되시리오.

옛말에 빠른 바람에 굳센 풀을 안다 하였으나, 또 높은 가지가 부러지기 쉽다는 말도 있으니, 슬프다, 아무리 천질이 강명한 사람이로되 옥중의 고초를 이기지 못하면 굳센 마음이 자연 사라지고 눈물이 흐르는도다.

제 칠 회

높은 산이 아아하여 창취(蒼翠)를 머금고 산하에 간수가 쟁쟁하여 폭포를 이루었고, 산상의 유명한 백운대는 하늘에 꽂힌 듯하고, 그 아래 북한사라 하는 절이 있어 누가이 나는 듯하며, 아래로 만호 장안을 임하여 경개도 절승하고 수석도 기이하므로 가인재자가 낙엽부절하여 구경함을 마지 아니하더라.

이 때는 칠월 망간(望間)이라. 한편에 있는 승방을 치우고 조용히 앉아 글 읽는 사람은 어떠한 사람인지 얼굴은 주렴에 가리워 보이지 아니하고 청아한 글소리만 폭포성을 화답하여 은은히 풍편에 들리는데, 한편 누상에서 아무 생각 없이 귀를 기울이고 앉았는 사람은 한서생이라. 군산 가을 밤에 육방옹(陸放翁)이 병서를 읽는가, 여산 깊은 곳에 이태백이 쇠공이를 가는가, 양양한 저 글 소리가 옥패를 부수는 듯하여 비량한 나의 회포를 적이 도웁는도다.

이 모양으로 혼잣말로 하면서 누하에 내려 그 절에서 밥짓고 있는 노파를 불러 조용히 묻되,

"저 초막에서 글 읽는 사람이 누구라 하던가?"

노파 가로되,

"일전부터 어떠한 부인이 소저를 데리고 와 계신데, 그 소저의 나이 십팔구 세나 되어 보이고 얼굴도 어여쁘고 인품도 온화하거니와, 글을 좋아하여 잠시 쉬지 않고 읽나이다."

서생이 점두하며 가로되,

"함께 와 있는 부인은 그 소저의 어찌 되는 부인이라 하던가?"

노파가 대답하되,

"그 부인은 그 어머니인지 숙모인지 모르나 오십여 세 가량이나 된 부인이더이다."

서생이 탄식하되.

"우리 나라 교육 정도가 아직 발달이 못 되어 부인은 고사하고 남자도 열심으로 공부하는 자가 드물거늘 어떤 규수로 저렇듯 사상이 고명한고."

노파가 듣다가 웃으며,

"그 소저는 서방님을 아는 것 같더이다. 저녁에 서방님이 오실 때에 소저가 사립문에서 내어다 반기는 빛이 얼굴에 나타나고, 또 어떠한 사진 한 장을 손에 들고 보는데 흡사한 서방님 모양이로다."

이때에 노파와 수작하는 사람은 이태순이라. 오월 초에 편지의 글자 그릇 씀을 말미암아 경무청에 잡힌 바되어 경관이 사실한

즉, 죄는 없는 듯하나 사제가 중대하고 익명서의 출처도 분명치 못하며, 문전철을 준 편지도 의심처가 있으므로 조사를 경홀히 하지 못할지라. 이러므로 수삭을 옥중에 가두어 두었더니 태순의 구초(口招)와 한가지로 잡힌 사람들의 말이 일일이 다름이 없어 별반 의심이 되지 아니하는고로 칠월 초에 문전철과 한가지로 방면되었더라. 태순이 염천을 당하여 옥중에서 곤경을 지낸 후 신체도 피곤하고 심신도 울적하여 소풍할 생각도 있고 삼 년 전에 북한사 절에 놀던 일이 있어 그 절의 중도 친숙히 아는고로, 이 때에 와서 산수의 경개도 구경하고 정결한 처소를 빌어 몸을 조섭도 하러 왔더라. 그런데 마침 건너 초막의 글소리를 듣고 마음에 감동하여 누다락에 내려서 노파더러 그 동정을 물은 것이라. 노파의 말을 들으니 첩첩한 구름이 구의산에 가리운 듯 의심을 깨치기 어려워 글 한 수를 지어 달 아래서 읊으니, 그 글에 하였으되,

서상에 밝은 달이여, 누구를 위하여 비췄었소.
청조의 사자가 없음이여, 나의 회포를 어찌 전할고,

읽기를 마치매 소저 글 소리를 머무르고 듣다가 청아한 목소리로 그 글을 화답하니,

일신의 처량함이여, 하늘 높고 땅이 두터움을 모르도다.
사람은 같고 두 성이 다름이여, 백 년을 의탁할 곳이 아득하도다.

태순이 더욱 심회를 정치 못하여 스스로 그 글 뜻을 풀어 가로되,

하늘과 땅을 모른다 하였으니 일정 부모가 없는 여자이요, 백
년 의탁이 아득하다 하였으니 아직 정혼치 아니한 듯하나, 다만
셋째 귀에 이른바 사람은 같고 성이 다르다 함은 누구를 가르침
인지 알 길이 없도다. 아무려나 내일은 자세히 그 규수의 내력을
탐지하리라 하고 침실에 들어 밤이 맞도록 전전불매(轉轉不寐)하
더라.

제 팔 회

이태순이 북한사에서 우연히 초막에 있는 한 여자와 글을 화답
한 후로, 세상에 범상한 부인은 눈꼬리로도 보지 아니하던 성미
로되, 열석 같은 심장이 자연히 황홀한지라. 혼자 헤오대 세상을
건질 큰 뜻을 품은 남자가 아녀자에게 고혹할 바는 아니로되, 이
같은 재덕이 겸비한 여자는 가히 나의 지기지우(知己知友)라 할
만하나 이 몸은 전후에 불행한 일이 많아서 사방에 표박하고 공
명을 이루지 못하며, 지금은 여관에 있어 책 권이나 번역하여 일
신의 호구하기를 일삼으니, 아무리 생각하여도 아직 한집 배포를
생의(生意)하지 못할지요, 타일에 공업을 성취하더라도 저러한
여자는 벌써 푸른 잎이 그늘을 이루매 열매가 가지에 가득한 모
양같이 되리니 진실로 창연한 일이로다.

그러하나 그 여자가 어느 곳에서 생장하였던가, 마음에 생각나
는 일도 있으나 누구를 인연하여 물으리요. 응당 이 곳에서 아직
두류할 듯하니 다시 서서히 물어보아도 늦지 아니하리로다 하여,
홀로 이윽도록 등잔불을 대하여 이리저리 생각하다가 열두 점이
지나매 비로소 침소에 나아갔다가 이튿날 눈을 떠보니 아침날 빛
이 창에 비치고 산중이 적적하여 다만 폭포 소리만 베개 위에 이
르는지라, 태순이 금침을 의지하여 무료히 앉았더니 노파가 문을

반쯤 열고 방안을 엿보며 가로되,

"서방님, 매우 곤히 주무시나이다."

태순이 묻되,

"지금 몇 시 가량이나 되었는고?"

"지금 여덟 점을 쳤삽나이다."

태순이 눈을 비비며,

"그러하면 아침 잠을 대단히 늦도록 잤도다."

"주무시느라고 건너 초막에서 글 읽던 소저 떠나가는 것도 모르셨습니다."

하는 말에 태순이 깜짝 놀라 급히 묻되,

"무엇이라 하는가. 그 여자가 문으로 들어간다 하던가, 다른 절로 간다 하던가?"

노파 대답하되,

"문산포가 어디인지 그곳으로 간다 하더이다. 무슨 일은 모르나 서방님께 할 말씀 있는 모양으로 오래 기다리고 있삽기로 제가 자주 와서 뵈오나, 너무 곤히 주무시는 듯하기로 감히 깨우지 못하였삽나이다."

태순이 창연히 앉았다가 또 묻되,

"그러나 그 소저 떠날 때 혹 무슨 말을 함이 있던가?"

노파 허리춤에서 편지 한 장을 내어 놓으며,

"이것을 서방님께 드리라 하더이다."

태순이 받아 급히 피봉을 떼어본즉 편지가 아니요, 글 한 편이 있으니, 하였으되,

적설이 공산에 가득하니 초목이 모두 영락하도다.
외로이 섰는 저 소나무는 굳센 절개를 변치 아니하는도다.
조물이 부질없이 시기함이여, 인생이 달같이 둥글기 어렵

도다.

뒤 기약이 아득함이여, 신 있는 군자에게 맡김이로다.

　태순이 두세 번이나 그 글을 보며 생각하되, 적설공산에 초목 영락하므로 세상을 탁의하고 외로운 솔의 변치 아니하는 절개로 자기를 비하고, 조물의 시기와 달의 둥글지 못함으로 의외에 떠나감도 아름다운 언약을 맺지 못함을 한탄함이요, 끝의 귀는 정녕히 나에게 부탁한 말이로다 하고 주승을 불러 묻되,

　"저 앞 초막에서 유숙하던 부인이 어느 곳에 산다하며 성씨는 누구라 하던고?"

　주승이 식가 기록한 책자를 상좌더러 가져오라 하여 차례로 내려보더니 책 한 장을 접어주며,

　"그 부인의 거주가 여기 있나이다."

　태순이 받아 자세히 보니 경성 남촌 후곡 이통(京城南村厚谷二統) 일호 권 첨사 부인, 연이 오십일 세요, 소저 매선 연이 십팔 세라 하였는지라, 태순이 심중에 헤오리 정녕히 경성에 있는 여자일시 분명하나, 그러나 그 글 읽는 소리를 들어본즉 전라도 음성 같은데 또 주승더러 묻되,

　"그 부인이 어디로 향하여 간다 하더뇨?"

　주승이 웃으며 가로되,

　"남의 댁 부인의 거처는 무슨 연고로 물으시나이까. 그 부인의 일가댁이 문산포 땅에 있어 그곳으로 가신다 하더이다."

　태순이 천연한 기색으로 말하되,

　"우연히 물은 것이어니와 문산포가 이곳서 몇 리나 되는고?"

　주승이 대답하되,

　"칠십 리라 하더이다."

　태순이 그 절에서 육칠 일이나 두류하매 잠적(岑寂)한 회포도

너무 지리하고 의중지인의 자취도 실로 궁금하여 문산포로 가려 하더니, 그 날부터 비가 오고 생량(生凉) 기운이 나매 감기로 신기 불편하여 떠나지 못하고 중지하니, 귀에 익지 못한 폭포 소리는 실로 태순의 심사를 산란케하며 잠을 이루면 몸이 나는 듯이 문산포로 향하더라. 사오 일을 지나 병이 조금 나으매 주승에게 부탁하여 짐꾼 한 명을 얻어 행구를 지워 길을 인도하라 하고 자기는 죽장망혜(竹杖芒鞋)로 새벽 처량한 기운을 타서 북한산성을 떠나 북으로 물을 따라 수삼십 리를 가니, 점점 산이 높고 골이 깊어 굽이굽이 시냇물은 잔원(潺湲)하고, 중중한 수목은 참치하여 풍경이 청수하니 가장 별유천지에 이른 듯하더라. 또 수십 리를 가매 한 촌락이 있어 인가가 즐비한데, 남으로 삼각산이 첩첩하여 구름밖에 솟아 있고 북으로 멀리 임진강이 거울같이 둘러 고기잡는 돛대는 역력히 눈앞에 왕래하고 길 가에 한 주점이 있는데, 그 시냇물이 바위 사이로부터 쟁쟁히 흘러 심히 정결하매 내왕하는 행객이 모두 그 주점에서 쉬더라. 태순이 좌우로 산천 경개를 구경하며 주점 앞에 다다르니 험한 길에 삐쳐 자연히 몸도 곤뇌(困惱)하고 목도 마른지라. 관을 벗어 솔가지에 걸고 표주박으로 석천에 흐르는 물을 떠서 마시며 바위 위에 걸터앉아 수건을 내어 땀을 씻고 다리를 쉴 때, 주막 주인더러 문산포 잇수를 물으니 겨우 이십 리가 남은지라, 마음에 바빠서 짐꾼을 재촉하여 저물기 전 바삐 가사 하여 낭중으로써 술값을 내어 주인을 주고 길에 오르려 할 즈음에, 문득 산 모퉁이로 좇아 교군 하나가 그 주점을 향하여, 오더니 교군을 놓고 쉬는데, 어떠한 젊은 여자가 교군으로 좇아 나오더니 나무 그늘 으슥한 곳에가 서늘한 바람을 향하여 섰다가 태순을 정신없이 건너다보고 무슨 생각을 참착히 하는 모양이라 태순이 가려던 길을 머무르고 그 여자의 거동을 여겨보더라.

이 여자는 별 사람이 아니라 권첨사의 질녀 매선이니, 그 모친 별세한 후로 권첨사 내외와 동거하더니, 권첨사가 불량한 뜻으로 매선의 집을 전당코자 하여 전집하는 사람이 집을 보러 올 때에 매선으로 하여금 알지 못하게 할 계교로, 방학한 동안에 조용한 절에가 배운 바 서책을 복습하라, 좋은 말로 속여 그 처 임씨더러 데리고 북한사에 가 여름을 지내고 오라하였더니, 임씨가 매선이 태순과 글을 화답하는 양을 보고 행여나 저희가 부부되면 재산을 다시 간섭치 못하려니 하여 그 이튿날로 문산포로 데리고 갔더니 마침 권첨사의 급히 올라오라는 전보를 보고 가는 길이라. 매선이 부친의 유언을 굳게 지키고 심랑의 사진을 항상 품에 품고 그 사람을 만나 평생을 의탁코자 하여 여학교에 들어 공부도 할 겸, 그 복색은 우리 나라 본래 입던 여복과 같지 아니하여 내외하는 좁은 규모가 없는 지라, 이에 사람 많이 모인 연설장마다 쫓아다니며 살펴보더니, 다행히 독립관 정치 연설하는 날 마음에 사모하던 얼굴을 보았으나, 다만 그 성이 같지 아니함을 한탄하던 차에 북한사에서 다시 보았으나 여자의 수괴(羞愧)한 마음으로 차마 먼저 말을 묻지 못하고 한갓 글을 지어 그 뜻을 시험할 뿐이요, 종시 반신반의하여 진정치 못하더니, 이 곳에서 제삼자 상봉하여 다시 보고 또 볼수록 심랑의 사진과 십분 무의한 지라 규중 여자로 타인 남자를 대하여 말을 물음은 온당한 일이라 못할지나, 부모도 아니 계시고 동기도 없어 예절에 구애(拘碍)하여 평생을 그르침보다 차 있는 연후라야 가히 되리라 하나이다.

남덕중이 태순더러 왈,

"아이와 부인 말씀을 하시니 생각이 나는 일이 있나이다. 내가 향일 문산포에 갔다가 주점에서 지나가는 부인을 만나매 연기가 십팔구 세 가량이나 되었는데, 국한문과 양서를 능히 보기로 주인더러 물은즉 서울 사람이라 하더이다. 근래 젊은 부인에는 과연 학문있는 자가 더러 있으니 업수이 여기지 못하리로다."

태순이 잠시도 잊지 못하는 중 이 사람의 말을 들으매 자연 심히 산란하여 진정키 어려워 묵묵히 앉았는데 문전철이 웃어 가로되,

"근래 여자들이 조그마치 학문이 있으면 너무 주제넘어 남녀 동등권리라 말끝마다 내세워 가정을 문란케 하니 그야말로 식자 우환이라 하노라."

태순이 분연히 대답하되,

"부인의 교육이 발달됨은 사회에 대하여 큰 행복이라 하겠거늘 문형은 어찌하여 시세 적당치 아니한 말을 하느뇨."

제 구 회

제비는 남으로 가고 기러기는 북으로 감은 인생의 면치 못할 일이라. 문전철은 강순현과 지회를 조직할 일로 파주 지방으로 향하여 가고 이태순과 남덕중은 서울로 올라오며 양인의 지회 설립 방법도 이야기하고 근일 서울 형편도 문답할 때 태순이 가로되,

"문군이 유여한 학문으로 매사에 열심함은 매우 감사하나, 원래 술이 과하므로 세상일에 대하여 매양 불평한 말을 고귀함이 없음을 근심하여 이번에도 매우 권고하여 보내었으니 연설하는 마당에 격분함을 못 이기어 실수나 아니 하면 좋을까 하노라."

남덕중은 가로되,

"그대 말씀이 가장 옳으니, 대개 사람의 상은 지위로 인하여 변하느니, 오늘날 수염을 다스리고 사린마차에 올라앉아 노성한 사람을 능모(凌侮)하고 협회당을 과격하다 추직하다 하는 사람들

도 개혁하기 전 국사에 분주할 때에는 거개 황당한 거동이 많았으니, 문전철도 뜻을 얻어 상등사회에 있는 날에는 기상도 자연히 온화하게 되리라, 어느 때까지든지 오늘날 모양으로 있지는 아니할지나, 본래 평등의 자유라 하든가 빈부의 평균이라 함을 좋아하는 남자인고로 잘못하면 격렬당이 되지 아니할까 모르겠도다. 서양 제국에서도 하등 인민들의 사회당을 조직하여 사회의 질서를 문란케 함은 다 세상에 뜻을 얻지 못한 학자들이 선동함을 인함이라 하나이다."

이같이 이야기를 하며 가는데, 어떠한 조그마한 아이가 신문 한 장을 들고 지나거늘, 남덕중이 그 아이에게 신문을 빌어 태순과 나무 그늘 밑에 잔디를 깔아 앉아서 잡보부터 차례로 볼 때 연회장 개량이라는 제목에 이르러 그 취지를 자세히 본즉, 어떠한 유명가의 주창으로 말미암아 연회장의 누습을 일체 개량하기 위하여 동지를 구할 때 유지 신사와 신문기자 제씨가 모두 찬성하는 뜻을 표하였다 하였거늘, 덕중이 보기를 마치고 가로되,

"이는 연회개량을 발기하는 자가 있는 모양이니 이도 구습의 고루함을 고치지 아니치 못할지나, 그러나 오늘날 정치와 사회상에 개량할 일이 허다하거늘, 유지자들이 어느 여가에 그만 일로 떠드는고."

태순이 가로되,

"연회의 필요함을 형이 모르는도다. 동서양을 물론하고 풍속 개량하는 효험이 학교가 제일이라 하겠으나, 그 효험의 속함으로 말하면 연설이 학교보다 앞서고, 소설이 연설보다 앞서는데. 소설보다도 앞서는 것은 연회라 할지어다. 서양 각국에서는 연회장을 극히 장하게 건축하고 화려하게 설비하였으며, 그 주모하는 사람은 상당한 학문이 있어 물정을 추직하고 고금을 통달하는고로 연회하는 일이 모두 시세에 적당하여 부인·아동의 구경거리가 아니

요, 상등사회의 심신을 기껍게 하는 처소가 되나니, 그런 고로 각
국에는 제왕과 후비라도 으례 구경하여 우리 나라 연회장과 같지
아니하니, 우리 나라 연회장은 건축은 약간 서양 제도를 모방하
였으나 다만 외양뿐이요, 그 유희하는 규모는 모두 이십년 전 구
풍으로 압제정치만 알던 시대의 사상을 숭상하여, 이도령이니 춘
향이니하는 잡설과, 어사니 부사니 하는 기구를 주장하며 꼭두니
무동이니 의미없는 유희로 다만 부랑랑자(浮浪郎子)의 도회장
(韜晦場)이 되어 문명 풍화에는 조금도 유익할 바가 없으니, 이
는 연회를 실시하는 자가 학문이 없어 동양의 부패한 풍습만 알
뿐이요, 구경하는 사람도 또한 유의유식(遊衣遊食)하여 무항산
(無恒産)한 사람과 경박 허랑하여 무지각한 무리뿐이니 진실로
개탄할 바로다. 하루라도 바삐 그 방법을 개량하여 역사의 선악
과 시세의 가부를 재미있게 형용한 후에야 남녀 구경하는 사람의
안목에 만족할 것이요, 외국 사람에게도 조소를 면하리로다.”

남덕중이 무릎을 치며 가로되,

“선생의 말씀을 들으니 비로소 연회를 개량함이 필요함을 가히
알지라. 나도 어디까지든지 찬성하고자 하노라.”

태순이 수건으로 땀을 씻으며,

“날도 대단히 더워진다. 목욕이나 좀 하여 볼까.”

하며 그 앞의 시내 둑으로 나아가 그늘 밑에 의복을 벗어 놓고
물로 들어가려 할 때, 마침 어느 두 소년이 겨우 목욕을 마치고
바위 위에 걸터앉아 서로 수작함을 들은 즉 한 사람이,

“옳지, 그래서 그 여인이 어떠하던가. 매우 어여쁘기도 하려니
와 학문도 있데마는 행실은 못되어 이번까지 몇 번째 신문에 오
르내리는지 모르겠데. 일전에 북한사에 가 있는 동안에도 정부를
얻은 일이 낭자(狼籍)히 소문이 나서 무인부지(無人不知)라고
신문 잡보에 있었네. 대체 그 신문은 무슨 일이든지 자세한 사실

을 일등 수탐하나 보네."

"그래, 그 여자가 어느 곳에 산다 하였던가?"

"남촌, 근처라고만 하였고 골목 이름은 쓰이지 아니하였으나, 필경 우리가 문산포에 갔을 때 보던 여인인듯 하네."

"옳지, 자네 말이 어지간하이, 그 여인이 인물도 똑똑하고 잔부끄럼이 도무지 없는 것을 보니까 수상은 하던걸. 나는 바빠 먼저 가네."

"나도 바빠 가야 하겠네."

하면서 동서로 각각 헤어져 가더라. 태순이 목욕을 하면서 그 두 사람의 이야기하는 것을 듣고 심중에 헤오되, 남촌 근처 여자로서 북한사에 갔던 사람이라 하니 나 만난 여자가 아닌지 모르겠으나, 그같이 학문도 고명하고 처신도 단정한 여자로서 함부로 그러한 행실은 아니 할 듯하되, 사람이라 하는 것은 외양만 보고 알지 못할 바라, 어찌된 사실인지 모르리로다. 그러하나 근일 신문은 형적도 없는 말도 잘 나니 어찌 믿으리요. 만일 나와 글 화답하던 일을 누가 알고 오전하여 애매한 말을 내었으면 진실로 그 여자에게 원통한 일이라 발명이라도 아니치 못하겠으니, 하루 바삐 서울로 가서 자세한 사상(事狀)을 탐지하리라. 아무리 생각하여도 마음에 관계가 되매, 목욕을 못다 마치고 그대로 옷을 입고 남덕중과 길을 떠나러라.

제 십 회

누대(樓臺)가 참치하고 수음이 울밀한 중으로 후원으로 돌아들어 육간 초당이 있으되 분벽사창(粉壁紗窓)이 극히 정결하고 뜰 가운데 작은 연못이 있어 금붕어는 물결을 불고 못가에 괴석과 화초분을 느런히 놓았으니 한적한 운치가 반점 티끌이 없는 데,

방 안에 나이 열팔구 세 된 여자가 꽃 같은 얼굴과 눈 같은 살의 담장 소복을 하고 책상을 의지하여 소설을 보다가 입안의 말로, 여자의 마음은 어느 나라이든지 모두 같도다. 이 미스 세시마레의 정인을 이별하고 각색으로 고생한 곳을 보면 눈물을 금치 못할지로다. 이 몸은 초년에 양친을 여의고, 기다리는 사람은 진가 (眞假)를 알지 못하니 이같이 가련한 인생이 어디 있으리요. 그러한 중 숙부라 하는 사람은 진실한 혈속이 아니요. 다만 의로 정한 터이라. 외양은 친절한 듯하나 내심은 알지 못할 뿐더러, 근일에는 의심되는 일이 한두 가지가 아니기로 맡겨둔 전재의 출납한 문부를 보자 하면 이리저리 청탁만 하고 시종 보이지 아니하며, 모친의 유언으로 심랑의 소식을 기다리고 있음을 번연히 알면서 타문에라도 급히 결혼하라 재촉하니, 그 뜻이 가장 괴이함이요, 부친 생전에 무슨 필적을 받아 두었다 하면서, 오늘날까지 나를 뵈이지 아니함은 까닭을 알지 못하리로다. 동무가 아무리 많아도 모두 계집아이라 쓸 데 없고 어느 명민하고 친절한 사람이 이때 있다면 무슨 일이든지 모두 의논이나 하여 보고 싶으나, 지금 모양으로는 그러한 사람도 만나기 극난하니 마음을 진정할 곳이 없도다 하면서, 보던 서책을 땅에 던지고 상 위에 있는 수건을 집어 하염없이 흐르는 눈물을 씻더니 마침 연기가 오십여세 가량이나 된 남자가 들어오며,

"네 몸이 그저 편하지 못하냐. 왜 오늘도 학교를 아니 가느냐?"

하는 자는 본래 장흥 사족(長興士族)으로 십사오 년 전에 덕적 첨사(德積僉使)를 다녀온 권 첨사라. 원래 글자는 하되 욕심은 대단한 터인데, 매선의 부친이 처음 서울로 올라와 사고무친하여 심히 외로울 때에 권첨사를 만나 동향 세의(同鄕世誼)만 생각하고 의형제를 한 까닭으로 매선이가 숙부라 칭하는 것이라. 매선

이 불편한 기색을 감추고 천연히 대답하되,

"오늘부터 쾌차하오니 염려 마옵소서."

권 첨사가 교의에 걸터 앉으며,

"네 병이 낫으니 나의 마음이 얼마쯤 기쁘도다. 너를 보러 들어 옴은 다름이 아니라 향래(向來)부터 이삼차 말하였거니와, 이는 첫째는 너의 신세를 위함이요, 그 다음은 자격이 합당한 사람이 있기로 너의 말을 듣고자 하노니 재삼 생각하여 좋은 기회를 잃지 말지어다."

하면서 매선의 안색을 살펴보거늘, 매선이 심중에 놀라우나 사색(辭色)을 나타내지 아니하고 나직한 말로 대답하되,

"그 말씀은 향래부터 자주 듣자왔으나 숙부께서도 아시는 바 아비가 생존하였을 때에 약조한 사람이 있었으므로, 모친께서 기세하실 때에 정녕(叮寧)한 유언이 계시고 소녀도 아직 일이 년 안에는 출가치 아니하려 하나이다."

권 첨사가 갈범 같은 소리로,

"옹졸한 소견도 있다. 나도 여러 번 심랑을 보았으나 이는 너의 부친이 무부(珷玞)를 진옥(眞玉)으로 보심이라. 인물도 그다지 준수치 못할 뿐 아니라, 무슨 작죄를 하였는지 어디로 도망한 이후로 지금껏 그 생사도 알지 못하거늘, 만리 전정을 생각지 아니하고 이팔 광음을 허송하라 하심은 너의 모친의 병환 중 혼미한 정신으로 하신 난명(亂命)이라. 지금 너의 처지에 난명을 준수하여 앞일을 생각지 아니함은 만만 불가하니 고집 말지어다. 네가 아무리 학문이 유여(有餘)하고 범절이 영리한 터이나 종시 계집아이라. 세사를 알지 못하여 능히 가간사를 정리하기 어렵기로, 내가 실상은 타인이로되 매사를 주선하여 아무쪼록 그르침이 없도록 보살폈거니와 인제는 점점 나이 많아오매, 정신이 현황하여 분란한 일은 상관하기 염증이 나고, 반년간 회계도 계산하기

어려워서 향자에 네게 재촉을 당하였거니와, 너는 일찍이 몸을 의탁하여 집을 보전함이 합당할 듯하며 또 네가 집을 맡은 사람이 되었은 즉, 만일 타처로 가기를 즐기지 아니할진대 내가 데릴사위로 정하여 같이 있어도 무방하며, 나의 말한 바 남자는 범상한 인물이 아니라 정히 너의 배필이 될만하기로 강권함이라. 필경 너도 이전에 일이 차 만나서 얼굴도 알 듯 하나 만일 그 사람과 결혼치 아니하면 이는 나의 좋은 뜻을 저버림이라."

하여 권하는지라, 매선이 마음에 숙부가 무슨 관계가 있어 자기의 즐기지 아니하는 일을 억지로 권하는가 하여 듣기 싫은 말로 대답할 듯하나 원래 그 성질이 온화한고로 마음을 진정하여 가로되,

"숙부의 말씀에 진실로 감격한 바오나, 소녀의 사정은 아까도 말씀함과 같이 그 남자가 아무리 비범한 사람이라도 지금은 결혼할 생각이 없사오며, 듣자오니 서양에서는 마음에 합당한 사람으로 부부의 언약을 정한 후 외양으로만 그 부모에게 의논한다 하오니, 은덕을 받은 숙부의 말씀을 거역하기는 죄송하오나 다만 결혼 일사는 소녀의 마음대로 하게 버려 두심을 바라나이다."

권첨사 급급한 모양으로 가로되,

"아무리 하여도 나의 말을 듣지 못할 터이냐?"

매선이 대답하되,

"결단코 이 말씀은 봉행치 못하겠나이다."

권첨사 얼굴에 푸른 힘줄이 일어나면서 담뱃대로 재판을 두드리며 구성하여 수죄를 할 듯하다가 별안간에 좋은 말로,

"옳지, 그러하지. 너의 마음이 기특하다. 인자된 도리에 그러하지 아니하면 불가하니 나의 말을 자세히 들어라. 너의 말이 그러할진대 무슨 일이 있던지 부모의 유언을 지키고 변치 아니코자 하느냐?"

　매선이 응답하되,

"이는 다시 물으실 바 아니로소이다."

　권첨사 가로되,

"그러할진대 너는 장씨의 재산을 자기의 물건으로 알지 못하리로다."

　매선이 변색하며 고하되,

"이는 숙부의 말씀이라도 알지 못할 바이오니, 소녀가 비록 계집 아이오나 부모의 후를 이은 몸이 되어 자기의 재산을 자유로 못한다 하심은 무슨 까닭을 모르나이다."

　권첨사 가로되,

"너의 생각이 저러하기로 부당한 고집으로 나의 이르는 말을 듣지 아니하는도다. 자식을 알기는 아비 같은 이가 없다 하더니, 너의 부친의 지감(知鑑)이 있음을 탄복할 바이로다. 매선아, 이것을 보아라."

　하면서 네모진 얼굴을 뒤 들고 입속으로 중얼중얼하면서 손궤 속에서 편지 한 장을 내어 주거늘, 매선이 괴상히 여기며 즉시 받아보니 자기 부친 생전에 권첨사에게 유언으로 부탁한 것이라. 그 글에 하였으되,

'나의 사후에 여식 매선으로 집주인을 삼고 그대는 뒷배 보는 사람이 되어 일가의 재산을 정리하여 주심을 바라노니, 일찍이 여식을 심랑과 결혼하여 데릴사위 삼기를 경영하였더니 그 후에 심랑이 종적을 감추어 간 바를 알지 못하니, 만일 나의 사후에 삼년 내로 심랑이 돌아오면 전 언약을 좇아 부부를 삼고 일가의 재산을 사양하여 줄 것이요, 만일 이 기한이 지나도록 심랑은 돌아오지 아니하고 매선이 다른 곳에 출가하기를 불응하거든 재산을 십분지 일만 분깃(分衿)하여 주어서 각거(各居)하게 하고 장씨의 후를 이을 사람을 양자 하여 영구히 재산을 보전케 함을 원

하노니 아무쪼록 범연히 마심을 바라노라.'

매선이 불의에 이 유서를 보고 기가 막히나, 원래 지혜 있는 여자인고로 마음을 진정하여 두세 번 그 유서를 훑어보고 접어서 도로 권첨사를 주며 왈,

"부친의 유언이 이러하실진대 일후에 숙부의 말씀을 좇으려 하나이다. 그러하나 부친 병환 중에 소녀와 모친이 주야에 부친 곁에 있어 여러 가지 유언을 자세히 들었사오나, 이러한 유서로 숙부에게 드렸다 하시는 말씀은 듣지 못하였고, 또 모친께도 그런 말씀은 듣지 못하였나이다."

하면서 이야기하는 중이라도 그 양친의 병중사를 생각하고 눈물이 비오듯 하거늘, 권첨사는 보지 못한 체하고 말하되,

"너의 부친 하세하시던 사오일 전에 뵈오러 갔더니 그때 마침 너도 없고 너의 모친도 계시지 아니한데 이 유서를 가방 속에서 내어주시며 기회에 다른 일도 모두 부탁하시던 것이 지금도 목전에 뵈옵는 듯하다. 아무리 기질이 좋은 사람이라도 대병 중에는 평상시와 다르니 아마 잊으시고 너에게도 말씀을 못 하셨나 보다."

매선이 웃음을 머금고 말하되,

"말씀과 같을진대 한 가지 알지 못할 일이 있소이다. 부친 병환시에 숙부께서는 고향에 가 계시고 서울에 계시지 아니하셨다가, 겨우 부친 하세하시던 전날에야 비로소 오시지 아니하셨삽나이까."

권 첨사가 말이 막혀 묵묵히 있다가,

"이는 내가 잘못 생각하였다. 늙어지면 정신조차 없어져서 삼년 된 일을 아득히 잊어버렸도다. 다시 생각한 즉 이 유서도 역시 그 전날 받았나보다."

매선이 권 첨사를 잠깐 흘겨보더니,

"그 유서를 다시 한번 보여주시옵소서."

하면서 받아 펴들고 가로되,

"숙부는 이것을 자세히 보옵소서. 이 글씨가 부친의 필적과 흡사하오나 먼저 쓴 글씨는 부친의 명함 쓴 글씨보다 먹빛이 다르기로 나중에 써서 넣은 모양 같아 뵈오니 어인 일인지 이상하여이다."

권 첨사가 소리를 높여 가로되,

"이 글씨를 어디로 보니 이필이라 하여, 소위 숙부라 하며 필적 위조한 흉악한 무리로 돌려보내느냐. 매선아, 자세히 나의 말을 들어 보아라. 나도 원래 벼슬 다니던 사람으로 세상 일도 짐작하는 터이요, 그뿐 아니라 이 유서를 그 사이 법률에 정통한 사람들에게 뵈고 그 말도 들어 보았거니와, 네가 아무리 고집하여도 이미 삼 년 기한 지났으니 나는 너의 부친 유서와 같이 가합(可合)한 자를 양자하여 장씨의 후를 잇는 것이 당연한 일이라. 만일 재판을 할진대 대언인(大言人)이 되어 결단코 이겨 보겠다 하는 사람도 여러사람 있더라마는, 너를 보아 아직 거절하고 친절한 마음으로 출가하기를 권하나, 너는 고마운 생각은 없고 도리어 정녕 무의한 유서를 위조 하였다 하니 이 어찌 숙부를 대하여 네가 차마 할 말이리요."

하면서 이를 악물어 사람을 씹어 삼킬 것 같이 하거늘, 매선이 부복(俯伏)하여 이옥도록 말이 없다가 돌이켜 생각하고 가로되,

"소녀가 잘못하였사오니 용서하심을 바라나이다. 이렇듯 부친의 유서도 있사오니 숙부의 말씀을 봉행하여 일찍이 신세를 정리하리이다."

권 첨사는 가장 곧이듣고,

"벌써부터 나의 말을 순종하였으면 이치를 장황히 말할 것도 없고 큰소리도 아니하였으리로다. 너의 말을 들으니 내가 안심하

노라."

하면서 저의 마누라를 불러내니, 권 첨사의 마누라 정씨가 장
지를 열고 들어와 매선의 곁에 앉아서 쪼그라진 입에 버스러진
이가 입술 밖으로 나오며 호호 웃더니,

"너는 효행이 있는 아이라 기특하다. 너의 부친이 지하에서 기
꺼워하시리로다. 지금 급히 출가하라 함도 아니니 천천히 상당한
사람을 기다리는 것도 좋을지라. 매선아. 좀 웃어나 보려무나. 무
슨 일을 그다지 생각만 하느냐."

그때 마침 하인이 뜰 앞에 와 고하되,

"작은 아씨, 문밖에 송 교관이 오셔서 그 누이님의 말씀을 전
하고자 하여 잠깐 뵈옵기를 청하더이다."

매선이 이르되,

"오냐, 무슨 일인지 모르거니와 나도 할 말씀 있으니 잠깐 계
시라 하여라. 지금 나가마."

하고 문간으로 향하여 가니 권 첨사가 그 노처를 대하여 숨을
휘이 내어쉬며,

"계집아이가 주제넘게 글자를 보아서 세밀한 일까지 모르는 것
없으므로 이번에 내가 땀을 흘렸도다. 그러하나 저의 부친의 도
장찍힌 유서가 있는 데는 하릴 없을지니 하상천의 지혜는 짐짓
탄복할 바이요. 이외에 송 교관이 잘 꾀었으면 하상천과 혼인이
십분의 구는 되기 무려할지라. 종자 이후(從自以後)로 저당잡힌
문서도 발각될 염려가 없을 뿐 아니라 천 원이나 되는 큰 돈이
손에 들어올지니 어찌 다행치 아니리요. 마누라 여보오, 하인 불
러 앞 집에 가서 술이나 좀 받아오라 하오, 우리 이 일 잘 되라고
축원을 하여 봅시다."

제 십일 회

낙자 정정하여 바둑 두는 소리에 백 일은 일 년같이 길고, 제비는 쌍으로 날아드는 곳에 한 사람은 연기가 삼십 내외간쯤 되었는데, 높은 코와 큰 눈에 안색이 백설같이 당당한 장부의 기상이 사람을 압도할 만하고, 무슨 일을 생각할 때마다 미간에 내천자로 주름이 잡히니 이는 별 사람이 아니라 그 집 주인인 하상천이니, 머리에 정자관(程子冠)을 쓰고 몸에 생주(生紬) 주의를 입고 청공단 보료에 안석을 의지하여 앉았고, 벽상에 전렵도(畋獵圖)를 걸었으며, 화병에 백일홍 두어 가지 꽂혔고, 책상 위에 《법규유취》 이삼 권이 있고, 그 옆에 수십 장씩 묶은 문부가 쌓여 있으니, 이는 여러 사람의 재판하기 전 미리 감정하기를 부탁한 문적이더라.

또 한 사람은 추포 주의를 입고 죽립(竹笠)을 썼는데 둥근 얼굴에 단소한 남자이니 이는 송군서라. 사오 년 전부터 하상천의 집 식객이 되었더니, 근일에 스스로 대언인 사무에 종사할 때 항상 하상천의 지휘를 받아 분주하더라. 이 때 하상천이 송교관을 대하여 말하되,

"바둑을 두고 나면 너무 더워 견디지 못하겠으니 좀 쉬어서 두어 보세. 그러하나 여보게 송교관, 그 일은 매우 잘 되지 아니하였는가. 나도 독립회 연설장에서 그 여자를 만난 후로부터 매우 유의하여 수소문을 하여 보고 영어학당에 다니는 것을 알았네. 다행히 그대의 매씨와 함께 그 학교에서 공부하므로 나의 사정을 그대에게 부탁하여 그 근지를 알아본즉 부모도 형제도 없다 하기에 으레 될 줄로 생각하였더니, 그 여자가 당초에 계약한 남자를 기다리고 있기로 아무리 권면하여도 청종(聽從)치 아니한다는 말을 듣고 다시는 생의도 못할 줄로 알았더니, 마침 권 첨사가 채

전(債錢)에 못 견디어 그대를 소개하여 나에게 타첩(妥帖)할 방
책을 묻지 아니하였나. 그래 내가 자세히 탐지하여 본즉 그 여자
의 가권을 모르게 저당잡힌 곡절일래그려, 만일 이 일을 그 여자
가 알고 보면 기외의 맡은 돈 사용한 것까지 발각이 될 사세이기
로 곤란함을 면치 못하겠다고 좋은 방침을 지시하여 달라기로,
나의 소망을 말하여 그 여자와 결혼하여 주면 천 금으로 보수하
여 그 채전을 청장하게 하여 주마하였다. 권 첨사는 응낙을 하였
으나 다만 그 여자가 출가할 마음이 없으니 권 첨사는 주선할 도
리가 별로 어디 있나. 할 수 없이 권첨사더러 그 여자의 부친 도
장 찍힌 휴지를 얻어 보라 하였더니 일이 되느라고 마침 적당한
것을 가져왔기로 약시약시하게 유서를 꾸며낸 것은 진실로 신기
한 묘산이 아닌가. 일전에 권 첨사가 그 유서를 보이고 출가함을
강권하였더니 그 여자가 하릴없이 허락을 하더라니 외양 형편으
로 보면 거의 될 듯하나, 그러나 그대가 다시 힘을 다하지 아니
하면 되지 못할지니 나의 소망을 저버리지 말지어다."

송교관이 대답하되,

"전일에 선생의 부탁을 들은고로 고향에 돌아가 있는 누이의
전하는 말이 있다 칭탁하고 그 부녀자의 눈치를 보러 갔더니 그
여자가 말 끝에 묻기를, 그대는 대언인이 되신 터이니 이러한 일
을 알으실 터이어니와 여자라도 부모의 재산을 상속한 지 이삼년
이 지났는데 살림 뒷배 보는 사람이 졸지에 부친의 유서가 있다
칭하고 별로 양자를 데려오고 그 여자를 쫓아내는 일이 법률규정
에 있느냐고 하기로, 나는 그 이허(裏許)를 짐작하나 짐짓 알지
못하는 체하고 어떠한 법률은 현란한 사건도 있기로 용이히 판단
하기 어렵거니와, 우리 나라에서 현행하는 법률은 서양 각국과
같지 아니하여 재판소에서는 무슨 일이든지 종문권(從文券) 시행
한다 대답하였은 즉, 그 여자가 아무리 영악하여도 하릴없이 권

첨사의 지휘를 좇으려니와, 그러나 선생같이 규모 있는 터에 아무리 일대 절색이요 학문이 있다 한들 천 원이나 되는 이 전재를 허비하려 함은 무슨 생각인지 나는 조금도 알지 못하는 바라."

하거늘 하상천이 수염을 쓰다듬으며 가로되,

"이는 두루 생각하는 바 있음이니 정실은 부모가 주혼하신 바이로되, 그 용모가 험악할 뿐 아니라 마음에 합당치 못한 일이 많은 고로 본가로 쫓아보내고, 그 후에 전주집을 데려왔더니 자식까지 낳았기로 길래 같이 지낼 줄 알았더니 그 역시 불합할 뿐더러, 근래 사회의 풍조가 변하여 오므로 차차 부인들도 공회 같은데 참례하는 일이 있으니 아직은 경장하던 처음이라. 사녀의 품행이 문란한 결과로 인하여 행실이 없는 부녀라도 함부로 귀부인 좌석에 섞이는 일이 있으되, 멀지 아니하여 필경 서양 풍속을 본받아 품행이 단정치 못한 부녀는 상등사회에서 받지 아니하리니 창기의 무리로 가속을 삼는 것은 창피할지라. 우리도 타일에 뜻을 얻어 내외 신사를 교제하려 한즉, 아무쪼록 시세에 합당한 부인을 취하지 않으면 불가할지라. 그 여자는 인물도 불초치 아니하고 학문도 있으며 영서도 능통한다 하니 아내를 삼아도 부끄럽지 아니할 바요. 기의와 재산도 있다 하니 우리 나라는 부부간에 재물을 각각 구별하는 법률이 확정치 아니하였은즉 한 번 혼례 곧 하면 그 여자의 재산이 모두 나의 차지가 될지요, 성사 한 후에는 천 원 돈도 허비할 필요가 없으니 다만 입으로 말만 하여 증거가 없을 뿐 아니라 권 첨사도 남의 유서를 위조하였다 하는 밑 구린 일이 있으니 어찌 능히 나를 정소(呈訴)하여 재판을 청하리요."

송 교관이 그 말을 듣더니 무릎을 치며 말하되,

"선생의 묘산은 진실로 귀신도 측량치 못할 바이어니와, 그러하나 잘못하면 여의치 못할까 하노니 별로 주의치 아니하면 불가하리로다."

하상천이 묻되,

"무슨 일을 이름이뇨?"

송 교관이 가로되,

"근일에 풍편으로 들으니 그 여자가 이태순과 벌써 언약을 굳게하였다 하니 선생은 알아서 주선할지어다."

하상천이 의외에 이 말을 들으매, 기가 막혀 이윽도록 손끝을 비비며 생각하더니 홀연히 무릎을 치고 웃으며 가로되,

"한낱 우직한 이태순과 암약한 여자를 어찌 처치할 도리가 없으리요."

하면서 입을 송 교관의 귀에 대고 약시약시하라 하니 송교관이,

"옳지, 그 신문기자는 선행과 친분도 있을 뿐 아니라 사람을 비방하기 좋아하느니, 부탁만 하면 아니 될 이치가 없으니 지금 가는 길에 말하여 보리로다."

하상천이 또 송 교관더러,

"여보게, 그리하고 또 약시약시하게."

송 교관이 고개를 끄덕이며,

"옳지, 그렇지, 꼭 될 일이지."

하상천이 말하되,

"그리하고 그 부비(浮費)는 약시약시하게"

제 십이 회

일쌍 청조가 매화 가지 위에서 꽃을 희롱하니 향기 가지에 가득 하도다.

"나도 청조되고 너는 매화되어 나래가 향기 꽃에 떠나지 말고

지고. 여보게 옥도 씨, 노래나 좀 부르게. 임주사, 술 한 잔 더 자시게."

하며 너스레를 늘어놓는 사람은 송 교관이요, 단아한 모양으로 권하는 술을 사양하며 별로 말도 아니 하고 웃도 아니 하는 사람은 이태순이라. 송 교관이 태순이더러,

"내가 노형의 입성하심을 듣고 반가이 말씀도 하고 누설의 욕 보시던 일도 위로할 차로 오늘 이 곳으로 감히 오시라 함이어늘, 술도 아니 자시고 담화도 아니 하시니 도리어 섭섭하여이다."

태순이 강잉히 웃으며 대답하되,

"이처럼 부르신 성의는 감사 무지하거니와 소제는 본래 졸직한 성미라 질탕히 수작을 못 하니 형의 뜻을 저버림 같아 심히 불안하도다."

곁에 있는 임 주사는 송 교관의 친구라. 술잔을 들어 태순에게 권하며 말하되,

"선생이 근일에 산수 좋은 곳에 유람하셨다 하오니 어디 경치가 가장 아름답더뇨?"

태순이 대답하되,

"별로 여러 곳도 가지 못하였고 또 형색이 총총하여 경치를 구경치 못하였으니, 일산에서 문전철이라 하는 친구와 그외 유지한 수인을 만나 수일 두류하였는데 수석이 매우 절승하더이다."

송 교관이 말을 무지르며,

"여보, 절에 가면 중 이야기하고 촌에 가면 속인 이야기한다고, 오늘밤 이 좌석에서는 술이나 먹고 옥도나 데리고 놀아 봅시다."

하며 옥도에게 곁눈짓을 하니, 옥도가 연해 태순의 눈을 맞추며 술을 부어 들고 온갖 아양을 모두 부리나, 태순은 조금도 요동치 아니하고 있다가 송 교관을 돌아보며,

"이 동안 전성조도 평안하며 어느 곳에 머무느뇨?"

송 교관이 대답하되,

"형은 아직 그 소문을 듣지 못하였도다. 성조가 형을 모함한 죄로 반좌율(反坐律)을 당하여 지금까지 감옥서에 있거니와, 성조와 형이 무슨 큰 혐의가 있기로 그런 흉측한 마음을 먹었느뇨?"

태순이 탄식하되,

"그 사람이 나를 모함함은 그 뜻을 모르거니와 평일에 교분이 가까와 별로 감정이 없노라."

송 교관이 웃으며,

"형이 나를 속이는도다. 나는 전실로 들으매 성조와 친밀히 지내는 여자가 형과 가까와 형의 여비까지 담당하여 준 일을 알고 시기하여 그리함이라 하더이다."

태순이 정색하여 발명하고 내심으로는 의혹이 자심한 데 임 주사가 신문 한 장을 들고 차례로 보아 내려가다가 어느 여자의 이야기를 보는 모양이더니 박장대소하여 송 교관을 바라보거늘, 송 교관이 묻되,

"무슨 말이 있나? 여럿이 듣도록 크게 읽어 보게."

임 주사가 소리를 높여 가로되,

"남촌 근처인데 골목 이름과 통·호수는 자세치 못하나 면담에 석회칠 하고 수목이 울밀한 중에 후원 초당 있는 집이요, 그 이름은 배화라 하든지 매향이라 하든지 하는 여자인데, 그 자색이 절등하여 달이 시기하고 꽃이 부끄러하는 듯할 뿐 아니라, 개명한 학문도 있기로 근처에 소문이 유명하여 사람마다 흠모하는 바이더니, 청보에 개똥을 쌌다는 말과 같이 그 여자가 음란한 행실이 한두 번 아니라 일전에도 신병이 있어 피접(避接) 간다 청탁하고 북한사에 가 있더니."

하며 곁눈질을 하여 태순을 흘금흘금 보니, 태순의 안색이 자

연 불안하더라. 임 주사가 소리를 돋우어 또 보되,

"그 절에서 어느 남자를 또 사귀었던지 돌아오는 길에 그 소년을 보고 남이 부끄러운 줄 모르고 교중에서 은밀한 약조를 정한 후 경성으로 들어왔다. 인물이 걸색이요, 학문이 고명하다 할지라도 이러한 행실이 있을진대 그 이름을 매선이라 하이 부끄럽도다. 매화라 한 것은 절개가 높은 꽃이니 어찌 음향이 그러한 여자의 비할 바이요. 이는 진실로 매화를 욕되게 함이로다."

보기를 마치매 신문을 무릎 위에 놓고 송 교관을 보며 말하되,

"남촌 근처에 있다 하니 일전에 말하던 그 여자가 아닌가?"

송 교관이 가로되,

"전후의 사정을 생각하여 보면 알 듯한 일이 아닌가. 대체 은밀한 일은 소문나기가 쉬운 법이니."

옥도가 옆에서 듣다가 말하되,

"어느 곳 사람인지 모르나 그러한 일까지 신문에 오르니 견딜수 없으리로다."

송 교관이 웃으며,

"너의 일도 자주 신문에 나기로 이른바 과부 설움은 동무 과부가 안다 하더니, 너를 두고 하는 말이로다."

태순이 넋을 잃은 듯이 듣고 있더니 별안간 안색이 불쾌하여송 교관을 보며,

"그대는 그 신문에 게재된 여자를 일찍이 아는 사람인가?"

송 교관이 대답하되,

"나의 누이와 한가지로 학교에 다니는 여자인고로 자세히 아노니 용모는 그다지 추물은 아니요, 재주도 있으나 계집아이로서 연설장으로나 쫓아다니고 그외 행실이 괴악하여 조금 마음에 있는 남자를 보면 각색 천착(舛錯)한 행동으로 그 정신을 미혹하여 전재를 빼앗다가 그 남자가 저의 욕심대로 주지 아니하면 즉시

거절하고 또 다른 남자를 친하기로 이번까지 몇 번이나 신문에 나는지 모르겠으니, 대체 여자라 하는 것은 외양으로만 보고 알지 못할 거이어늘, 그러한 계집에게 속는 남자야 일개 천치라 말할 것 없느니라."

하면서 무심히 하는 말같이,

"노형, 그 사이 북한사에 유람하셨다 하니 그 여자를 혹 만나지 못하였는가?"

태순이 알지 못하는 모양으로 대답하되,

"그러한 여자를 어디서 보았으리요."

앞으로 대답은 하면서 마음은 심히 불평하더라. 아무리 이태순 같이 재덕이 겸비한 사람이라도 이 때까지 매선과 깊은 교제가 없고 다만 일차 담화를 들은 후로 재색을 흠선(欽羨)할 뿐이요, 그 사람됨은 자세한 알지 못할 터이라. 옛적에 증자의 어머니 같은 이도 그 아들이 살인하였다 함을 세 번째 듣고서는 베틀 위에서 짜던 북을 던지고 달아났다 하는 말도 있으니 십벌지목(十伐之木)은 자고로 없는지라, 일전에 일산에서 두 서생의 말을 듣고 의심하던 중 이번 신문 게재된 일을 보고 또 송 교관이 그 소행을 자세히 알아 신문과 조금도 다르지 아니한즉, 스스로 의심을 풀지 못하여 불쾌한 감정이 불일듯 하되 사색을 남에게 알림은 불가한고로 짐짓 다른 이야기도 하며 억지로 진정코자 하나 도저히 어려운지라, 옥도의 권하는 술을 못 이기는 체하고 오륙 배를 마시니, 본래 주량이 크지 못한 사람으로 자연 대취하여 정신이 몽롱하더라.

제 십삼 회

동창에 해가 비취고 문 위에 거마가 분분한데 방문 밖에서 인

적이 있더니,

"서방님, 기침하여 계십니까?"

태순이 이불 속에서 머리를 들고 창을 밀치니 금년이 웃음을 머금고 묻되,

"어젯밤에 매우 취하신 듯 하옵더니 곤뇌하지 아니하시니까?"

태순이 가로되,

"먹을 줄 모르는 술을 과음하여 정신 없이 취하였더니 두통도 나고 목이 말라 견딜 수 없으니 냉수 한 그릇 가져오기를 청하노라. 그러나 내가 어느 때에 주인 집에 돌아왔느뇨. 아주 기억치 못하겠도다. 무슨 실수나 아니하였는가?"

금년이 가로되,

"밤이 너무 늦었으되 오시지 아니하시어로 주인 서방님께서 염려하시고 인력거를 데리고 가시더니 새로 두점 가량은 되어 모시고 오셨나이다. 서방님은 평생에 조심을 하시고 술을 과음하지 아니하시더니 이번에는 이상한 일이라고 여러분이 말씀하셨나이다."

하며 일봉 서간을 허리춤에서 내어 드리는데, 피봉의 필적이 전자의 무명 씨 돈 보내던 편지와 흡사하거늘, 태순이 떼어 보니 한 장 청첩이라. 사연에 하였으되,

'노상에서 잠시 말씀함은 여자의 행실이 아니온 듯 수괴하옴을 이기지 못하오며, 존가가 입성하심을 듣고 구의봉 구름을 헤쳐 만리 앞길을 열고자 하오나 여자의 몸이 되어 먼저 탑하(榻下)에 나가지 못하옵고 두어 줄 글월을 부치노니, 외람타 마시고 쑥문으로 하여금 빛이 나게 하심을 바라나이다.'

태순이 보기를 마치매 작야에 보던 신문과 송 교관의 말이 문득 생각이 나며, 그 편지 보기도 자기 몸을 더럽게 할 듯하여 쭉쭉 찢어 호로에 떨어뜨리고 정대한 말로 금년이더러 이르되,

"이 다음에는 이같은 서간이 오거든 받아들이지 말지어다."

금년이 무료히 섰다가 가로되,

"소녀가 서방님을 여러 달 모시고 지내매 범절이 인후하여 박행하심을 뵈옵지 못하였더니, 오늘 하시는 거조는 실로 생각하던 바 아니로소이다."

태순이 잠잠히 있거늘, 금년이 또 말하되,

"소녀가 열인(閱人)은 많이 못하였사오나 이 아가씨같이 무던하신 이는 다시 못 보았고, 또 서방님께 향하여 마음쓰심이 실로 범연치 아니하시거늘, 오늘날 이같이 냉대하심은 어쩐 연고니이고?"

태순이 의아하여 재삼 생각하다가 가로되,

"그 여자를 네 어찌 그같이 자세 알며 내게 험한 마음이 무엇이 있느뇨?"

금년이 대답하되,

"그 아씨는 권 첨사댁 작은아씨신데 수차 부르시기로 가 뵈았삽거니와, 인품도 좋으시고 재질도 좋으셔 평생에 서책을 많이 보아 학문이 유여하신데, 행실도 단정하실 뿐 아니라 비복들에게도 은애로 무마하시므로 칭찬 아니 하는 사람이 없사오며, 의로 맺은 숙부에게도 지성으로 봉양하시는 것을 보면 어느 누가 감동치 아니하오리까. 먼저번에 서방님께 식비 보내시던 이름 없는 편지도 어디서 온 것인지 몰랐더니, 그 동안 알아본 즉 그 아씨께서 유지하신 양반의 곤란 겪으심을 애석히 여겨 보내신 것이라 하더이다."

태순이 고개를 숙이고 있다가 가로되,

"네 말과 같을진대 가히 아름다운 여자라 하겠으나, 그러나 괴이한 소문이 신문 상에 올라 세상에 낭자함은 어쩐 연고인지 모르리로다."

금년이 대경 소리하여 가로되,

"서방님께서도 그런 말을 곧이 들으시고 이같이 말씀하시니 진실로 한심하여이다. 근일 신문에 해괴한 말을 기재하여 사람의 이목을 의혹케 함은 정녕히 심사 불량한 권 첨사 영감과 어느 양반이라던가 성명은 잊었사오나, 그 아씨를 욕심내어 백 가지로 결혼하기를 꾀하다가 뜻과 같지 못하여 함혐(含嫌)하고 있는 자가 흉측한 계교로 욕설을 주작하여 신문에 내인 것인 듯하오니, 바라건대 서방님은 소인의 참소로 옥 같은 아씨를 의심치 말으소서."

태순이 이리저리 생각하다가 금년의 말을 들으니 사리가 그러할 듯하고, 또 간밤에 신문 보던 임 주사라 하는 자의 얼굴이 일산서 목욕하며 이야기하던 사람과 방불함을 의아하였더니 비로소 짐작이 나서는지라, 필연을 내어 놓고 답서를 써 금년을 주고 즉시 전함을 부탁한 후 홀로 앉아 탄식하되, 북한사 노파로 하여금 나에게 전케한 글을 생각컨대 족히 그 여자의 일정한 뜻과 인심의 파칙한 것을 알 것이요. 또 송 교관은 본래 빈한한 사람으로 다수한 전재를 허비하여 가당치 아니하니 대탁을 차림은 이상할 뿐더러, 조좌(租座) 중에 신문을 낭독하며 그 여자의 흠언(欠言)을 광포하고, 또 옥도로 하여금 술을 강권하여 나의 대취함을 주선함은 모두 무슨 사단이 있음이어늘, 전후 사정을 생각지 아니하고 사람의 선동한 바 되어 일시의 분으로써 은의 있는 여자를 불평히 여김은 나의 몰각함이로다. 국가의 경륜을 품고 복잡한 사회에 나와 사업을 이루고자 하면서, 부정한 무리의 농락에 빠지고 어찌 세상에 유명한 정치가가 되기를 기약하리요. 이는 지금까지 글만 읽고 앉아서 정신을 허비하여 세태와 인정을 살피지 못한 소치라. 아무리 서적을 박람하였을지라도 경력이 부족하면 수다한 사람을 접제하여 정치상에 힘을 다하지 못하리로다 하여 마음을 분발하니, 이는 장차 태순이 세상에 입신하여 유명한 정치가로 전정을 담당할 만한 소년 기상이라. 태순이 소세를 마친 후 의관을 정제하고 권 첨사 집으로 향하려 할 때 금년이 밖으로 쫓아 들어오며 조용히 고하되,

"서방님께서 지금 권 첨사 댁으로 행차하십니까. 그 댁 작은 아씨께서 당부하시기를 오늘 오후에 권 첨사 내외분이 남문 밖 일가댁에 가실 터이니 그 승시(乘時)하여 오시면 이목이 번다치 아니할 듯하다 하더이다."

태순이 그 말을 듣고 오후 되기를 기다려 남촌으로 찾아가니, 중문을 적적히 닫고 사람의 자취가 고요한데 다만 삽살개 한 마리가 문 앞에 누워 졸 뿐이라. 태순이 방황하다가 기침을 삼 차 하니 안에서 계집 하인이 나와 태순을 보고 명함 한 장을 달래 가지고 들어가더니 즉시 다시 나아오며 앞을 인도하여 후원 별당으로 들어가는데, 좌우를 살펴보니 집이 별로 크지는 아니하나 군신좌사(君臣佐使)가 분명하고 주련부벽(柱聯付壁)이 시속 누태는 하나 없이 청아한 글 뜻을 취하여 붙였으며, 괴석과 화초도 번화함을 버리고 담박하기로 위주하였는데, 당상에 교의 삼사 개를 놓고 그 곁 고족상(高足床) 위에 차 제구도 벌여 놓았으니 그 아담한 운치가 비할데 없고, 방안의 문방 제구도 한가지 시속 부인의 거처하는 곳 같지 아니하여 연상 문갑을 운치 차려 그 위에 만국 서책을 징돈하였더라.

제 십사 회

세상에 사람이 나서 무엇이 그 중 기껍고 무엇이 그 중 원하는 바이냐 하면, 귀천 부귀를 물론하고 마음과 뜻이 서로 같아 서로 나무랄 데 없는 지기를 만남에서 더 지날 것이 없으니, 가령 원

앙이 비취(翡翠)에 대하여서도 기꺼울 것도 없고 원하는 바도 아니라. 천생으로 원앙과 만나고, 비취와 만난 연후에야 비로소 소원이 성취되어 한없이 기껍다 함과 일반으로, 숙녀는 군자의 좋은 짝이라 결단코 용렬한 지아비는 원하고 기꺼워하지 아니하리로다.

매선이 태순의 이름을 보고 반가운 낯빛으로 마루 아래 내려맞아 들어가 빈주(賓主)의 좌(座)를 정한 후 매선이 차를 내며 단정히 말하되,

"한낱 귀중 천품이 당돌히 고명하신 대인으로 욕림(浴臨)하심을 청하였사오니 송황(悚惶)한 마음을 둘 곳이 없사오나 사정의 절박함이 있어 짐짓 과실을 범하였사오니 용서하시기를 바라나이다."

태순이 고쳐 앉으며 대답하되,

"문산포 노중에서 밝게 가르치심을 입은 후 산두(山頭)같이 우러름을 마지 못하옵더니 더러이 여기지 아니 하시고 이같이 부르시니 실로 미물의 고기가 용문에 오름을 얻음 같사오이다."

말을 마치며 벽상을 우연히 바라보니, 금식으로 꾸민 틀에 사진 한 장을 걸었는데 자기의 얼굴과 흡사한지라 마음에 경아하여 앞으로 가까이 가 본즉, 분명 자기의 사진이요, 그 밑에 한 귀 글을 썼으되, '금석같이 무거운 언약이여, 죽기를 한하여 저버리지 못하리로다.' 하였거늘 태순이 더욱 괴이히 여겨 물어 가로되,

"사진은 내가 처음으로 경성에 올라오던 해에 박힌 바이어늘 어찌하여 귀댁에 있으며, 또 그 밑에 있는 글은 무엇을 가르침인지 해득이 어렵나이다."

매선이 수삽한 얼굴을 강잉히 들어 대답하되,

"그 사진이 공자(公子) 같으시면 어찌하여 성씨가 상차(相差)되나이까?"

태순이 옷깃을 여미고 대답하되,

"문산포 노상에서 행색이 심히 총총하시므로 묻자오시는 말씀을 미처 대답치 못하와 지금껏 불안하거니와, 소생이 십삼세시에 공부함이 필요한 줄만 알고 불초한 행동으로 부모께 고(告)치 아니하고 경성으로 올라와 혹 종적이 탄로될까 염려하여 잠시 권도(權道)로 심가라 변성하온 일이 있사오나 낭자(娘子)가 어디로 좇아 아시나이까."

매선이 자취 없는 눈물에 옷깃을 적시며 가로되,

"박명한 첩의 엄친 재세시(在世時)에 공자의 사진을 주시며 이르시되, 이는 곧 너의 백 년 언약을 정한 바 심랑이라. 나 죽은 후라도 부디 신의를 지키어 나의 부탁을 저버리지 말라 하심이 있삽기로, 영정(零丁)한 신세로 비상이 곤란을 겪사오며 군자의 종적을 탐문코자 하오나 강근한 친족도 없사와 누구더러 의논할 곳도 없사오니 구구히 적은 예절을 지키다가는 일생을 그르칠 뿐 아니라, 선친의 유언을 거역하와 세상에 용납치 못할 불효 죄명을 면키 어려울까 하여 부끄러움을 무릅쓰고 여학교에 들어 일변 학문도 연구하고, 일변 군자의 성식(聲息)을 알고자 하여 앞서 독립관 연설장에까지 가서 두루 살피었다가, 천행으로 군자의 연설하심을 뵈었사오나 성씨가 이씨라 하오니 바라던 마음이 땅에 떨어져 창연히 집으로 돌아왔더니, 다시 들은즉 군자가 식비로 군색하시다 하기로 약소한 전량을 부끄럼 무릅쓰고 받들어 보냈삽고, 그 후 북한사에서 잠시 지나가심을 뵈었사오나 노파를 발견하여 존성을 묻자올까 하였더니, 숙모의 재촉하심으로 겨를을 도모치 못하고 그곳서 떠날 때 용렬한 글 한 수를 군자에게 드리라 노파더러 부탁하고 문산포로 갔더니, 천만 뜻밖에 노중에서 뵙고 당돌히 말씀을 묻자온 일은 여자의 행실이 아니오나 부득이한 사정이 있사와 남의 웃음을 돌아 보지 못함이로다."

태순이 이윽히 생각하다가 가로되,

"그러하오면 존성이 장씨가 아니시오니까?"

매선이 대답하되,

"그러하나이다."

태순이 탄식하여 가로되,

"영존(令尊)이 소생의 용우함을 살피지 못하시고 정혼함을 말씀하신 일이 과연 있사오나 그 때 소생의 연치가 어리고 행실이 경박하여 등한히 잊고 다시 기억도 아니하였사오니, 오늘날 낭자의 고초 겪으신 일은 모두 소생의 불민한 죄로소이다. 그러나 부득이한 사정이 있다 하시니 소생으로 인연하여 무슨 관계가 있나이까?"

매선이 한숨을 깊이 쉬며 가로되,

"첩의 명이 기박하와 일찍이 천지가 무너지고 다만 의로 정한 숙부 권 첨사를 의지하여 가산을 정리케 하옵고, 아무때든지 군자를 기다리려 하였삽더니, 재정 출납을 일절 속일 뿐더러 선친의 유서를 위조하여 첩을 축출하려는 음모를 포장하고 백가지로 운동하는 중, 하상천의 지촉을 청송하고 첩의 정한 마음을 억륵(抑勒)으로 빼앗으려 하나 종시 청종치 아니하온즉, 하상천이 저의 문인 송 교관을 소개하여 혹 위협도 하며 혹 달래기도 하다가 심지어 입에 담지 못할 욕설로 신문에 게재까지 하였으니, 이는 첩의 명예를 없도록 하여 군자로 하여금 침 뱉고 돌아보지 아니하게 하고 저의 계교를 성취코자 함이요, 또 묻지도 않는 말로 군자가 근일에 주색에 침혹하여 옥도라 하는 기생과 백년 금실을 맺었다 하여 첩의 단망하기를 도모하더이다."

하고 오열히 우는지라, 태순이 듣기를 다하매 매선의 지낸 역사는 신고 처량하여 대장부로 하여금 더운 눈물이 절로 떨어질 듯하고 하상천의 행한 간계는 음흉 극악하여 당사자로 하여금 모

골(毛骨)이 자연 송연(竦然)한지라. 이윽히 생각하다가 매선을 위로하여 가로되,

"한 번 이지러지면 한 번 둥근 것은 천리에 소소한지라. 선분의 고초는 후분의 안락될 장본이니 조금도 비상치 말으시고 전후 방침을 도모하사이다. 소생이 처음에 입성하여 구두쇠 여관에 있더니, 뜻밖 송 교관이 요리집으로 청하여 비상히 접대하매 옥도로 하여금 먹지 못하는 술을 강권하나 소생이 연전에 취중에 실수한 일이 있은고로 맹세코 과음치 아니하옵더니, 어리석은 위인이 하상천의 계교에 빠진 바 되어 신문에 게재한 욕설과 송 교관의 험안을 곧이 듣고 흠모하던 마음이 땅에 떨어지매 불운한 회포를 금치 못하여 다시 사양치 아니하고 권하는 술을 마시고 정신없이 혼도 하였더니, 주인 구두쇠가 전재에는 인색하나 사람은 직심이라, 소생의 밤 들도록 아니 돌아옴을 보고 요리점으로 찾아와 옥도의 만집함을 배각하고 인력거에 실어 돌아오므로 다행히 흉계에 빠지지 아니하였소이다. 그자들의 소위를 생각하면 강경한 수단으로 통쾌히 설치함이 마땅하오나, 옛말에 하였으되 '사람은 나를 저버릴지언정 나는 사람을 저버리지 말라.' 하였으니, 하·송양인은 다시 말할 것 없거니와 권 첨사는 남에게 팔린 바 되어 이익을 희망하던 자라, 그 뜻을 궁구하면 도리어 불쌍한 인류니 이왕 흠축(欠縮)한 재산 문부를 저 보는 데 충화(衝火)하여 광탕한 뜻을 베풀면 저도 필연 감격히 여길까 하나이다."

매선이 고쳐 앉으며 공경히 대답하되,

"천려(賤慮)에도 이같이 생각하였던차 밝혀 가르치심을 입사오니 어찌 봉행치 아니하오리까."

하며 상 위에 시계를 보더니,

"벌써 하오 네 시가 되어 숙부의 돌아올 시간이 멀지 아니하였사오니 오래 이 곳에 지체하심이 불가할 듯하여이다."

　태순이 급히 일어나 작별할 때, 매파를 보내어 정식으로 혼인을 정한 후 택일 세례함을 약조하고 주인 집으로 돌아가니라. 권 첨사 내외는 비루한 사람이라 범포(犯浦)한 채장(債帳)을 일체 탕감(蕩減)함을 보고 한없이 기뻐하여 하상천의 꾀임으로 유서 위조하던 일을 절절 자복하며 태순의 매파가 다녀간 후로 혼수를 성비하여 길일 되기를 고대하더라.

• **구연학(具然學)** 개화기의 신소설 작가. 생몰 연대 미상. 약간의 정치 논설도 발표하였다.

■ 한국문학사 편찬위원회
이 책은 문학평론가, 국문학과 교수, 고등학교 3학년 국어선생님,
편집주간 등이 기획 · 구성하였고 편집부에서 진행하였다.

국어선생님을 위한
한국문학사 강의 (제4권 : 소설문학)

초판 1쇄 발행일 : 2024년 4월 29일
초판 5쇄 발행일 : 2025년 1월 15일

엮은이 : 한국문학사 편찬위원회
발행인 : 김종윤
발행처 : 주식회사 자유지성사
등록번호 : 제 2 - 1173호
등록일자 : 1991년 5월 18일

서울특별시 송파구 위례성대로 8길 58, 202호
전화 : 02) 333- 9535 ㅣ 팩스 : 02) 6280- 9535
E-mail : fibook@naver.com
ISBN : 978 - 89 - 7997 - 570 - 3 (04810)
ISBN : 978 - 89 - 7997 - 566 - 6 (세트)
